中華文化思想叢書

# 結緣：文學與宗教

## ——以中國古代文學為中心

## 上冊

陳洪　著

# 目次

## 上冊

### 上編　九略

# 下冊

## 下編 十八論

# 代前言
# 鳳凰世紀大講堂訪談：文人與佛教之緣

　　**阿憶：**幾年前我看了一本書：《淺俗之下的厚重》，它的副標題是「小說‧宗教‧文化」。沒想到宗教和小說會有這麼密切的關係。今天我們請來了這本書的作者、南開大學副校長陳洪先生，講演《佛教與中國文人》。陳校長，請坐。我看到您的簡歷：陳洪教授，1948年生於天津，在南開中學讀書，1968年去山東下鄉務農，1978年考入南開大學讀研，1981年留校任教，十幾年後做到現在副校長這個位置。沒有錯誤吧？由簡歷我想到了三個問題。第一個問題，從1968到1978整整十年務農，是不是苦不堪言？

　　**陳洪：**那倒不是。首先，說「務農」是廣義的，就是我在農村生活，實際上我真正在農田裏勞動大概是兩三年，後來就教書，到公社機關，還做過中學排球隊的教練，做過農村醫生等等，生活內容還是挺豐富的。

　　**阿憶：**兩三年的勞動也可以把人累垮，您是知識分子呀。

　　**陳洪：**我雖然算是個讀書人，但是我的身體很強壯，特別是我的意志可說尤其堅強。那兩三年我覺得也是一種新的體驗吧。勞動之餘，沒有干擾地靜下心讀了很多書，豐富了自己的精神世界。

　　**阿憶：**您不會是做了副校長以後，不好說自己當年特別苦，然後說那個時候您很樂觀。是真的嗎？

　　**陳洪：**這個嘛，我想有很多證據可以證明我當時的精神狀態。一

個是當地的老鄉，我想沒有人看到過我皺眉頭；另外，我在天津有很多朋友，每年回來見面時他們都挺驚訝：「哦，你在鄉下的生活好像比我們在城市裏還舒心似的」。另外，我當時還寫了一些小文章，也有幾首小詩，例如七零年登煙臺山寫的「神州須健者，大塊待文章。獨自憑欄處，天高看鷹揚。」好像情緒還可以嘛，呵呵。

**阿憶：**我發現皺眉頭的人，一般是額頭上面的皺紋特別多，您上面只有淺淺的兩道，而眼角皺紋倒是不少，這是笑出來的結果。我還聽說您當時十年農村生活，自以為最棒的是做赤腳醫生。好多在農村做赤腳醫生的人，練習打針都是拿自己練，把自己打成篩子眼兒。

**陳洪：**我當時主要是中醫。我報考研究生的時候差一點就報了中醫內科學。當時，我的中醫是「全活」，其中包括針灸。我練針灸不是把自己紮成篩子眼兒，是紮成刺蝟，身上到處紮上，體驗針感。當時也算是那一帶的小名醫。

**阿憶：**您剛才提到了險些考中醫的研究生，提到了研究生問題，這是我的第二個問題。看了您這個履歷，發現您沒有上本科的經歷？

**陳洪：**文化革命開始了，沒能正常上大學。這中間還有一個戲劇性的插曲。恢復高考之後，我一開始準備報考本科，我在南開中學讀書時，教學和物理在全校都是有一點小名氣的。可是當地正在把我當中學的骨幹教師，我報了名之後，他們偷偷把名字給劃掉了。領導不放，我覺得還是瞧得起我，但是也和他們吵了一通。過了幾個月之後，有了研究生招生，他們認為我沒讀過本科就考研究生，肯定考不上的，就送了一個順水人情，說讓你報一次吧。沒想到最後就這麼個結果。

**阿憶：**上一個問題得出一個結論，您是一個樂觀的人，這個問題得出一個結論，您是一個勤奮的人。第三個問題，簡歷中沒有看到您有關於佛教的信息，沒有任何宗教的信息，怎麼對宗教感上興趣了？

陳洪：第一，我祖上都不信教；第二，我本人現在也不是一個教徒。對於宗教感興趣有兩種：一種就是教內的人，出於信仰；另一種是把它作為一種文化的對象、學術的對象發生了興趣。我下鄉時節書讀得比較雜，讀了不少宗教、特別是佛教的書，所以我當時還差一點考了任繼愈先生的佛學研究生。好像當時只有他招宗教方面的研究生。我對於宗教的興趣，主要還是把它當成一個學術的對象。

阿憶：好，現在就有請陳教授給我們講演，題目是《佛教與中國文人》。

陳洪：兩千多年前，兩漢之際佛教傳入中國，經過和本土文化的碰撞、融合，形成一種非常豐富、複雜的文化現象。大體說來，有幾個相互關聯而又有所不同的層面：一個是純粹宗教的層面，就是僧人們所秉持，所踐履的層面；另一個是著落在大眾的、世俗的層面，就是民眾在一種含混的宗教心理支配下燒香、禱告、做法事等等，這個層面的文化屬性既是宗教的，又是世俗的；第三個層面是統治者方面的，主要表現為帝王以及權貴的宗教態度，特別是宗教政策，這個層面的文化屬性既是宗教的，又是政治的；除此還有一個層面，往往為人所忽視，就是文士的「佛緣」層面。文人，通過自己的文化修養，借助於已經有的知識結構，來接受佛教中的某些內容，從而經過一番主體性較強的消化，使其融入自己的思想、生活中。雖然具體到每個人物，對佛教信從的程度各有不同，但總的說來，這種「佛緣」與前三個層面有著明顯的差異，主要表現為理性色彩較為濃厚，文化內涵較為豐富，調和儒、釋、道的傾向較為明顯。同時，「佛教」體現在文人的寫作之中，轉化為一種思想文化的創造性因素，從而成為文學史研究以致整個傳統文化研究不可忽視的一部分。

佛教和中國文士的關係主要體現在三個方面。一個方面是對他們的生存方式，即如何安頓自己的一生，產生了多維度的影響。六朝以

後，相當多的士人或從佛教中受到啟發，調整自己的價值取向與人生道路，或從佛教中為自己生存方式找到心理的、觀念的依據，所謂「以儒致身，以道養生，以釋安心」。另一個方面是一些特立獨行之士，在批判僵化的統治思想時，往往從佛教裏尋找自己的思想武器。第三個方面，一些文人在從事文學、藝術活動時，從佛教中得到啟示，從而產生創新的靈感，影響到創作思想、作品內容與藝術手法、藝術風貌的新變。

　　說到佛教對於文人的生存狀態的影響，一般會想到青燈黃卷、懸崖撒手之類的情景。在人生挫折、失意甚至無路可走的時候，有所謂遁入空門之說。「遁」即逃，當然是對人生的消極應對。但是，也有看來不盡如此的情況。比如說李白，一生狂放，活力四射，而他對自己的人生有一個總結歸納，其《答湖州迦葉司馬問白是何人》詩云：

> 青蓮居士謫仙人，酒肆藏名三十春。湖洲司馬何須問，金粟如來是後身。

金粟如來，據《淨名經義鈔》的解釋：

> 維摩詰，此云淨名——過去成佛，號金粟如來。

可見李白是把自己的人生比照於維摩詰。而維摩詰是大乘佛教中十分有地位的一個菩薩形象，主要言論、行跡見於《維摩詰所說經》。經中講：

> 有長者名維摩詰，——辯才無閡，遊戲神通——入諸淫舍，示欲之過，入諸酒肆，能立其志。

太白詩中寫「金粟如來」而及於「酒肆藏名」，表明他不僅認同於維摩詰的人生模式，而且對《維摩詰經》相當熟悉。

而千餘年後，龔自珍在《西郊落花歌》中寫道：

> 先生讀書盡三藏，最喜維摩卷裏多清詞。又聞淨土落花深四寸，冥目觀想尤神馳。

「落花」係用《維摩詰經》「觀眾生品第七」的典故，而「最喜」云云則表現出詩人對維摩詰的十分嚮往。龔自珍也是以狂放著稱的文人，這種嚮往顯然不是灰心滅智的表現。

實際上，從李白到龔自珍之間的千餘年間，有過類似表白的文士不可勝數。《維摩詰經》對中國文人人生態度與生存方式所產生的影響相當廣泛而深刻。

《維摩詰經》在佛教三藏經典中十分獨特。其主角不是「佛」，而是居士維摩詰，全書描寫維摩詰一種獨特的生存方式和他對佛教理論的理解，寫得生動、活潑，像是一部多幕劇。維摩詰的形象豐富而複雜：他是個大富翁，「資財無量」「有妻子」「有眷屬」，家庭美滿（據《義鈔》：維摩詰之妻為金機，之子為善思，之女為月上）。他還「入諸酒肆」，「入諸淫舍」，講究穿戴，參與賭博；然而他又具有崇高的人生目的：「以一切眾生病故我病。若一切眾生病滅則我病滅」，「以如是等無量方便饒益眾生」，「護諸眾生」；同時他的佛法修為非常之高，不僅釋迦座前的各位菩薩皆不如他，而且個性張揚、舉重若輕，所謂「辯才無閡，遊戲神通」。

這樣一個形象是中土固有文化中未曾有過的。這是一個既樂享人生，又理想崇高；既相容於各界，又張揚個性，唯我獨尊；既堅持己見，又遊戲三昧的形象。他的生存方式極富張力，對於身處封建皇權

與精神追求相衝突之境地的才智之士，無疑是很有吸引力的。因此，自這部經譯到中國來，歷代文人中頗多奉維摩詰式的人生為楷模的。比如大家最熟知的王維，姓王名維字摩詰，連起來是「維摩詰」。比如黃庭堅，做詩形容自己，「菩提坊裏病維摩」。比如李卓吾，他住的那個地方寫了一個橫額「維摩庵」。可見，《維摩詰經》所描寫的這樣一種生存方式，作為一種人生的範型，在中國古代文人中有相當的影響。追求「維摩人生」的文人中，最典型的一個當數蘇東坡。蘇東坡的人生經歷可以說是古代士人中最為豐富的一個。第一，他是全才，詩，詞、文、書、畫，可以說無所不能，無所不精，影響很大。第二，人生非常複雜，高官做到禮部尚書，而生活坎坷的時候幾次被貶，坐大獄，有生命危險。但是，他一旦處在逆境中，沒有機會做事的時候，心態調整得很快。他在被貶官黃州的時候，寫了一首詩，其中兩句是這麼寫的：「休官彭澤貧無酒，隱几維摩病有妻」，我只好像陶淵明、維摩詰一樣生活了。「隱几」是靠在几案上。維摩詰有個特點，就是身體不太好，所以總是稱「病維摩」。他自己解釋，因為眾生生活在病苦裏，我要和眾生共同體驗，所以我儘管神通廣大，卻不治好自己的病。蘇東坡這裏也隱含此意：我要和生活在痛苦中的民眾一樣。「病有妻」，也是很有意思的佛典，有妻，不是說有太太的意思，經文中講到維摩詰既修佛法又有家室，可是，又強調說那只是表面，實質上維摩詰是「法喜以為妻」——對佛法的喜悅就像妻子陪伴時一樣。東坡在另一首詩裏也講；「雖無孔方兄，幸有法喜妻。」這樣，蘇東坡「隱几維摩」這句詩就有了雙關義，而主旨是說，我有佛法作為一種人生伴侶，一種心理上的支撐和依靠。可見蘇東坡在面臨著人生沉重打擊的時候，選擇人生的模式、人生的道路，就從《維摩詰經》中得到啟發。不但如此，他不是一般地認同維摩詰這個形象，而且還有很深入的理論思考。他在一首題畫家石恪所畫維摩詰像的詩

裏，說「我觀三十二菩薩，各以意談不二門，而維摩詰默無語，三十二義一時墮。我觀此義亦不墮，維摩初不離是說」。這首詩是什麼意思呢？就是他對整個《維摩詰經》裏所討論的屬於大乘佛學的一個根本性的問題，提出非常有特點的、獨立思考之後的一個答案。《維摩詰經》中有三十二個菩薩分別對「不二法門」作出解釋，而維摩詰一言不發；因為講出來就是有分別，就有了「是什麼」與「不是什麼」的分別，就不是「不二」，所以不講話是真的「不二」。但是，蘇東坡又進一層，說菩薩們表述的內容也自有其道理在，「語」和「默」也不必強調其分別。可以說，《維摩經》不但給他提供了一種人生範型，而且使他深入地思考很多哲理性的問題，啟發他在相互矛盾的、複雜的問題之間找到超越的、超脫的角度和方式來認識問題，解決問題。東坡一生灑落、高妙，得益於「維摩」之處甚多。

佛教對於中國文人的影響還有一個方面，就是給他們提供了思想批判的一種「另類」的武器。自從漢武帝「罷黜百家，獨尊儒術」，中國封建社會進入一個相對穩定發展的時期，這個穩定發展有它積極的一面，也有它消極的一面。消極的一面就是思想禁錮，定儒教於一尊，思想領域一定程度形成了「萬馬齊喑」的局面。一些有才情、有思想、有個性的文人，當他們要沖決思想的網羅，提出一些新的觀點的時候，需要有一種理論的支撐。有的是從儒學本身產生一些對於封建王朝而言的「異端」，如王充；有的是回到先秦諸子去尋找一些思想的資源，如《莊子》就經常成為他們的選擇；同時，佛教也成為選擇的一個重要方面。相當一部分有思想的文人，當他們批判統治思想的時候，就從佛教裏尋找依據。生活在明中晚期的李卓吾是一個非常典型的例子。明中晚期是中國社會激烈動盪的時期。中國古代有三個思想活躍、個性解放時期：一次是先秦，先秦諸子；一次是魏晉南北朝，特別是魏晉；還有一次就是明中晚期。明中晚期思想解放的旗幟

就是李卓吾。他是非常富有個性特點的人物，他在思想解放方面做的
事情主要在兩個方面：一是批判虛偽的道學，特別是對於禁錮人們思
想的道學的權威地位猛烈抨擊，另一個是對當時正在新興的市民的經
濟階層，作為代言人提出了一些新的觀念。李卓吾的代表著作叫《焚
書》，他說我這個書出來之後肯定要被統治者所不容，要把它燒掉，
但是我相信還會流傳下去。《焚書》裏百分之七十的篇章都和佛教有
關係，也就是說他從佛教裏得到了很多思想武器，來反對當時居於統
治地位的道學，特別是所謂「偽道學」。他的《童心說》，提出很大膽
的觀點，說「《六經》《語》《孟》，道學之口實，假人之淵藪」。《六
經》指儒家的經典，和《論語》《孟子》一起成為當時官方意識形態
的支柱。可是李卓吾說這些書是道學家欺騙輿論的工具，也是產生偽
君子根源──你看他的膽子大不大？

　　他所提倡的是童心，那麼「童心」是什麼？他說是「最初一念，
絕假純真之本心」。關於童心是什麼？學界也有不同的看法，一般認
為它直接的源頭是從孟子那裏來的，這當然不無道理。但從更直接的
意義上看，它和佛教的關係更為密切。這裏所說的「童心」，與生俱
來，本來清淨，進入社會生活就遭到了污染，這其實就是佛教──特
別是禪宗，所宣揚的「佛性」。

　　他把這樣的觀點用於文學批評，就有與眾不同的見解。比如說李
卓吾評點《水滸傳》，非常欣賞魯智深，欣賞李逵，這個倒還不奇
怪，奇怪的是，他說魯智深和李逵是什麼人呢？批了好多「佛」、「真
佛」、「活佛」的字。魯智深和李逵是「佛」，什麼意思？ 李卓吾認
為，他們表現的是一種真性情，是不虛偽的，擺脫了一切束縛的袒
露。可見李卓吾的思想和佛教有相當密切的關係，並從中得到新穎的
理論武器。

　　龔自珍也是如此。龔自珍有一首詩，說得比李卓吾還直接：「儒

但九流一，魁儒安足為。」就是說，儒家不過是諸子百家的一家而已，為什麼一定要把它當成一個絕對、至高無上的，唯一的權威呢？他又寫道：「西方大聖書，亦掃亦包之」。「西方大聖書」就是佛經。他的意思是：佛經內容比儒家的內容要廣泛，它可以推翻很多儒家的觀點，又可以包容它。當然，這個觀點可能不全面，但是龔自珍作為一個思想解放的先驅，反對居於統治地位的封建的觀念，要去找新的思想資源、思想武器，到哪裏找呢？從佛教裏去找，在當時條件下，無論如何是有積極意義的。這就是我們講的第二個方面：很多有進步傾向的、思想活躍的、富有個性的文人，批判僵化的封建思想的時候，往往從佛教得到啟發，找到理論武器。

第三個方面，就是在文學藝術創作當中，佛教給了他們一些靈感、一些啟發、一些思路，無論是詩、詞、文，還是內容、風格等等，可以說是舉不勝舉。咱們就說魯智深這個例子。有一個很奇怪的現象，大家一想魯智深花和尚就是莽漢，倒拔垂楊柳，可是《紅樓夢》裏有一段薛寶釵看戲的情節，薛說她最喜歡的一段曲文是什麼呢？是魯智深的一段自述，就是那段《寄生草》，道是「赤條條來去無牽掛」。薛寶釵，淑女的典型，為什麼會欣賞魯智深的一段唱詞，這中間的契合點在哪裏？實際上魯智深這個形象，我們細想一想，不是一個簡單的武夫的形象，我們讀《水滸傳》，哪一個人物讓我們感覺最痛快，就是魯智深。一方面伸張正義，有自己的理念；另一方面無所束縛，做了和尚也可以喝酒，也可以吃狗肉，也可以把亭子打倒，也可以把金剛砸毀，也可以把住持和尚拉過來給上兩拳，是一個非常的放縱個性、張揚個性的人物形象。

有意思的是，在晚明很多文人都很欣賞魯智深。李卓吾評《水滸》，大段的文字說「只有魯智深才是真正的活佛，那些個閉眼合掌的和尚，一輩子也成不了佛」。那麼魯智深這樣一個獨特的形象從何

而來呢？我們研究下去，就知道和佛教、佛經有非常密切的關聯。早期的魯智深的形象是很簡單的，比如《大宋宣和遺事》等等，關於魯智深就是三兩句話：一個造反的、反叛的僧人，然後什麼都沒有了；元雜劇裏的魯智深也沒有太多思想文化的內涵。現在的魯智深的形象究竟是怎麼形成的？通過比較可以知道，他確確實實受到佛教典籍的直接的影響。《五燈會元》所記狂禪的代表人物——天然和尚，為人行事與魯智深頗多相似之處，也就是說，《水滸傳》作者在重塑魯智深形象的時候，頭腦裏是有天然和尚的影子的，所以就在一個武夫身上增加了這方面的色彩。薛寶釵正是敏銳地覺察到了這一點。

我們再舉一個例子，蘇東坡的《題西林壁》詩，「橫看成嶺側成峰，遠近高低各不同，不識廬山真面目，只緣身在此山中」。小學課本的的解釋說這首詩告訴我們認識事物要全面，不要片面地看。這當然也不算錯，但是只是表面意義而已。這首詩寫出來之後，有名的詩人黃庭堅說，這首詩真是不得了，他說蘇東坡「於般若——就是佛學的一個重要範疇——瞭解甚深，橫說豎說，皆得真諦」。黃庭堅認為這首詩的包容很深厚。近代的詩人陳衍說，這首詩裏有新思想，未經人道過，那麼，到底它深在何處？又與佛教有什麼關聯呢？至少有一點，它除了「遠近高低各不同」之外，它還有後面這兩句「不識廬山真面目，只緣身在此山中」，這裏面有很多深刻的人生況味、哲理在裏面。王國維有一首詞，後面有兩句，跟這個很像。他說是「欲開天眼覷紅塵，可憐身是眼中人」，大意是說我們要超脫現實的局限客觀觀照，要對人生的真諦有透徹的瞭解，可是我們可能徹底地超脫嗎？當你觀察的時候，你本身其實仍處在被觀察的對象之中。這是一種人生的困境。詩句的意義還有一個方面，就是你要認識這個世界的真實的面目，可是它的絕對的真實何在？康德認為這是做不到的，有個此岸和彼岸的懸隔。現代物理的量子力學也講「測不准」，因為我們任

何一種觀測都是一種干擾，絕對的客觀至少現在看來還是有相當的難度。從這個意義來說，蘇東坡的《題西林壁》大概就不簡單是小學課本所說的這種意思。那麼這個和佛學有什麼關係？和佛教有什麼關係？研究蘇東坡的人指出，佛教有名的經典《華嚴經》裏有兩句偈語，說是「種種差別如沙數，平坦高下各不同」。前一句說在這一微塵裏，世界還是很豐富，大大小小的各種區別，就像恒河沙數那樣無量多的區別；「平坦高下各不同」，這個句式和東坡的詩句都很像。蘇東坡的弟弟蘇子由說過，說我們老兄，自從讀了《華嚴經》，他的詩文都進入一個新境界。所以，像這樣一首詩，不管是直接的，還是間接的，它的哲理，它所展現的境界很可能都和他的佛學修養有一定的關聯。

不僅是蘇東坡這樣對佛教持友好態度的文士融佛入文，就是表面上排斥佛教的文人，由於身處社會文化的濃郁佛教氛圍影響，作品一樣會出現佛門印記。例如最著名的道學家朱熹，為了儒家的思想一統，他是攘斥佛、道的。可是我們來看他的一首詩：「勝日尋芳泗水濱，無邊光景一時新。等閒識得東風面，萬紫千紅總是春。」這後面的兩句，禪悟的味道就很濃。當然，也有憎惡佛教的文人，通過文學創作來排佛，也是對文學的一種影響，像清中葉的長篇小說《野叟曝言》。

不過，在大多數情況下，中國古代文人進行文學的、藝術的創作時，佛學、佛經裏的境界，佛的思想往往給他們一些啟示，使得他們的作品顯得更深邃、更豐富。關於佛教和中國文人的關係，我就簡單地介紹這麼一些情況，我想這是一個饒有興味的問題，今天只是「窺豹於一斑」，只能是點到而已。

**阿憶：**好，謝謝陳教授。下面咱們看看來自鳳凰網站網友對您的提問。

　　第一位網友叫做「305的貓頭鷹」說，我曾在您的《小說的宗教文化意義》一文中讀到，「小說自其構成這個詞語之初，就背上了『小』的限定，古代小說一兩千年之間總被視為淺俗之物，難登大雅之堂。20世紀以來，小說終於翻了身，成為文學四體之一，堂堂正正寫進了文學史，成為學者研究的對象」。但讓貓頭鷹不明白的是，21世紀到來的時候，小說竟讓衛慧、綿綿等人佔了上風，古代小說被視為淺俗之物，難登大雅之堂，而衛慧的小說竟是登了大雅之堂，其實那才是淺俗之物，因而危害極大。陳校長，您還有心思研究古代佛法，還不趕快批評批評這些猥褻的所謂「美女作家」！話說得很重。

　　**陳洪：**對這個問題，我有點抱歉了。因為有關衛慧的爭論情況我知道一些，但是她的小說我沒有讀。這有兩個原因：一個是術業有專攻，我的專業不在此；另一方面我的其他事情多一點，沒有讀。所以，我的發言權不是很夠。但我畢竟和其他一些朋友討論過這個問題。小說這個事情，本身就帶有兩面，古代小說也有相當一部分格調比較低下，或者文學的層次不是很高。我這本書說《淺俗之下的厚重》，什麼意思呢？說的是並不排除作為一種通俗的讀物，它是有很淺俗的一面，但是作為一種文化的現象，我們從中可以讀出很多意義，內涵可能是很豐厚的。就像衛慧這樣的「美女作家」，即使我們不喜歡她的作品，但是為什麼在這個時代出來這種作品，而且流行？她給我們的文化啟示可能也是相當多的，是值得研究的。

　　**阿憶：**您給我說一個啟示是什麼呢？

　　**陳洪：**你這個追問很厲害的。我想比如說是不是和現在浮躁的社會風氣、社會心理有關？另外，是不是也和所謂的後現代的價值取向有一定的關聯？從中可以透射出這樣的一些問題，作為一種典型的例證、個案，是不是它有這種文化的，認識的價值？當然，這不是論斷，只是推測，因為我畢竟沒有讀她的作品。

　　**阿憶：**下一位網友叫「錫東刀客」說，「我小時讀吳承恩的《西遊記》，最恨的就是唐僧。長大了以後看周星馳的《大話西遊》，對唐僧更是恨上加恨，恨不得把他碎屍萬段。可是，我就是不明白為什麼無論是吳承恩還是周星馳，非要把歷史上堂堂正正的玄奘，編排成一個迂腐到可氣地步的和尚，是不是知道人家反正沒有後代，無法控告咱們侵犯名譽權。陳教授作為文學批評家，您認為有必要通過歪曲唐僧來增加《西遊記》的藝術性嗎？」

　　**陳洪：**這個事兒也是太複雜了，如果吳承恩坐在對面，我可以和他討論。

　　**阿憶：**您就假裝我是吳承恩。

　　**陳洪：**好，假裝您是吳承恩，我有一個學生的博士論文要做的就《西遊記》的傳播和演變，其中就要從《西遊記》之前，一直做到《大話西遊》和《悟空傳》，說在不同的時代，故事和人物形象是如何在變化，而這個變化又如何折射出了不同時代的特點。關於唐僧這個形象，我想這裏面有這樣的一個問題，就是為什麼在很多小說，特別是古代的通俗小說裏都要有被戲弄的、被嘲笑的和尚的形象？這是很普遍的，不但是一個唐僧而已。就是民眾，特別是小市民、民眾，他們對於宗教有一種嘲謔的內心衝動，他需要把它醜化，要把神聖拉到地面上來。在這方面，應該說唐僧被醜化的程度是比較低的，他道德上仍然很自律，無非就是迂腐而已。

　　**阿憶：**所有的女人都不近身。

　　**陳洪：**小說它要流傳，要迎合民眾的心理，需要這樣一個形象。另一方面，它的主角是孫悟空，作為藝術表現它要有一個對立面，假如唐僧也是一個高手，也是一個神通廣大的人物，倆人就順色了，沒法表現。再一個方面呢，唐僧這類形象，在不同的小說裏，他是一種人物範型。唐僧和《水滸傳》裏的宋江實際很有可比性，還有《三國

演義》裏的劉備，都是表面上處在舞臺中間，是一個很正大的、道德的典範，但是被藝術化處理之後，我們從心理上不喜歡他，這是一類人物。所以和歷史上的原型沒有關係了，他是一種藝術創作所產生的人物形象。

其實，我們還可以這樣看：歷史上那個既虔誠自律又勇於奮鬥的玄奘，在進入文學世界時，被藝術地一分為二，裂解為虔誠自律的唐僧和勇於奮鬥的孫悟空——這樣處理的例子在中外文學史上是可以舉出若干的。

**阿憶：**吳承恩坐在這裏是頓開茅塞，可能我當時就真是這樣想的。

**觀眾：**您今天講的主題是「佛教與中國文人」，但是我聽起來，好像你說的大多都是佛教對中國文人的影響。是否中國文人在不知不覺當中也影響了佛教在中國的傳播與發展呢？

**陳洪：**剛才這些傑出的文人，他們的這些表現，所言所行，在很大程度上已經影響了佛教在中國社會上的傳播、發展進程。除此之外，大家知道佛教分成好幾支，南傳佛教、北傳佛教、藏傳佛教，佛教的發源地在印度，而印度在13世紀之後，基本上佛教已經滅絕了，所以佛教在近一千年來，真正的中心是在中國。而佛教在中國化的過程當中，僧人們起了很重要的作用，文人也起了相當重要的作用。比如最具有中國特色的佛教的宗派——禪宗，基本上文人和僧人起的作用各占一半。再比如說，剛才我提到淨土宗，它的理論著作中，柳宗元的著作就收入到他們的典籍當中。袁中郎也做過《西方淨土論》，是被視為淨土宗重要的理論著作。中國文人無論在日常活動當中，還是在專門的、專業的層面上，都對佛教有相當的影響，所以，就形成了有中國特色的佛教和佛學。

**觀眾：**您剛才談到了魯智深，我想這個可以算作佛教的文化對文學作品的正面影響，那麼有沒有相反的例子呢？

　　**陳洪：**我只講了這個問題的積極的一面，因為這一面通常被人們忽視，當然，問題很複雜，肯定有消極的一面。無論是思想上，還是作為人生的一種選擇上都有消極的一面，創作當中也有消極的一面。《西遊記》裏有一個非常獨特的妖魔的形象，和各種的妖怪都不一樣，就是牛魔王。大家細想一想，牛魔王和別的妖怪哪裏不一樣呢？第一他有一個非常完整的家庭、朋友的圈子，大太太、二太太，他「包二奶」在外面，有弟弟，有侄子，有好朋友，有結拜兄弟；然後他又好氣、又好酒、又好色，非常富有俗人的氣息。這個形象還有一個獨特點，就是最後他被降服也很奇特，是被如來派出十萬「佛兵」，降服之後，化為一隻大白牛，牽歸佛座前交旨。沒有任何一個妖怪是這樣的。「大白牛」這個形象在佛教裏有著非常重要的象徵的意義，比喻一種超脫，得到一種解脫，比如說「乘大白牛車」，就比喻使人脫離苦海的佛法等等。佛教裏關於的描寫牛很多，牛車、牧牛等，都有修身養性、脫離欲海的意思。所以牛魔王這個形象，它的一種深層的含義，就比喻一個沉淪在欲海裏的凡夫最後被解脫，給救拔出來。當然，這個含義我們通常讀不出來的，讀著牛魔王這個形象覺得很有意思，留下深刻的印象。也就是說你如果對佛教有一定瞭解的人，會讀出深刻的含義，你一點不瞭解，他就是個生動的文學形象。我覺得這樣的效果就是比較成功的。

　　可以和他做比較的，同時代還有一部長篇小說叫《西洋記》，一百多萬字，寫鄭和下西洋，其中主角也是一個高僧，有點像玄奘，中間也降服了一個青牛精。寫青牛精，把佛教關於牛、牧牛、白牛的象徵意義的大段文字，一字不差地抄進來了，但是作為文學形象並不成功，作為一般的讀者，我們大家現在都已經不知道它。所以如果把佛教、佛經或者其他很教條、很理念的東西，作為文學創作的指導，生吞活剝直接塞進去，肯定不會成功。我想這可以說是反面的例證。

**阿憶：**聽完您這個講話，我開始喜歡牛魔王了。

**觀眾：**您剛才講到佛教對於古代中國文人來講已經不是一種純粹意義上的宗教信仰，而是演化為一種人生的哲學，思想批判的方式，乃至一種藝術創作的手法，那麼這個意義上的佛教，對於今天的讀書人來講，意義又何在？我還想問，您作為一位知名的中國文人，在半個多世經的風雨人生中，佛教對您的影響又在哪裏？

**陳洪：**這個問題是單刀直入。單刀直入這個詞也是禪宗裏的詞，也就說這個問題很鋒利、很銳利，不是很好回答的。我想時代在變化，傳統意義的佛教直接地對於今天多數的中國讀書人，或者廣義的中國知識分子來說，肯定不像古代的佛教和文人的這種關係了。說現在的一個科學家，他一定要去讀兩部佛經，這是根本不可能的事情，也沒這個必要。作為一種純粹的宗教問題，不是我們今天討論的問題。但是時代在變化，宗教也在變化，20世紀初有名的僧人太虛法師，就提出了「人間佛教」這樣的一種觀念，後來有很多的門下弟子或者再傳弟子，無論是在佛教的發展上，還是在佛教對社會所做的貢獻上，都做出了很多可以印合時代節拍的事情。

我今天為什麼要講這個題目呢？一是對於我們民族文化傳統，它的豐富性、複雜性，我們應該有充分的認識，不能簡單化來看。其次，涉及到宗教、文化，它的傳承、批判、揚棄和發展都是一個很複雜的問題，如果我們把它理解得透徹，處理得好，對於新時期的文化建設是會很有好處的。

第二個問題，我不是一個教徒，我不信佛教，也不信道教、基督教，但是我對各種宗教文化現象都有濃厚的興趣，在研究中都受到過多方面的啟示，無論對我的學術修養還是對人生體認上，都有或多或少的益處。我認為，不同的文化之間，不同的信仰之間，彼此首先要尊重，敬人者然後人敬之；然後要儘量地相互瞭解、理解。要化文明衝突為文明互補——當然，談何容易啊！

　　**觀眾：**說到「文明互補」，我想起《西遊記》一類的書中，常常講到「三教合一」，你怎麼看這種說法？

　　**陳洪：**中國有一道相當獨特的文化景觀，就是所謂「三教合一」。日前我到南嶽衡山。衡山對於佛教與道教都是重要的「聖地」。五嶽之說本就與道教的神仙體系密切相關，而「南嶽門下」更是禪宗一條極為重要的支脈。所以，在衡山同時看到兩教的內容，是有思想準備的。

　　但是，我還是吃了一驚。在衡山腳下的南嶽主廟中，南嶽的主神道裝而稱「菩薩」。更為不可思議的是，大主廟套小廟，衡嶽的道觀之中，西側一溜擺開是八座佛寺，與東側八座道觀（觀中觀）對應而和諧。同行的外國朋友不解地問：「他們的主張一樣嗎？他們信奉的神一樣嗎？」我一時語塞。

　　其實，這種情況非常普遍，只是一般沒有達到這樣的程度罷了。記得當年去武當，過了財神廟將到金頂峰的路旁，有一個別院，其中一座敞殿，平行地供奉著呂祖和觀音。至於少林寺的壁畫為二十四孝圖，更是見怪不怪的事情了。

　　這種情況，在滿世界嚷嚷著「原教旨」的時候，更顯出它的獨特，以及某種好處。

　　關於這種現象的原因，研究思想史、宗教史的朋友早有諸多高論。一般歸結於華夏宗教的和平本性，甚至有直接把佛教定義為「和平宗教」的。這肯定有其合理性。但又不盡然。因為歷史上佛道爭勝、攘斥佛老的事情也不算太少。一般未釀成大的衝突的原因，除卻教義具有一定的兼容性外，統治者的控制政策與控制力往往起到關鍵的作用。另一個原因是一般信徒——也就是在家的信眾，大多是在一種含混的宗教心理支配下燒香、禱告、做法事，對教旨教義不甚了了，也興趣不大。

這兩點，往深處再探究，就要涉及民族性格的大問題了，那是不能幾句話說清楚的。

對於這樣一道富有民族特色的文化景觀，歷代的讀書人也貢獻了他們的才智與創造力。最早通過寫作《牟子理惑論》而提出三教殊途同歸的牟子，就是一個博覽群書的士人。融會儒家經典、老莊之說與佛學於一體，寫出偉大的《文心雕龍》的劉勰，雖然晚年剃度，但主要身份還是一個士人。後世直接撰文談論三教會通、三教合一的士人，更是不可勝數。

究其原因，除卻民族性格之類的「大帽子」，還有兩個因素也應注意。一個因素是，凡這一類的文人都是讀書多而雜。同時自負為「通人」，所以喜歡顯示自己見地高於庸常。另一個因素是，他們把追求用世的儒學、關注生命本身的道家與道教和關心彼岸的佛教，當作處理不同境遇的工具，工具不同而用舍在我。正是這種實用理性指向了三教融通。

由於士人的加入，三教合一的觀點就在更高的層面和更大範圍裏被傳播、被豐富。李白一生對道教興趣甚濃，被人們稱作「謫仙人」，可是他又自詡「金粟如來是前身」。杜甫一生抱怨「儒冠多誤身」「乾坤一腐儒」，可是晚年卻嚮往「七祖禪」。蘇東坡就更不要講了，一篇《前赤壁賦》，你很難分說哪些成分是道，哪些成分是佛，哪些成分是儒，對於這一文化過程，影響更大的是在雅文化與俗文化的結合部，也就是通俗文學。文人寫定的《西遊記》，在共時的維度上，描繪了三教共存的世界圖景，幾乎成為了以後的三、四百年間人們想像世界的先驗指南。《封神榜》則從歷史的維度進行描繪，影響雖不及《西遊記》，卻也非同小可。我在臺灣花蓮的一座佛寺中，看到殿堂的裝飾雕刻竟然都是《封神榜》中的故事——雖然《封神榜》對佛教的態度不甚友好。在阿里山的玄武大帝廟裏，大殿的裝飾畫非

常多，都是小說的故事，像三顧茅廬、鴻門宴之類。

　　還有一種情況是讀書人後來出了家，他們往往把自己的「合一」見解帶到教門之內，其影響力有時也是相當大的。如明清之際的大畫家八大山人，身份先是文士，後來遁入禪門，在臨濟與曹洞之間「串門兒」，然後又蓄髮入道，再後來乾脆還俗娶妻生子。他自己的創作與言行都是聳動一時的，這種態度對社會的影響可想而知。

　　這種宗教態度的長處是很顯然的，通達，避免偏執，更不會有十字軍東征之類的宗教戰爭。但是，信仰與實用過於緊密地結合在一起，對於精神世界的建立、對於行為的終極性約束，可能帶來的問題也是不容小覷的。

　　**阿憶：**好吧，話題有點越扯越遠，可我們的時間已經沒有了。在節目結束時，我請陳教授在他這本書上題一句話。謝謝，他給我題的一句話是非常有佛性的文學家王維的一句詩，叫「回看射雕處，千里暮雲平」。

上編

九略

# 略說士僧交遊

　　佛教與文學的關係，主要通過僧徒與文士的交往而建立。柳宗元指出：「昔之桑門上首（即高僧——今按），好與賢士大夫游。晉宋以來，有道林、道安、休上人，其所與游，則謝安石、王逸少、習鑿齒、謝靈運、鮑照之徒，皆時之選。」[1]而黃宗羲則講：「唐人之詩大抵多為僧詠……可與言詩，多在僧也。」[2]其實，這種現象並非哪一代所特有。自兩晉至晚清，僧俗間酬唱之作充斥於各類詩集，詩翁們與僧徒相游處的軼聞趣事散見於歷代的稗史、筆記，可謂不勝枚舉。這種交往，多數並非深契於佛理，而是緣於詩文之相投。但也有些詩人誠心皈依蓮臺，如王維、白居易等。對這種關係，古人評價不一，而以韓愈與柳宗元的爭論最有代表性。

　　韓愈、柳宗元同為古文運動領袖，又都在中唐詩壇別開生面，卓然成家。二人彼此欽重，有很深的交誼。但對於佛教，他們的態度截然相反。柳宗元的親友長輩多有信佛者，使他自幼便受薰染，自稱「知釋氏之道且久」。後遭貶謫。心灰意冷，越發留意於空門。而困頓中，委實得到不少僧人的敬重、愛護，更增進了他與僧人間的友誼。韓愈恰恰相反，一生「志與僧法為敵」（湯用彤語），為反佛幾乎

---

1　〔唐〕柳宗元：《送文暢上人登五臺遂遊河朔序》，《柳宗元集》，667-668頁，北京，中華書局，1982。

2　〔清〕黃宗羲：《平陽鐵夫詩題辭》，《南雷文定》，第3集，第1卷，12頁，上海，商務印書館，1937。

送掉性命，深為後世儒生所歎服，有「蹂釋老於無人之境」的讚語（皮日休語）。於是乎，兩個朋友間的爭論便不可避免了。

貞元十九年，韓柳同在京城長安為官。柳宗元的舊識文暢和尚找上門來，自稱將遊歷東南，臨行請詩壇名流們賦送別之作。柳欣然命筆，並代向韓愈說項，請韓也來湊趣，當時為文暢作詩的有權德輿、白居易、呂溫、張祜等，號稱「得所序詩累百餘篇」。大約是盛情難卻吧，韓也寫了一篇《送浮屠文暢師序》。數年後，他在《送文暢師北遊》中這樣形容文暢求序的情狀：「昔在四門館，晨有僧來謁」，「從求送行詩，屢造忍顛蹶」。「謂僧當少安，草序頗排訐。上論古之初，所以施賞罰。下開迷惑胸，瘠豁斫株櫱。僧時不聽瑩，若飲水救渴。」完全是一派居高臨下、教導訓誨的姿態。此事雖未在韓柳間爆發爭論，但分歧已是顯而易見。

數年後，柳宗元謫居永州，有隱逸之士元集虛來訪[3]。柳為作《送元十八山人南遊序》，肯定了他貫通三教的努力，並含蓄地批評了對佛教「怪駭舛逆」的「學者」。韓愈見到這篇序文，大不以為然，便寫信責備柳。柳宗元不肯接受指責，借《送僧浩初序》作半公開的答覆，其文曰：

> 儒者韓退之與余善，嘗痛余嗜浮圖言，訾余與浮圖遊。近隴西李生礎自東都來，退之又寓書罪余，且曰：『見《送元生序》，不斥浮圖。』浮圖誠有不可斥者，往往與《易》、《論語》合，誠樂之。其於性情奭然，不與孔子異道……[4]

---

3　此事或以為在元和十二年，柳宗元守柳州時，但以柳文《送僧浩初序》與韓詩《送湖南李正字歸》互證，只能在元和五年前，即謫居永州之時。

4　〔唐〕柳宗元：《送文暢上人登五臺遂遊河朔序》，《柳宗元集》，673頁。

　　又過了十年左右，韓愈詩中重提此事。他貶潮州路上遇到元集虛，贈詩云：「吾友柳子厚，其人藝且賢。吾未識子時，已覽贈子篇。」「贈子篇」即指柳《送元十八山人南遊序》。看來，當年柳宗元的直言抗辯並沒有影響二人的友誼,但也沒有改變各自對佛教、僧徒的態度。

　　柳宗元在永州、柳州時，均與僧人關係密切。他以帶罪之身安置永州，初到時無處居住，只好借居於古廟龍興寺，一住數年。這期間，與住持重巽結下了友誼。重巽是天台宗中興名僧湛然的再傳弟子，兼修禪、淨，佛學有很深的造詣，被柳宗元推崇為「楚之南」的第一人。重巽給柳以各方面的照顧，柳宗元也很尊敬他。柳宗元居住的西廂房原來光線較暗，便在西牆開了一扇窗，室中頓見光明。他為此作《永州龍興寺西軒記》送給重巽，借題發揮，表示願意借助佛理打開心靈之窗。重巽自採新茶送給柳宗元，柳作詩感謝云：

> 芳叢翳湘竹，零露凝清華。復此雪山客，晨朝掇靈芽。
> 蒸煙俯石瀨，咫尺凌丹崖。圓方麗奇色，圭璧無纖瑕。
> 呼兒爨金鼎，餘馥延幽遐。滌慮發真照，還源蕩昏邪。
> 猶同甘露飯，佛事熏毗耶。咄此蓬瀛侶，無乃貴流霞。[5]

詩中描寫重巽採茶的形象，超塵脫俗如在仙境。「甘露飯」則用《維摩詰經》的典故：佛以滿缽飯與維摩詰，飯香普熏毗耶離城，以及三千大千世界。柳宗元這樣寫，既讚美了重巽茶葉之非凡品，又暗示自己與他的友誼建立在深契佛理的基礎上。

　　在永州，與柳宗元交往的僧人還有浩初、文約、元暠、文郁、琛

---

5　〔唐〕柳宗元：《巽上人以竹間自採新茶見贈酬之以詩》，《柳宗元集》，1136頁。

上人等。其中特別應該提出的是浩初。浩初是衡山龍安寺如海禪師的弟子，元和三年到永州為其師向柳宗元求寫碑文，柳寫下那篇著名的《送僧浩初序》。後柳宗元為他賦詩二首，其一為《浩初上人見貽絕句欲登仙人山因以酬之》：

> 珠樹玲瓏隔翠微，病來方外事多違。
> 仙山不屬分符客，一任淩空錫杖飛。

其二為《同浩初上人同看山寄京華親故》：

> 海畔尖山似劍鋩，秋來處處割愁腸。
> 若為化得身千億，散上峰頭望故鄉。[6]

二詩借佛典而抒情寫意，圓融無痕，歷來為論者稱道。

韓愈雖然以闢佛著稱於世，但也不免與僧人交遊。他與柳宗元的區別在於交遊的目的與態度。《韓昌黎集》中贈詩往來的僧人有文暢、澄觀、惠師、靈師等七人，所贈詩多有訓誡的味道。另外還有《送高閒上人序》等文章，也有勸其「反正」意思。而賈島本為僧人（法號無本），後還俗參加科舉，原因之一就是與韓愈交遊受到了影響。然而，儘管如此，韓愈還是因與僧人的游處受到批評。他被貶潮州時結識了僧人大顛。大顛俗姓楊，是石頭希遷禪師的法嗣，初居於羅浮山，後到潮州靈山住持。韓愈因潮州地方偏僻，寂寞無友，便召與相談。結果流言紛紛，以致他不得不專門作文闢謠：

---

6 〔唐〕柳宗元：《浩初上人見貽絕句欲登僊人山因以酬之》，《柳宗元集》，1172頁。

有人傳愈近少信奉釋氏者，此傳者之妄也。潮州時有一老僧，號大顛，頗聰明，識道理。遠地無可與語者，故自山召至州郭，留十數日，實能外形骸，以理自勝，不為事物侵亂。與之語，雖不盡解，要且自胷中無滯礙。以為難得，因與來往。及祭神至海上，遂造其廬，及來袁州，留衣服為別，乃人之情，非崇信其法，求福田利益也。[7]

這並沒有使流言平息下去，反而愈演愈烈，後來又有《與大顛第一書》、《第二書》、《第三書》傳流世間。信的內容和《與孟簡尚書書》的自述差不太多，大意稱窮居僻壤，寂寞愁悶，請大顛破除畛域偏見，過往一談。千餘年來。關於這幾封信的真偽，聚訟紛紜，歐陽修、蘇東坡、朱熹、楊升庵、胡應麟等都參與到爭論之中，而迄今仍是未了公案。有的說是僧人偽造，敗壞韓愈名聲。有的說是韓愈自為，白璧微瑕。與此公案相關，《五燈會元》又有韓愈同大顛談禪的記載。一次是韓愈問大顛年紀，大顛先後以舉數珠、叩齒作答，愈終不解。另一次是韓愈請教治州方略，大顛默然。愈不解，侍者敲擊禪床三下，說：「先以定動，後以智拔。」韓愈得悟，大歎服。這似乎可斷作點僧所造。但這些事的真偽並無關緊要。因為韓愈自己沒有否認與大顛的往來，而且明白稱讚其「能外形骸，以理自勝」。況且統觀韓愈一生，他站在維護儒學道統的立場猛烈抨擊佛教，但與僧人往來還基本是友好的，有時甚至很尊敬對方。大顛之外，如對穎師的琴藝佩服之至，在《聽穎師彈琴》中寫道：「嗟餘有兩耳，未省聽絲篁。自聞穎師琴，起坐在一旁。推手遽止之，濕衣淚滂滂。穎乎爾誠能，無以冰炭置我腸。」極力渲染自己受到的感情震盪。以至後世腐

---

7　〔唐〕韓愈：《與孟簡尚書書》，《五百家注昌黎文集》，第18卷，《四庫全書》本。

儒不能理解，認為韓愈此詩為捧場之虛套。

要之，從韓愈、柳宗元的爭論以及各自與僧人交遊情況看，至少可以得到三點啟發：1.文士與僧眾的交遊是很普遍的現象。文暢南游便向近百名詩人索稿，闢佛如韓愈者亦不免於往來，柳宗元貶謫時棲身於僧舍，如是等等，都可見一時之風氣。2.詩人們身處逆境時與僧人往來尤多。這一方面由於自身情緒低落，失望頹喪而容易接受佛理，另一方面也因為僧眾與世俗利害關係疏遠，炎涼之態較輕，正如柳宗元所講：「凡為其道者（指出家為僧——今按），不愛官，不爭能，樂山水而嗜閒安者為多。吾病世之逐逐然唯印組為務以相軋也，則舍是其焉從？吾之好與浮圖遊以此。」[8] 3.僧侶中確有重交誼，有識見者，在詩人困窘時給予安慰，甚至千里相訪，不以炎涼易態，與俗世成明顯對比，從而獲得了詩人們的尊敬（當然，並不是沒有相反的情況，如上述之文暢就好名近俗，簡直有「打抽豐」之嫌）。

韓柳之爭的是非以及韓愈《大顛書》的真偽引起了後世讀書人的關心。考證、評論連篇累牘，甚至還有好事者自擬為當事人捲入爭論，如宋人王令作《代韓退之答柳子厚〈示浩初序〉書》，據儒闢佛，反覆申斥柳宗元之非，洋洋千餘言，而今天看來，並無高論。不過，這反映了自中唐到宋初，儒生文士對佛教問題的嚴肅認真態度。而宋中葉以後，這種態度漸漸起了變化，詼諧、玩世的因素滲入其中，並膨脹起來。關於蘇東坡與僧人交遊的種種趣聞，就顯示了這一趨向。

蘇東坡最密切的佛門知交就是參寥。參寥，法名道潛，俗姓何，為杭州智果寺住持。本人擅長作詩，與蘇氏兄弟、秦少游等都有深厚的友誼。蘇東坡作杭州通判時，不知為什麼，參寥並沒有去拜謁這位

---

8　〔唐〕柳宗元：《送僧浩初序》，見《柳宗元集》，674頁。

父母官。而當蘇調任徐州太守時，這位詩僧始北上相訪。林語堂在
《蘇東坡傳》中解釋：「參寥自己也是大詩人，個性高超。不願意沽
名釣譽，」所以當蘇任職杭州時，「他只遠遠望著蘇東坡，默默敬仰
他。」參寥對蘇東坡確是敬仰萬分的。東坡去世後，他作挽詞十餘首
備訴衷情，讚譽東坡「經綸等伊呂，辭學過班楊」，「雅量同安石，高
才類孔明」，其中特別提到東坡與僧侶的交遊：

> 當年吳會友名緇（自注：大覺、海月、辯才），盡是人天大導師。
> 拔俗高標元自悟，妙明真覺本何疑。
> 籃輿行處依然在，蓮社風流固已衰。
> 它日西湖弔陳跡，斷橋堤柳不勝悲。[9]

而蘇東坡也把參寥當作詩苑知己，稱讚其作品「新詩如玉屑，出語便
清警」。他著名的論詩之作就是《送參寥師》，略云：

> ……欲令詩語妙，無厭空且靜：靜故了群動，空故納萬境。
> 閱世走人間，觀身臥雲嶺。鹹酸雜眾好，中有至味永。
> 詩法不相妨，此語當更請。[10]

他與參寥間的詩歌往還頗多，如他的名作《百步洪》即贈參寥，而參
寥的《讀東坡居士南遷詩》、《次韻東坡居士過嶺》，也深見知己情
誼，如前一首：

---

9 〔宋〕道潛：《東坡先生挽詞》，見《參寥子詩集》第11卷，四庫全書本。
10 〔宋〕蘇軾《送參寥師》，見《蘇軾詩集》，906-907頁，北京，中華書局，1982。

居士胸中真曠夷，南行萬里尚能詩。

牢寵天地詞方壯，彈壓山川氣未衰。

忠義凜然剛不負，瘴煙雖苦力何施。

往來慣酌曹溪水，一滴還應契祖師。[11]

在蘇東坡兩次貶謫生涯中，都感受到參寥不渝的友情。這與柳、韓的
情況相似。而由於東坡個性及時代氛圍兩方面的原因，這種友情還別
有特色。在二人初見於徐州時，蘇東坡就大開其玩笑，酒席宴上令歌
伎向參寥求詩。而參寥才思敏捷，當即贈伎一首：

底事東山窈窕娘，不將幽夢囑襄王？

禪心已作沾泥絮，肯逐春風上下狂！[12]

東坡的玩笑帶有惡作劇的性質，而參寥的詩作卻很機智，既巧妙地闡
述了佛理，又含蓄地回敬了東坡一下。據說蘇東坡很是佩服，尤其欣
賞「沾泥絮」二句，讚歎道：「予嘗見柳絮落泥中，謂可入詩料，不
意此老收得，可惜也。」

　　蘇東坡與其他僧人游處同樣充滿了戲謔，如見玉泉禪師，禪師
問：「尊官高姓？」他回答：「姓秤，乃稱天下長老底秤。」禪師便大
喝一聲，然後問：「且道這一喝重多少？」東坡被問倒，便與禪師結
下了友誼。更典型的事例是蘇東坡與佛印的交往。東坡身後，文人墨
客也罷，市井細民也罷，談起他的軼聞趣事，大半與佛印有關，甚至
上述那首參寥的贈伎詩也被移到佛印名下。而參寥反而少有提及──

---

11 〔宋〕道潛：《讀東坡居士南遷詩》，見《參寥子詩集》第9卷。

12 〔宋〕道潛：《子瞻席上令歌舞者求詩戲以此贈》，見《參寥子詩集》第3卷。

這大約是因為參寥與東坡之交畢竟較為嚴肅。

關於佛印的身世有種種傳說，如謂他本為儒生，名謝端卿，與蘇東坡友善。在宋神宗設齋祈雨時，蘇助謝化裝為侍者，以便偷看一下皇帝御貌。不料被神宗看中了謝的容貌，詔令其剃度為僧。至於稱其為佞臣李定的同母異父兄弟等，多半為小說家言。比較可信的講法是，佛印為浮梁人氏，法名了元，曾住持於鎮江金山寺，後駐錫於杭州。

蘇東坡與佛印的交往是宋代（主要是南宋）說話藝人深感興趣的題材。今存《東坡居士佛印禪師語錄問答》就是藝人「說參請」的話本，內容大體分三類：二人嘲戲之詞及談詩論文、參禪悟道之語，而以嘲戲為主。如佛印諷刺東坡「不慳不富，不富不慳；轉慳轉富，轉富轉慳；慳則富，富則慳。」東坡答道：「不毒不禿，不禿不毒；轉毒轉禿，轉禿轉毒；毒則禿，禿則毒。」又如東坡攜眷遊湖，見佛印水邊捉蚌，便嘲曰：「佛印水邊尋蚌（諧音「棒」——今按）吃。」佛印應聲回答：「子瞻船上帶家（「枷」）來。」談詩則如《聯佛印松詩》。佛印窗前松枝被風吹折，吟成一聯：「龍枝已逐風雷變，減卻虛窗半日涼。」請東坡續作。東坡立成二句：「天愛禪心圓似鏡，故添明月伴清光。」論禪之語亦莊亦諧，如：二人遊山，東坡問：「此為何山？」佛印：「此為飛來峰也。」東坡：「何不飛去？」佛印：「一動不如一靜。」東坡：「若欲靜，來作麼？」佛印：「既來之，則安之。」又如，東坡問佛印：「觀音念佛時稱頌何種佛號？」佛印回答：「念觀念之號。」東坡：「自己念誦自己名號何用？」佛印：「求人不如求己。」很顯然，這大半為虛構之詞。從其中的世俗氣息來看，當成於書會才人之手。這部《語錄問答》（也題作《問答錄》）廣為流行，至明末又被馮夢龍改寫成擬話本《佛印師四調琴娘》，收入《醒世恒言》。究其原因，正在於它的世俗氣息。

宋代以東坡、佛印交遊為題材的話本還有兩部「小說」──《蘇長公章臺柳傳》與《五戒禪師私紅蓮記》。《章臺柳傳》寫蘇東坡與妓女章臺柳的感情糾葛，而把佛印穿插於始終。關於東坡與佛印的友誼，《傳》中借東坡之口交代：「此僧與我至交，我前任翰林院學士，他住持大相國寺，每日與我聯詩酌酒。不想我貶黃州，此僧退了大相國寺，又去住甘露寺，又與我相交。今除在此做太守，他又退了甘露寺，來此住持靈隱寺，又與我交。」這一故事突出蘇東坡的詩人身份，與佛印之交全在飲酒賦詩的情節中表現。如二人同為妓女賦詩，東坡詩云：

> 章臺楊柳不禁風，慮恐風吹西復東。
> 且與移來庭院內，免教攀折路歧中。

佛印詩云：

> 帶煙和雨幾多標，惹根牽愁萬種嬌。
> 欲識章臺楊柳態，請君先看柳眉腰。[13]

東坡的詩「色眯眯」，佛印則是一副「花和尚」面孔，這自然合於市民們的口味。而後文更進一步，寫了文士與僧人們的詩酒會，主題是為妓女題詩。與會者有蘇東坡、秦少游、佛印及辯才長老、南軒長老，三僧各作豔詞一首，俱為「嫋娜舞腰」、「他人風月」之類。此種情節虛多實少，不過也有一定的認識意義：一則反遇了文士與僧侶確

---

13 《蘇長公章臺柳傳》，見《宋元小說話本集》，253-254頁，河南，中州古籍出版社，1987。

有頻繁交往，小說才能構設出這樣的詩酒會；二則可見當時人們心目中蘇東坡與僧人交往的諧謔情調。

相比之下，《紅蓮記》的世俗氣息與佛教宣傳意味都要更濃一些。作品講的是高僧五戒與明悟為道友，五戒一時把持不住，與寺中養女紅蓮犯了淫戒，羞愧之下坐化而去。明悟恐其迷失本性，便隨之圓寂，一起投胎轉世。五戒即為蘇東坡，明悟即為佛印。二人詩文相交，而蘇東坡在佛印啟發下了悟前因，「敬佛禮僧」，「得為大羅天仙」，佛印「為至尊古佛」。寫和尚犯淫戒，是市民文學的「熱點」內容，把這個風流「罪名」安到蘇東坡頭上，卻未免有幾分滑稽。而究其初始，東坡命參寥贈歌伎詩當為「風起於青萍之末」時，所以他背上這一冤枉「罪名」，也可說是咎由自取了。這篇小說也寫到詩人與僧人的交往：「（東坡）與佛印並龍井長老辯才、智果寺長老南軒，並朋友黃魯直、妹夫秦少游，此人皆為詩友。」比起《章臺柳傳》，又多了個黃庭堅。

《紅蓮記》迎合了市民階層的口味，在元明清三代影響甚大。馮夢龍改寫後收入《古今小說》。另外，《繡谷春容》的《東坡佛印二世相會》，《燕居筆記》的《紅蓮女淫玉禪師》（或作《東坡佛印二業相會傳》），《警世奇觀》的《兩世逢佛印度東坡，相同寺二智成正果》，也都由此衍生。戲曲說唱也紛紛取作素材，寶卷、陶真、院本、雜劇、傳奇、短劇都有演述這一故事的作品。此事對東坡雖屬誣妄，卻間接反映了封建社會後期詩人與僧徒交遊的世俗性。

儘管蘇東坡與僧人的關係時雜諧謔，但由於他的名氣、影響至大，所以後世佛徒仍然極力拉作「護法」——何況，東坡中年以後也確有認真皈佛的表現（蘇轍稱他「後讀釋氏書，深悟實相」）。如《五燈會元》便把他與白居易同列為南嶽懷讓禪師的法嗣。

就「佛緣」而言，蘇、白並列事出有因。二人青年時都有疑佛謗

僧之舉，中年後皆皈依佛門，且廣交僧友。而二人仕途經歷又有若干巧合，以致東坡自認為是樂天轉世。故參寥有詩：「自謂前身真白傅，至今陳跡尚依然。」《西齋淨土詩》：「香山社裏白太傅，龍井山中蘇翰林。」今天看來，白居易與佛門的「因緣」同樣具有某種代表性，值得注意。

青年時代，白居易對佛教持矛盾態度。他十八歲結識了正一上人，有詩歌往還。二十八歲時，他在洛陽遇到凝公，交談之後十分敬佩，便向其請教佛學心要。凝公贈他八個字：觀、覺、定、慧、明、通、濟、舍。白居易自稱「入於耳，貫於心，達於性。」三年後，法師圓寂。白就此八字作《八漸偈》，並「升於堂，禮於床，跪而唱，泣而去」，極盡哀悼敬重之情。但時隔不久，他在著名的政論《策林》中卻提出了堅決闢佛的主張：

> 僧徒月益，佛寺日崇，勞人力於土木之功，耗人利於金寶之飾，移君親於師資之際，曠夫婦於戒律之間。古人云：一夫不田，有受其餒者；一婦不織，有受其寒者。今天下僧尼不可勝數，皆待農而食，待農而衣。臣竊思之，晉宋齊梁以來，天下凋弊，未必不由此矣。[14]

這種矛盾情況在青年士人中比較多見。闢佛是所受儒家教育的結果，也與強烈的功業欲望有關。與僧遊處則是點綴風雅的小玩藝兒。待到人生種種困厄臨頭後，思想的天平才真地向佛教一邊傾斜過去。

白居易貶謫江州後，時從佛典中求心理平衡，自稱「禪功自見無人覺，合是愁時亦不愁」，「為學空門平等法，先齊老少生死心」[15]。

---

14 〔唐〕白居易：《策林六十八》，見《白居易集》，1368頁，北京，中華書局，1985。
15 〔唐〕白居易：《歲暮道情二首》，見《白居易集》，319頁。

與僧人的交遊也漸多。他一度居住在東林寺內，與果上人等結為香火社。待改授忠州刺史時，竟戀戀不捨如別故鄉。這一段時間裏，白居易結識了很多僧友。東林寺香火社共十八人，如釋朗、釋滿、釋晦等，懼有詩歌酬答。三年後，他奉詔入京。回憶起舊遊不勝感慨，有詩云：

> 一別東林三度春，每春常似憶情親。
> 頭陀會裏為逋客，供奉班中作老臣。
> 清淨久辭香火伴，塵勞難索幻泡身。
> 最慚僧社題橋處，十八人名空一人。[16]

長慶二年，白居易到杭州作刺史，與僧人往來更加頻繁，自稱「此處與誰相伴宿，燒丹道士坐禪僧」。七年後，他以太子賓客分司東都洛陽，捐俸重修城外香山寺，致仕後，便與僧人如滿等在其中結香火社，長居寺中不還。此時白居易表現得對佛教無比虔誠，把自己的詩文集抄寫四份，一份家藏，其餘分別藏於聖善寺、東林寺、南禪院，發願「以今生世俗文字放言綺語之因，轉為將來世世贊佛乘、轉法輪之緣也。」與蘇東坡不同的是，白居易與僧人來往一派嚴肅認真之態。他雖與僧人有詩歌唱酬，但瞧不起皎然、靈澈一類的詩僧。他讚許的是「為義作，為法作，為方便智作，為解脫性作，不為詩而作」的僧「詩」。他在《題道宗上人十韻》中明確表達自己這一觀點：

> 如來說偈贊，菩薩著論議。是故宗律師，以詩為佛事。
> ……

---

16 〔唐〕白居易：《春憶二林寺舊遊因寄郎滿晦三上人》，見《白居易集》，404頁。

> 旁延邦國彥，上達王公貴。先以詩句牽，後令入佛智。
>
> 人多愛師句，我獨知師意。不似休上人，空多碧雲思。[17]

道宗為普濟寺高僧，與很多顯貴有詩文往來。白居易認為這是「以詩為佛事」。而詩中提到的「休上人」為南朝詩僧湯惠休，詩多綺語，便遭白居易擯斥。唐代詩人與僧人交好者多矣，如王維、劉禹錫、李賀等，但如此崇信佛理，主張用詩作傳教工具的，卻只有白氏一人。無怪乎後世佛門弟子紛紛把他列名於蓮臺之下。

宋代詩人與僧侶來往尤多，王禹偁、楊億、黃庭堅，陳師道等都與禪門淵源很深。楊億是宋前期西崑體的代表人物，他與安公大師、諒公大師、廣慧元璉禪師等交好，《五燈會元》把他列入臨濟宗，為南嶽懷讓門下十世弟子。他同諒公參禪，問道：「兩個大蟲相咬時如何？」諒答：「一合相。」楊道：「我只管看。」同廣慧參禪，問道：「布鼓當軒擊，準是知音者？」慧答：「來風深辨。」楊道：「憑麼則禪客相逢只彈指也。」慧曰：「君子可人。」他的證道偈語比較有名，道是：「八角磨盤空裏走，金毛獅子變作狗。擬欲將身北斗藏，應須合掌南辰後。」這是從北澗禪師偈浯「六月一日後，八角磨盤空裏走。……金毛獅子解翻身，無角鐵牛眠少室」中化將出來的。磨盤生角而飛空，獅子變狗，向南尋北斗，都是大不合理之事，比喻在言語道斷、思維路絕中禪境方可出現。

黃庭堅也被列入臨濟宗，為黃龍祖心禪師的法嗣。他與僧人交遊其廣，參禪悟道的僧友有圓通秀禪師、死心新禪師等，談詩論文則以惠洪、靈源等較為著稱。秀禪師曾勸誡他不要作豔詞，否則將墮入地獄。黃不僅「由是絕筆」，而且作《發願文》，「痛戒酒色」。《五燈會

---

17 〔唐〕白居易：《題道宗上人十韻》，見《白居易集》，471頁。

元》記此事甚詳，藉以說明佛法誘化的力量。而事實上，黃庭堅並沒有堅持多久，他在詩中多次提到破戒時的矛盾心理，讀來頗有滑稽之感，如《酒渴愛江清》：「廖侯勸我酒，此亦雅所愛。中年剛制之，常懼作災怪。……誰能知許事，痛飲且一快。」《謝榮緒割獐見貽二首》：「二十餘年枯淡過，病來箸下劇甘肥。果然口腹為災怪，夢去呼鷹雪打圍。」所以惠洪稱他為「情如維摩詰」，「乃檀越叢林之韻人也」。（意指黃山谷如同維摩詰，修為深湛，法力高強，但不戒酒色。）

　　唐宋兩代之外，與僧人交好的詩翁也大有人在，如唐前的大詩人陶淵明、謝靈運，元明清的耶律楚材、王世貞、袁宏道、錢謙益、袁枚，作品中都留下了這方面的雪泥鴻爪。

　　陶淵明隱於潯陽時，與周續之，劉遺民號稱「潯陽三隱」，經二人介紹，認識了淨土宗始祖慧遠法師。慧遠倡議結成白蓮社，有社員一百二十三名，今可考者十八人，世稱為「十八高賢」。其中包括僧徒十二人，居士六人，劉、周皆在數內。據說慧遠曾招陶入社，陶給慧遠覆信，稱「弟子性嗜酒，法師許飲即往」，而慧遠特為其破例。而謝靈運也是慧遠的朋友，申請入社，但慧遠因為他心亂難淨而婉辭。可見慧遠對陶淵明欽重之情。不過，《佛祖統計》、《蓮宗寶鑑》等佛門著述並沒有記入陶淵明的名字。看來，此事很可能是後人出於對陶氏的崇敬而杜撰。陶淵明與慧遠恐屬於交遊而非同道。陶詩《酬劉柴桑》（即劉遺民）云：「山澤久見招，胡事乃躊躇？直為親舊故，未忍言索居。」就反映了這種交遊產生的心理矛盾。

　　耶律楚材是元初名相，曾輔佐成吉思汗、窩闊台等，政績卓著。詩也寫得很好，尤其描寫軍旅生活、域外風光，生動雄奇，胸襟不凡。他曾跟從曹洞禪的大宗師萬松行秀參禪三年，得到印可，號「湛然居士」。對秀禪師十分崇拜，讚美其佛學修為：「機鋒罔測，變化無

窮。巍巍然若萬仞峰,莫可攀仰;滔滔然若萬頃波,莫能涯際。瞻之在前,忽焉在後,回視平昔所學,皆塊礫耳!」在隨成吉思汗遠征西域時,耶律楚材特意寄信,請秀禪師評唱天童正覺的名作《頌古百則》。萬松行秀完稿後,楚材為之作序刊行。開了頌古評唱法門之先河,在禪宗史上是重要的一頁。耶律楚材的集子名《湛然居士集》,足見遊處佛門在他一生中的重要性。

兩千餘年間,文學家中對佛學用力最勤,成就最高的可能要首推龔自珍。他一生保持著對佛教濃厚的興趣,晚年著名的組詩《己亥雜詩》終篇以「忽然擱筆無言說,重禮天台七卷經」作為315首的結束,可見佛學在其心目中的位置。龔自珍一生化了很大力氣深究佛理,而與佛門中人交遊卻不是特別多。比較集中的是在他三十三歲時,他丁母憂家居,一則心憂,一則有閒,於是與佛門中人頻繁往來,並共同校刊了宗密的《圓覺經疏略》。當時交遊的主要佛門人物有紅螺寺的徹悟禪師,還有釋慈風、居士江沅、居士錢林、居士貝墉,還有貴為王公的容齋居士裕恩。據光緒間的《定庵先生年譜》[18],江沅是龔自珍學佛的「第一導師」,而慈風和尚在相宗理論方面、錢林居士在教律方面都對他有所教益。徹悟禪師禪淨雙修,對他的影響也很大。這就與以往士僧交遊偏於閒情逸致大不相同了。定庵之外,明清兩代著名文人王世貞、李卓吾、袁宏道、金聖歎、王夫之、蒲松齡、曹雪芹、譚嗣同等也各具「佛緣」,後文還要談到,這裏就不一一例舉了。

文士們與僧人交遊,閒情逸致之外,探究佛理有所得者,雖不多見,但卻屬於緇素之間最強固的聯繫紐帶。

---

18 〔清〕吳昌綬撰:《定庵先生年譜》,見《龔定庵全集類編》,475頁,北京,中國書店,1991。

　　李賀詩云：「《楞伽》堆案前，楚辭繫肘後。」自言其失望於人生，到佛學與詩歌中尋求寄託。從李賀的作品及有關材料看，他對佛學只是淺嘗泛覽，「堆案前」似有誇張。但這兩句詩將佛學經典與詩集並列相連，卻無意中說出了一個事實：中國文士中頗有潛心釋理，在佛教義學與文學創作上同樣有所成就的人物。

　　這方面的人物首推謝靈運。謝靈運為劉宋時代的著名詩人，在鍾嶸的《詩品》中，被譽為五言詩的三代領袖之一，「才高詞盛，富豔難蹤」。他寫了不少佛教題材的文章，而影響最大的是《與諸道人辨宗論》[19]。這是一篇以答問形式寫成的論文，首列本人對頓悟成佛說的看法，然後針對僧人法勗、僧維、慧驎、竺法綱、慧琳的反覆質疑進行答覆，說理透闢如剝繭抽絲，是闡釋佛理的上乘之作。由於頓悟是當時佛教義學研究的尖端問題，謝靈運的論文又是對竺道生新理論的闡發，故引起了廣泛的注意。不僅僧俗二界都有人以書信形式同他繼續討論，而且竺道生本人也對此文深表肯定，認為「都無間然」。

　　要瞭解謝靈運的觀點，須先對這個問題的理論背景稍作介紹。大乘佛教以覺悟成佛為修行目標，對達到目標的方式存在「漸」與「頓」的不同看法。竺道生之前，在我國漸悟說居主流地位，頓悟說雖有亦不徹底。竺道生是一個勇於創立新說的人物（「生公說法，頑石點頭」就是他演說新見解時的神異情景 —— 當然，是足傳說而已），他提出了「理不可分，悟語造極」的觀點，主張覺悟是不分階段一次實現的。此說一出，爭論即起，謝靈運便以《辨宗論》加入到這場討論之中。

　　謝靈運的主要理論建樹有兩點：1. 頓悟說是吸取儒、釋二教各自的長處融匯而成，同時又避免了二者固有的不足，因此是圓滿的理

---

19　《廣弘明集》，第18卷，見電子佛典《大正藏·諸宗部》T52，No.2103。

論。2.分析中土與印度文化傳統的異同，指出「華人易於見理，難於受教」，而「夷人易於受教，難於見理」，故頓悟說適應中土文化傳統。這對於後世的「三教合一」理論及禪宗頓悟說都有積極的影響。甚至今天研究中國佛教之特質，也可從中受到一定的啟發。

有趣的是，謝靈運的山水詩大多有一個哲理的小尾巴，但幾乎全為老莊之說。他對佛學雖有相當造詣，卻很少融之入詩。只是在上刑場所作的《臨終詩》結尾略有涉及。詩云：「送心正覺前，斯痛久已忍。」「唯願乘來生，怨親同心朕。」這是不是可以理解為生死關頭的「頓悟」呢？

唐代是佛學大盛時期，門派並起，大德輩出。很多文士也對佛理產生了濃厚興趣，佛教題材的詩文空前增加。禪宗六祖惠能的碑文分別出於大詩人王維、柳宗元、劉禹錫之筆，便可見一時風氣。但唐代詩人的佛學研習多與李賀的水準相似，可以「淺」、「泛」二字概括。能深入繁複的名相義理之中，有獨到見解者，不啻鳳毛麟角。在這種情況下，柳宗元的《東海若》[20]一文就分外引人注目了。

《東海若》是一篇寓言體的小品文，但「久為淨土宗奉為重要文獻」（太虛法師：《中國佛教》）。文中講東海之神若得到兩個瓠瓜，開玩笑地分別剖開一個洞，取出瓤子，灌入海水與糞便蛔蟲，再塞住洞口，投入大海。日後又見到這兩個瓠瓜。其中一個中的糞水以大海自命。若告訴它：「海是又大又深又清潔又光明的，你只是大海所棄的一滴而已，又狹小又陰暗又臭腐，自稱為海，豈不又可憐又可羞嗎？你要是羨慕大海的話，我就為你沖去污穢，使你回到大海之中。」糞水生氣地說：「我本就與大海相同，何必求你？我自有本性在，污穢、狹小、幽暗並不能改變我海的本性，而這污穢、狹小、幽暗也是

---

20 〔唐〕柳宗元：《東海若》，見《柳宗元集》，565頁。

海的自然構成。你走開吧，不要來擾亂我。」另一個瓠中之水卻哭著
懇求道：「我早已痛恨這種情況，只是不知還可以改變。現在茅塞頓
開，請您救我吧！」於是若打破這個瓠瓜，將水中污穢蕩去，使水復
歸於大海。而另一個瓠瓜中的海水終於只能與糞穢終處一起了。現有
兩個學佛的人，同出於佛性之海，卻被塵俗迷失了本性，困於五濁、
三有、無明等之中。其中一人反有得色，自稱：「即我即佛。五濁三
有與佛性之海同屬空幻，既然無差別存在，我何必離開自身去外求
呢？」另一個則說：「我久有脫棄塵俗之心，只是能力不夠。」於
是，覺悟者為他講西方淨土的情況，教他以念佛三昧修行。終於得到
佛的憐憫，把他接引到淨土極樂世界。而另一個人則墮入畜道，掙扎
於苦海。這種情況類似於前面講的兩個瓠瓜的故事。

很明顯，這是宣揚淨土宗的宗旨與靈驗。至於那執迷不悟的糞水
及困於塵俗者，卻影射禪宗——特別是接續惠能一脈的越祖分燈禪。
文中把禪宗的主要理論觀點——我即是佛、行住坐臥盡屬修行、自性
自度等——皆作為批判對象。反禪宗是柳宗元一貫的態度。他在《龍
安海禪師碑》、《送琛上人南遊序》等文中便再三抨擊禪宗，稱其「顛
倒真實，以陷乎己，而又陷乎人」，「是世之所大患矣」。而在《永州
龍興寺修淨土院記》中則大講淨土宗的理論，並斷言「其言無所欺
也」。

在佛教各宗派中，淨土宗的理論色彩最淡，淺而近俗，故下層民
眾最易接受。而至明清佛教充分通俗化時，淨土宗又一枝獨秀。柳宗
元是思辨力很強的人，其哲學論文《天說》等以觀點深刻冠絕當時。
為什麼篤信淨土而深惡禪宗呢？其原因主要有三點：1. 柳宗元貶永州
時，交往最多的巽法師為淨土宗高僧。2. 此時淨土宗處於「別禪之
淨」的階段，善導、懷感等淨土大師均有痛斥禪宗之文存世。3. 柳宗
元本人為一理想主義者，對理想化的「極樂世界」寧信其有，對近於

市井生活方式的方便禪自然持鄙夷態度了。這三點中，前兩點為外因，後一點才是決定性的。若和同時代另一位大詩人白居易的態度相比較，這一點就可以看得更清楚些。

白居易晚年也是淨土宗的虔誠信徒。為宣揚淨土宗旨，捐俸三萬錢，請畫工按《阿彌陀經》與《無量壽經》的描述，畫《西方世界圖》一部，高九尺，寬一丈三尺。有所謂「淨土詩」云：「余年七十一，不復事吟哦。看經費眼力，作福畏奔波。何以度心眼？一句阿彌陀。」在《繡西方幀贊》一文中，他虔誠地宣揚淨土之說：

> 從是西方過十萬億佛土，有世界號極樂，以無八苦四惡道故也。其國號淨土，以無三毒五濁業故也。其佛號阿彌陀，以壽無量，願無量，功德相好光明無量故也。……有起心歸佛者，舉手合掌，必先向西方；怖厄苦惱者，開口發聲，必先念阿彌陀佛。[21]

他對「淨土」的迷信與柳宗元並無二致。但他並不黨同伐異。他自青年時代便對佛教有興趣，後來和禪宗、法華宗等都有密切接觸。即使到了晚年，猶作《讀禪經》，詩云：

> 須知諸相皆非相，若住無餘卻有餘。
> 言下忘言一時了，夢中說夢兩重虛。
> 空花豈得兼求果？陽焰如何更覓魚。
> 攝動是禪禪是動，不禪不動即如如。[22]

---

21 〔唐〕白居易：《繡西方幀贊》，見《白居易集》，1476頁。
22 〔唐〕白居易：《讀禪經》，見《白居易集》，716頁。

此詩深得禪宗「出語成雙，盡成對法」的竅要，無怪乎《五燈會元》稱他「久參佛光得心法」、「通幽洞微」。但在當時的佛學界，這種「空花豈得兼求果」的觀點與淨土真有觀是矛盾的。白居易與柳宗元不同，對禪與淨土，他採取的是「魚與熊掌兼得」的態度。這除去早年禪學修為較深的原因外，白居易與柳宗元個性的差異也是應該考慮的因素——柳耿介，故執一端而排其餘；白圓通，故不妨相容而並蓄之。

宋代詩人對佛教的興趣集中於禪。而禪貴悟不貴學，主張「文字之外，以心印心」。因此長篇義理之作較少。但談禪則重機鋒，故宋人語佛多機智語。前文談到蘇東坡與玉泉皓禪師的切磋便可見一斑。他的論佛之文也體現出類似的特色。

東坡青年時志大氣盛，對僧徒「慢侮不信」，尤深惡以機鋒、口舌炫世的俗僧。他自稱曾專門研究其惑眾炫世的模式，找到破解的方法，「游四方，見輒反覆折困之，度其所從遁，而逆閉其途。」看到僧人們理屈詞窮、「面頸發赤」，而又不能發火的窘態，心中得意非凡。[23]中年以後，多歷滄桑，所以對佛教的態度也發生了很大變化。特別是在黃州、嶺南兩次貶謫期間，僧徒給了他不少關懷與安慰，佛教也成為他渡過難關的重要心理支柱。黃州城南有安國寺，東坡隔一兩天必去，「焚香默坐，深自省察，則物我相忘，身心皆空……一念清淨，染污自落，表裏翛然，無所附麗」。就這樣，早去晚歸，堅持了五年，足見其深得禪趣，也可見用心之誠。

東坡長於哲理思辨。青年疑佛侮僧即與此有關。而中老年皈佛禮僧後，這一素質便體現於所作佛門文字中。總體來講，他對佛教宗派沒有明顯的傾向性。正如對儒，釋、道兼取並容，力圖「一以貫之」

---

23 〔宋〕蘇軾：《中和勝相院記》，見《東坡全集》，第35卷，四庫全書本。

一樣，他對佛學也是取其義理，而略其枝節皮毛。如讀《金剛經》，
特別留意於「一切賢聖，皆以無為法，而有差別」的觀點，進一步推
演出如來與舍利弗，乃至百工賤技等，在修行、學習的境界方面，跡
異而神同，都須「無心無求」才能進入最高的成熟境界。這已近乎借
題發揮了。他讀《維摩詰經》，則別出心解。經中討論「不二法門」
問題，諸菩薩發表意見後，文殊師利請維摩詰談看法，「維摩詰默然
無言」，而文殊極口稱讚道：「善哉，善哉！乃至無有文字語言，是真
入不二法門。」維摩詰的「默然」和文殊的讚歎歷來受到推崇，認為
是領悟佛理的最高境界。蘇東坡在《石恪畫維摩頌》中卻講：

> 我觀三十二菩薩，各以意談不二門。
> 而維摩詰默無語，三十二義一時墮。
> 我觀此義亦不墮，維摩初不離是說。
> 譬如油蠟作燈燭，不以火點終不明。
> 忽見默然無語處，三十二說皆光焰。[24]

這是運用佛學的「雙遣」法，語執為非，默執亦非，真正的圓融境界
是語、默齊致，觸物無礙，語得默而彰，默得語而明。顯然這種見解
比起一味讚歎「默然」來，更富於思辨的色彩。

由於個性的原因，蘇東坡學佛與白香山的態度也不相同。白的目
的性（往生淨土）太強，而蘇則比較超然，完全是一派「我轉《法
華》」的氣派。因而，他既寫了很多嚴肅、虔誠的佛門文字，又頗有
一些玩笑之作──這是東坡學佛的特色所在。如他發明了一道素菜，
名之曰「東坡羹」，「不用魚肉五味，有自然之甘」。應純和尚向他討

---

24 〔宋〕蘇軾：《石恪畫維摩頌》，見《東坡全集》，第98卷。

教烹調方法，他便作一頌相問：

> 甘苦嘗從極處回，鹹酸未必是鹽梅。
> 問師此個天真味，根上來麼塵上來？[25]

因為這道菜不過油，故稱「天真味」；但又須「揉洗數過，去辛苦汁」，故並非本味。所以東坡借佛學「六根」、「六塵」之說來戲問之。又如他作《禪戲頌》，就「吃淨肉破戒否」的問題和僧人開玩笑，得意洋洋地寫道：「大奇大奇，一碗羹，勘破天下禪和子。」甚至在一些嚴肅的文章中，東坡也透露出幾分玩世的味道。如《勝相院經藏記》，寫為釋寶月的大寶藏施捨事，自稱「無有毫髮可舍」，只好把語言文字之「業」舍掉，自此以後，擱筆不寫云云。這些話即使不是故意開玩笑，也是絕不可當真的。

明代佛學雖不及唐宋發達，但在家居士的佛理研究卻超過了唐宋。宋濂、李卓吾、袁中郎、王宇泰、屠隆、焦竑等都有很深的造詣，而王學從禪門得到孳乳，更是延續百年的思想文化現象。這些游心佛禪的人中，詩作與佛學同臻一流的，當首推中郎。袁中郎（宏道）與兄宗道、弟中道同稱雄於詩壇，世稱「三袁」。民間傳說乃「三蘇」轉世，中郎前身即為東坡。其說雖誕妄，但以「佛緣」來看，二人行事確多相似之處。而中郎一生服膺東坡，稱頌其文「驚天動地」、「洪鐘大呂」，——這大約是傳說的起因吧。

袁中郎青年時留心於禪，受李卓吾影響很深，故論禪時狂傲自負，道：「僕自知詩文一字不通，唯禪宗一事，不敢多讓。」他以《華嚴》的事理無礙論來講禪悟門徑，在《與曹魯川書》中講：「禪

---

25 〔宋〕蘇軾：《東坡羹頌》，見《東坡全集》，第98卷。

者，定也；又禪代不息之義。……既謂之禪，則遷流無已，變動不常，安有定轍……要知佛之圓，不在出家與不出家；我之圓，不在類佛與不類佛；人之圓，不在同我與不同我。通乎此，可以立地成佛，語事事無礙法界矣。」其中以「動」說禪，以《華嚴》無礙之境證禪，都有獨到之處。

中年以後，袁中郎歸心於淨土法門。三十二歲那年秋天，他編撰了《西方合論》。這本書被選入《淨土十要》，是淨土宗的重要論著。中郎在自序中講：

> 余凡十年學道，墮此狂病。後因觸機，薄有省發，遂簡塵勞，歸心淨土。禮誦之暇，取龍樹、天台、智者、永明等論，細心披讀，忽而疑豁。既深信淨土，復悟諸大菩薩差別之行，如貧兒得伏藏金，喜不自釋。會愚庵和尚、平倩居士謀余裒集西方諸論，乃宗古德要語，勒成一書，命曰《西方合論》。[26]

而明善在跋語中則更明確揭示了此書宗旨：「淨土玄門，失闡久矣。……《西方合論》一出，然後知淨土諸經，的與《華嚴》、《法華》不分優劣，可破千古群疑矣。伏願見聞此論者，廣破邪疑，直開正信，揭淨土之心燈，照塵劫而無盡。」淨土宗本有修為簡易而理論薄弱的特點，袁中郎此舉就是要加強淨土宗的理論色彩，以期與華嚴、天台諸宗抗衡。此書雖為編集，但也可看出袁氏皈依淨土後的理論傾向，即透過宗門禪而融通教律，以華嚴、禪悟之語來闡淨土之理，這在淨土宗的理論建設上是有獨特貢獻的。有趣的是，袁氏三兄弟此時都迷戀於淨土，中郎編書刊行，兄長袁宗道為作長篇《西方合

---

26 〔明〕袁宗道：《重刻西方合論序》，見電子佛典《大正藏‧諸宗部》T47，No.1976。

論敘》。《敘》中假借兄弟辯論禪淨優劣來弘揚淨土，其中說到中郎觀念、態度的轉變：

> 石頭居士少志參禪，根性猛利，十年之內，洞有所入，機鋒迅利，語言圓轉，尋常與人論及此事，下筆千言，不踏祖師語句，直從胸臆流出，活虎生龍，無一死語。遂亦自謂了悟，無所事事。雖世情減少，不入塵勞，然嘲風弄月、登山玩水，流連文酒之場，沉酣騷雅之業，懶慢疏狂，未免縱意。如前之病，未能全脫。所幸生死心切，不長陷溺，痛念見境生心，觸途成滯，浮解實情，未能相勝；悟不修行，必墮魔境，佛魔之分，只在頃刻。始約其偏空之見，涉入普賢之海；又思行門端的，莫如念佛。而權引中下之疑。未之盡破。及後博觀經論，始知此門原攝一乘，悟與未悟，皆宜修習。於是採金口之所宣揚，菩薩之所闡明，諸大善知識之所發揮，附以己意，千波競起，萬派橫流，詰其匯歸，皆同一源……遂亦發心歸依淨土。[27]

這樣詳細地介紹宗教思想轉變過程的文字，十分罕見，對於研究晚明的宗教生態，研究當時的社會思潮，都是非常有價值的材料。而小弟袁中道則以更有文學色彩的方式為兩個兄長「助威」。他寫了《珂雪齋記夢》，形象地渲染西方淨土的美好景象：

> 萬曆甲寅冬，十月十五日。予晚課畢，微倦，趺坐榻上，形體調適。心神靜爽。忽爾瞑去，如得定狀。俄魂與魄離躍出屋上。時月色正明，予不覺飄然輕舉，疾於飛鳥。雲霄中見二童

---

27 同上。

子，清美非常。其去甚駛，予不暇問，但遙呼予曰：「快逐我來。」蓋西行也。予下視世界，高山大澤、平疇曠野、城邑村落，有若坏土杯水、蜂衙蟻穴。予飛少墜，即覺腥穢不可聞，極力上振乃否……

予遂與二童子復取道，俄至一處，有樹十餘株，葉如翠羽，。花作金瓣。樹下有池，泉水汩汩。池上有白玉扉。一童先入，如往報者。一童導予入內。所過樓閣，凡二十餘重，皆金色晃耀。靈花異草，拂於簷楹。至一樓下，俄見一人，下樓相迎，神情似中郎，而顏色如玉，衣若雲霞，可長丈餘。見予而喜曰：「吾弟至矣。」因相攜至樓上，設拜共坐。有四五天人，亦來共坐。中郎謂予曰：「此西方之邊地也。凡信解未成，戒寶未全者，多生此地。」……

中郎冉冉上陞，予亦不覺飄然輕舉。倏忽虛空千百萬里，至一處，隨中郎下。無有日月，亦無晝夜，光明照耀，無所障蔽。皆以琉璃為地，內外映徹，以黃金繩，雜廁間錯，界以七寶，分劑分明。地上有樹，皆旃檀吉祥，行行相值，莖莖相望。數萬千重，一一葉出眾妙花，作異寶色。下為寶池，波揚無量，自然妙聲。其底沙純以金剛，其中生眾寶蓮葉，作五色光。池之隱隱，危樓迴帶，閣道傍出，棟宇相承，窗闥交映，階墀軒楹，種種滿足。皆有無量樂器，演諸法音。大約與大小阿彌陀經所載，覺十不得其一抄一忽耳。予愛玩不捨，已仰而睇之，見空中樓閣，皆如雲氣上浮。中郎曰：「汝所見淨土地行，諸眾生光景也。過此以上，為法身大士住處。甚美妙千倍萬倍於此，其神通亦千倍百倍於此。」……[28]

---

28 同上。

以一時文學領袖的身份，以純然文學的筆法，表達一種「地道」的宗教觀念，袁小修此作可算得是一篇奇文了。其中又把西方淨土分為諸多等級，把中郎描寫成一位引路人，都很有小說的味道。

十九世紀上半葉，是我國封建社會走向解體的關頭，傳統的思想統治也隨之出現大的裂罅。那些探尋社會出路的有識之士中，不少人對佛學產生了濃厚的興趣，企圖從中發現新的思想支點。龔自珍、魏源便是如此[29]。

龔自珍是清後期最重要的詩人，柳亞子稱其詩為「三百年間第一流」。龔自珍幼習考據，長學公羊，同時又始終保持對佛學的熱情。他自稱「幼信轉輪，長窺大乘」，而其好友魏源則說他「晚尤好西方之書（指佛學典籍），自謂造深微云」。他甚至明確把佛學置於儒學之上，在《題梵冊》一詩中寫道：

> 儒但九流一，魁儒安足為？西方大聖書，亦掃亦包之。
> 即以文章論，亦是九流師。釋迦諡文佛，淵哉勞我思。[30]

他對佛教的信仰是很虔誠的。母親病逝後，他出資刊印《圓覺經略疏》，「願以此功德」來解消母親的「夙業」，使靈魂早至「淨土」，並發願將來與母親、妻子「相見於蓮國」。對於佛學方面的啟蒙老師──江沅，龔自珍終生感激，多次在詩文中致謝，言稱「千劫無以酬德」。江沅逝世，他作詩「祝其疾生淨土」，以「師今遲我蓮花國」相期。

龔自珍身處社會巨變的前夕，中西文化的碰撞已經開始，所以他

---

29 參見梁啟超《清代學術概論》。

30 〔清〕龔自珍：《題梵冊》，《龔定庵全集類編》，第17卷，409頁，北京，中國書店，1994。

在宗教方面的視野較前人開闊了很多。其有關著作中，不僅涉及了傳統的佛教、道教問題，而且涉及到藏密的歷史、評價，甚至還談到了基督教與伊斯蘭[31]。而在佛教經典及藏密歷史等方面，龔自珍以乾嘉學風所擅長的版本考索、材料比勘等方法進行研究，從而取得了前輩學人難以企及的成績。光緒年間，吳昌綬作《定庵先生年譜》，其中「道光四年甲申三十三歲」條下集中記述了龔自珍習佛的經歷：

> 好讀內典，遍識額納特珂克、西藏、西洋、蒙古、回部及滿漢字，校定全藏。凡經有新舊數譯者，皆訪得之，或校歸一是，或兩存之，三存之。自釋典入震旦以來，未之有也。[32]

「未之有也」是否誇張，難以遽斷。但可以肯定的是，文士之中，對佛學用力如定庵之勤之深者，確乎是從所未見的。

龔自珍的佛學論著今存四十九篇，在其全部思想性論著中占很大比例。其中包括考訂經文的《正譯》七篇、《〈妙法蓮華經〉四十二問》，論禪法的《定庵觀儀》、《通明觀科判》，論判教的《最錄禪源諸詮》、《支那古德遺書序》，辨析佛學命題的《中不立論》、《法性即佛性論》等，內容廣泛，頗有深度。統觀各篇，有三個鮮明的特點：

1. 判教嚴格，黨同伐異的傾向很強。他宗天台之學，最重《法華經》，稱為：「經之王」，釋迦、觀音之下，最崇拜天台宗諸古德如慧思、智者、湛然、藕益等。對華嚴、賢首等教門，則取容蓄的態度。而對越祖分燈的南禪，則深惡痛絕，斥為「蛆蟲僧」。在《支那古德遺書序》中，對南禪的「機鋒」、「參悟」、「看話頭」、「棒喝」、「教外

---

31 如《蒙古像教志序》分析藏傳佛教的源流、宗旨，《上清真人碑書後》討論道教史問題，《婆羅行謠》吟及「宗喀巴」、「耶穌」以及「繡衣花帽」的西域穆斯林。

32 〔清〕吳昌綬：《定庵先生年譜》，見《龔定庵全集類編》，475頁。

別傳」等頓悟法門，一一予以駁斥，然後指出：

> 晚唐以還，象法漸謝。則有斥經論用曹溪者，則有祖曹溪並失
> 夫曹溪之解行者，愈降愈濫，愈誕愈易。昧禪之行，冒禪之
> 名。儒流文士，樂其簡便；不識字髡徒，習其狂猾。語錄繁
> 興，夥於小說，工者用庾，拙者用謠，下者雜俳優成之，異乎
> 聞於文佛之所聞。狂師召伶俐市兒，用現成言句授之，勿失腔
> 節，三日，禪師其遍市矣。[33]

所論雖稍覺偏激，然頗中後世偽禪之要害。定庵儘管主張「闢盡狂
禪」，卻仍尊禮惠能，多次論及惠能觀點與天台教旨的相通，如《二
十三祖二十七祖同異》中講：「予以天台裔人而奉事六祖，為二象一
龕供奉之。我實不見天台、曹溪二家纖毫之異。」另外，他也不反對
禪定止觀，認為禪是「佛說六波羅密門之一門」，「千佛所胎息，三乘
所劬勞，八教所筦鑰，盡事禪也。」他習禪頗有體會，主張「其術至
樸實平正也」。這基本是承襲了慧思、智者「定慧雙修」的觀點。

　　2. 敢於創新立論。《法華經》共有三種譯本：西晉竺法護譯《正
法華經》十卷二十七品、姚秦摩鳩羅什譯《妙法蓮華經》七卷二十八
品、隋闍那崛多譯《添品妙法蓮華經》七卷二十七品。自唐以還，秦
本獨行，少有異詞。龔自珍將三種譯本一齊抹倒，根據自己的理解，
整理出一種新本。新本由秦本刪去七品（全書的四分之一），將剩餘
部分重新編排，分為前後兩部。並作《〈妙法蓮華經〉四十二問》《正
譯第一》《正譯第七》申述理由。他認為所刪部分中，有的「非佛
語」，有的是不合體例，還有的屬於「偽經之最可笑者。凡恫喝挾制

---

33　〔清〕龔自珍：《支那古德遺書序》，《龔定庵全集類編》，第3卷，53頁。

之言，皆西竺蛆蟲師所為也」。把一部號稱「經之王」的權威性佛典大動手術，並發如此大不敬語，實在是驚世駭俗。他針對僧俗兩界可能產生的指責，立誓曰：「凡我所說，不合佛心……七日命終，墜無間獄，我不悔也。如我所言，上合佛心……見生蒙佛夢中授記，得阿耨多羅三藐三菩提。」表現出充分的自信。在《正譯第五》中，對由來已久的《大般若經》譯本真偽問題，也大膽地提出了獨特的見解，斷然肯定秦譯，指唐譯為「西土偽經」。[34]

3. 長於思辨。無論考訂經文真偽，還是闡發佛學命題，龔自珍都表現出嚴密的思維能力。特別在後一方面，他很熟練地運用因明三支比量來解決問題，如《中不立境論》：

> 宗──今立中不立境。
> 因──因何以故？曰：因佛恒依兩邊而說法故。
> 喻──喻如一月中，以自朔至望十五日為前半月；以自望後一日至月晦日，凡十五日為後半月；中在何處？又喻一尺之篝，以五寸為半之長；又以五寸為半之長，折而為兩，兩頭等長，中在何處？[35]

邏輯清晰，表達簡捷，深得因明學要領。

龔自珍的諸多佛學篇什，著述態度十分認真，學理深湛，對於研究他本人的思想、學術，以致於清代的學術流變，都是重要的材料。其中，《支那古德遺書序》表現的宗教思想，《發大心文》表現的菩薩誓願與社會理想，《蒙古像教志序》對藏傳佛教派別流變及各自宗旨的分析，尤見不凡的功力。魏源在編撰《皇朝經世文編》時，收入後

---

34 均見《龔自珍全集》，第六輯，357-370頁，上海人民出版社，1959。
35 見《龔自珍全集》，第六輯，372頁。

者並讚許道：「聖人神道設教，因地制宜，此亦國家控御撫綏之一大端也。」

　　龔自珍詩作常常涉及佛理、佛語，如《西郊落花歌》、《又懺心一首》、《四言六事》、《己亥雜詩》等。其中有直述佛理的。如「道場䮝羯雨花天，長水宗風在目前，一任揀機參活句，莫將文字換狂禪」，即站在教門的立場批判南禪。也有描述個人修行體會的，如「佛言劫火遇皆銷，何物千年怒若潮？經濟文章磨白晝，幽光狂慧復中宵。來何洶湧須揮劍，去尚纏綿可付簫。心藥心靈總心病，寓言決欲就燈燒。」這是他二十八歲所作，當為初習止觀時心態的寫照。還有一類為化佛語入詩境、融佛理於詩情的，如《西郊落花歌》：

> 西郊落花天下奇，古來但賦傷春詩。
> 西郊車馬一朝盡，定庵先生沽酒來賞之。
> 先生探春人不覺，先生送春人又嗤。
> 呼朋亦得三，四子，出城失色神皆癡。
> 如錢塘潮夜澎湃，如昆陽戰晨披靡。
> 如八萬四千天女洗臉罷，齊向此地傾胭脂。
> 奇龍怪鳳愛漂泊，琴高之鯉何反欲上天為？
> 玉皇宮中空若洗，三十六界無一青蛾眉。
> 又如先生平生之憂患，恍惚怪誕百出難窮期。
> 先生讀書盡三藏，最喜《維摩》卷裏多清詞。
> 又聞淨土落花深四寸，冥目觀想尤神馳。
> 西方淨國未可到，下筆綺語何漓漓？
> 安得樹有不盡之花更雨新好者，
> 三百六十日長是落花時。[36]

---

36 〔清〕龔自珍：《西郊落花歌》，《龔定庵全集類編》，第15卷，348-349頁。

借助佛典，定庵於習見的落花傷春題材中翻出新意、拓開新境、天女散花、淨土以花鋪地——落花成可賞可喜之景觀，於是有「長是落花時」的祈盼，大異於凡俗之見。顯然，三類之中，以此為最成功。

　　魏源是龔自珍的同學兼同志。二人皆師從劉逢祿，習公羊之學而主張通經致用，又同存改革求國之心。在研習佛典，以佛入詩方面，二人也是志趣相投。魏源是近代提出向西方學習的第一人。他搜羅海外各國情況，輯成《海國圖志》，並附有輪船機器圖樣，在序中提出「師夷長技以制夷」主張。這在當時，是很有膽識的見解。

　　魏源與龔自珍皆曾以當時的佛學大師錢伊庵為師，但二人判教的見解不同。魏源自稱是禪淨合一，認為「宗、淨合修。進道尤速」。而從他的有關著述《淨土四經總敘》等來看，他更感興趣的是在淨土，雖有多篇佛學論著，但殊少創見。

　　魏源亦喜以佛語、佛理入詩。由於對禪宗態度與定庵不同，故詩中往往刻意尋找、表現禪味，形成自己的特點。如《廬山紀遊》：

> 百道飛流趨一澗，古寺鐘聲和天梵。
> ……
> 前山後山瀑源裏，古寺叩鐘聲如水。
> 松濤透骨松雲寒，萬聲寂滅念無起。
> 山泉何事苦出山，可否流潤能人間，
> 逝川回首再三歎。[37]

又如《西洞庭包山寺留題》：

---

[37] 〔清〕魏源：《古微堂詩集》，卷5，61頁，中國基本古籍庫。

日斜蟬噪合，月上人語散，白雲凝不動，人至始流亂。

微雨何處來？勢與蒼山遠。人鳥徑不分，水木互成岸。

忽聞煙際鐘，知有寺僧飯。即此方會心，忘言復何辯。[38]

前者為一寓言詩，山泉喻入世之人，聞鐘而息心喻領悟佛理。後者仿王維與陶淵明，力圖寫出禪境之清遠。但二詩皆痕跡太露。禪宗本有聞鐘聲而頓悟的著名公案，魏源借來為詩中注入禪意，實已失禪之真意。這與他的禪學修養不深有一定的關係。

---

38 〔清〕魏源：《古微堂詩集》，卷3，36頁。

# 略說詩史佛影

　　一部中國詩歌史，大半時間閃現著佛與道的光、影，而與佛教的關聯尤廣尤深。以元人方回所編的《瀛奎律髓》為例。該書為唐宋格律詩選本，共分四十九類，其中「釋梵」、「仙逸」各為一類。「釋梵」包括僧人的作品以及佛禪題材的詩歌，「仙逸」則是道士及道教題材的詩作。前者共收錄五七言詩251首，後者為64首。實際上，他的分類有交叉，例如在「寄贈」類、「遠外」類中就有若干與僧人有關的作品。即使不算這些，「釋梵」類所收的詩作數量也是所有類別中最多的。實際上，方回並不是對佛禪有特別的興趣，之所以出現這種情況，乃是佛教與詩歌史密切關係的真實反映而已。

　　劉勰在《文心雕龍·明詩》中指出：「宋初文詠，體有因革。莊老告退，而水山方滋。」晉宋之際，山水詩代玄言詩而興，這是我國詩史的一次重要變革。按照通常的講法，山水詩的興起以謝靈運為其代表。不過，在謝靈運之前，玄言詩中已含有模山範水的成份，而且某些佛學理論也為山水詩的創作在宇宙觀、方法論方面作了一定程度的準備。在山水詩的先驅人物中，特別應提出的是一代名僧支道林。

　　支道林，即支遁，俗姓關，陳留人。二十五歲出家，活動於東晉前期。與詩人孫綽、許詢、王羲之等關係密切。當時的社會風氣是重名士、尚清談，支道林也是風氣中人物。《世說新語》記載了大量有關他與名士們往來、談玄論道的逸事[1]。同時，他又是在佛學方向善

---

1　《世說新語》共有支道林事蹟49條，超過「魏晉風度」的代表人物嵇康、阮籍、山濤，數量在前十位之內。

標宗要、自成一說的大師。《支法師傳》稱許他的學術成就道：「法師研十地，則知頓悟於七地；尋莊周，則辯聖人之逍遙。」[2]他在佛學方面的「頓悟」說及玄學方面的《逍遙遊》研究，都名重於當時。而他下功夫最大的還是《般若》學。這方面的著述有《即色游玄論》《妙規章》、《釋即色本無義》、《大小品對比要鈔》等。

對般若性空的研討，是東晉佛教義學的中心內容，主要觀點有六家七宗。支道林的觀點為七宗之一，主要見解是：「夫色之性也，不自有色。色不自有，雖有而空。故曰色即為空，色復異空。」其說要點有二：1. 現象界無「自性」，本身非實有，不具有本體的屬性。2. 現象與本質不可離析而論，本體性質的「空」就在現象界中。這兩點看似矛盾，實則正體現了佛學特有的是非雙遣的思維方式。與其他六宗相比，支道林的觀點對現象界的「假有」、「暫有」肯定稍多，而視現象與本質集於一體，則自然引導人們注目於現象，並從中體悟本體的存在。

這種看法是與支道林本人半高僧半名士的生活態度一致的。他身雖為僧。對「色界」種種皆保持濃厚興趣，如養鶴、養馬、寫字、吟詩、遊山玩水等。他與當世的權貴謝安、劉恢、殷浩等，著名文士王羲之、孫綽、許詢等[3]都有頻繁的來往。孫綽、許詢是所謂「玄言詩」的主要代表人物。在支道林的詩作中，這種半高僧半名士的人生態度就表現為內容的二元：既饒有興味地對青山綠水進行細緻具體描寫，又超越於山水之上悟道談玄。如《詠懷詩五首》之三：

　　晞陽熙春圃，悠緬歎時往。感物思所託，蕭條逸韻上。
　　尚想天台峻，彷彿巖階仰。冷風灑蘭林，管瀨奏清響。

---

2　《世說新語・文學》第36條注引，121頁。北京，中華書局，1984。
3　參見《高僧傳・晉支遁傳》，北京，中華書局，1992。

> 霄崖育靈藹，神蔬含潤長。丹沙映翠瀨，芳芝曜五爽。
> 苕苕重岫深，寥寥石室朗。中有尋化士，外身解世網。
> 抱樸鎮有心，揮玄拂無想。隗隗形崖頹，冏冏神宇敞。
> 宛轉元造化，縹瞥鄰大象。願投若人蹤，高步振策杖。

其中對「泠風」、「管漱」，「神蔬」、「芳芝」等自然景物的描寫與後世
謝靈運山水詩幾無二致，而「抱樸鎮有心」、「宛轉元造化」云云又是
玄言詩的路數。所以清人講：「康樂總山水老莊之大成，開其先支道
林。」──開風氣之先者，自難免帶有舊體的尾巴。

晉宋時期士大夫多留連於山水，而謝氏家族尤甚。謝靈運成為山
水詩的代表作家，與這一家族傳統有關。支道林和這一家族有密切聯
繫。謝安、謝萬，謝朗都很讚賞支道林。彼此之間在思想、情趣等方
面互相影響，應該是沒有疑問的。當然，山水詩脫胎於玄言詩，其思
想基礎主要應由玄學上溯老莊。而支道林也是兼習玄學、老莊的。佛
教對山水詩的影響則主要表現在佛門人物支道林與山水詩及山水詩人
的關係上。一個影響廣泛的「名僧」，既與玄言詩的代表許詢、孫綽
過從甚密，又和山水詩的代表人物的家族頗多來往，我們研究這個時
代詩歌的演變，怎麼能不對這個特殊人物多加關注呢。這一點，過去
研究詩歌發展歷史的學者，似乎重視程度尚有不足。

在中國詩歌的發展史上「永明體」有重要的地位。它是由古體到
近體的橋樑，唐詩宋詞的興盛皆由它「導夫先路」。「永明體」又稱
「新體詩」，其「新」則在於對聲調抑揚規律的講求。因此，「永明
體」的基礎是齊梁之際興起的聲律說。據近人的研究，當時聲律說的
產生與佛教有著甚為密切的關係。

聲律說的主要內容見於沈約的《宋書‧謝靈運傳論》：

> 夫五色相宣，八音協暢，由乎玄黃律呂，各適物宜。欲使宮羽
> 相變，低昂互節，若前有浮聲，則後須切響。一簡之內。音韻
> 盡殊；兩句之中，輕重悉異。妙達此旨，始可言文。[4]

另外，他還撰有《四聲譜》把四聲運用於詩的格律。這樣，就初步形成了平仄錯綜的聲律模式。沈約的成就是在借鑑前人的基礎上取得的。傳說曹植在這方面有開創之功。據《高僧傳・經師論》載：

> 東國之歌也，則結韻以成詠；西方之贊也，則作偈以和聲。雖
> 復歌贊為殊，而並以協諧鍾律，符靡宮商，方乃奧妙……始有
> 魏陳思王曹植，深愛聲律，屬意經音，既通般遮之瑞響，又感
> 魚山之神制。於是刪治《瑞應本起》，以為學者之宗。傳聲則
> 三千有餘，在契則四十有二。其後帛橋、支籥亦云祖述陳思，
> 而愛好通靈，別感神制，裁變古聲，所存止一十而已……原夫
> 梵唄之起，亦兆自陳思，始著《太子頌》及《睒頌》等。因為
> 之制聲，吐納抑揚，並法神授。今之皇皇顧惟，蓋其風烈也。[5]

按照慧皎這種說法，曹植曾獨登魚山，隱約聽到虛空中傳來梵語誦經的聲音，於是既領會了經義，又解悟了聲音抑揚起伏之理，便加以整理，並運用到詩歌創作之中。其後，帛橋等繼承他的學說，進一步「裁變古聲」，便有了後來詩歌的規範聲律。這種講法，學者多指為僧人的附會。但也有首肯者，如范文瀾先生便舉曹植作品相證，認為是有本之談。曹植之後，陸機、范曄等也先後論及有關問題。范曄號

---

4　〔梁〕沈約：《宋書・謝靈運傳》，第67卷，1779頁，北京，中華書局，1974年。
5　〔梁〕慧皎《高僧傳》，第13卷，507-509頁，北京，中華書局，1992。

稱「性別宮商，識清濁」。他與釋曇遷有深交，而曇遷精通梵文聲律，「巧於轉讀」。沈約也有方外之友。他與慧約法師交好，以「禪誦為樂」，「文章往復，相繼曷漏」。另一位對聲律說有貢獻的人物——周顒，則同僧徒曇旻、法慧等往來密切。這一系列類似的情況，恐怕不能完全視為巧合。

　　佛經傳入中土後，誦經便有梵音與漢音兩種形式，很多漢地僧人只能採用後者。東晉以後，佛徒們為使佛經聲文兼得，逐漸強調梵音誦經，即所謂「轉讀」。至宋、齊兩代，很多僧人以「偏好轉讀」、「尤長轉讀」而馳名。南齊永明年間，竟陵王肖子良為提高轉讀水平，招集名僧專事考文審音。轉讀注意聲調抑揚，《高僧傳》有「智欣善能側調，慧光嘻騁飛聲」、「道朗捉調小緩、法忍好存擊切」一類說法，都是著眼於此。而其中《經師論》論轉讀則更明確地提出了「洞曉音律」、「起擲蕩舉，平折放殺」的要求。這與沈約的「前有浮聲，後須切響」提法是相通的。

　　綜上所述，「永明體」與聲律論有關，而聲律論則受到佛經轉讀的啟發與影響。有趣的是，聲律理論與佛門的緣份還不止於沈約。當時聲律論的著述亡佚甚多，故很多具體內容已模糊難考。幸賴日本僧人遍照金剛來華求法時，將聲律「四聲八病」的一些材料帶回日本，編入《文鏡秘府論》中，使我們今日得窺一斑。

　　「永明體」後，梁陳兩代「宮體」流行，其影響直到初唐。對宮體詩的評價，歷來是文學史的一個重要問題。兩宋以還，「宮體」幾乎是色情文學的代名詞。當代的學者開始重新審視其價值，而爭議是很激烈的。原因在於宮體詩題材、風格與正統文學觀念的乖剌。宮體詩有三個特徵：1.以玩賞的態度摹寫女子的身姿體態；2.揣度刻畫女子的性心理，特別是性饑渴；3.詞藻華麗，風格輕靡。這分明皆背於「思無邪」、「止乎禮義」、「感天地、動鬼神、經夫婦、厚人倫、移風

俗」的詩教觀。對於「宮體」的評價，本書不擬深談。我們研究的是，宮體詩的驟興與佛教的關係，因為宮體詩的淵源亦可追溯至佛門。

這種提法乍聽很令人驚奇：禁欲的佛教與具有色情傾向的宮體詩怎能扯到一起呢？但事實卻是，佛教是宮體詩產生、流行的催化劑。

佛教大興於南朝，至梁武帝時成為社會文化的主流，朝野、士庶無不崇奉。文學藝術也不可避免地深深打下其烙印。具體到宮體詩來說，這種影響主要表現在兩個方面：

1.《維摩詰經》對士人生活態度的影響。《維摩詰經》是大乘佛教的重要經典，三國時始傳入中土，至姚秦時已有多種譯本，在士大大階層廣受重視與歡迎。正如魯迅先生所指出，晉以來的名士，每一個人總有三種「小玩意」，一是《論語》、《孝經》，二是《老子》，三是《維摩詰經》。此經最大特色是肯定了居士修行的方式。維摩詰是所謂「在家菩薩」，居於維耶離大城的鬧市，擁有大量財產，過著世俗人一樣的生活，享受著榮華富貴，參與「博弈戲樂」，「入諸淫舍」、「入諸酒會」，但這只是度化世人的「善權方便」。實際上，他具有比一般菩薩、羅漢更高的道行。這一形象適應於士大夫們既戀塵世享樂，又關心靈魂得救的矛盾心態，成為他們自我設計的藍本。可以說，《維摩詰經》給了士大夫們享樂時的穩固的心理支撐點，使他們更心安理得地享受人生。

2.佛教經典對女性的描寫刻畫給宮體詩作者以直接啟發。與中土文化相比，印度文化對「性」的問題不那麼敏感。正如黑格爾在《美學》中指出的，印度古代文學藝術中性描寫放肆大膽，「其中不顧羞恥的情況達到了極端，肉感的氾濫也達到難以置信的程度」，以至西方人翻澤《羅摩衍那》時只好略掉某些段落[6]。這種文化傳統也一定

6　〔德〕黑格爾：《美學》，第2卷，57頁，北京，商務印書館，1979。

程度地反映到佛經中。如《普曜經》描寫波旬魔女惑亂菩薩的情況：
「綺言作姿三十有二」。「姿弄唇口」，「輾轉相調」、「迭相捼握」，「以
香塗身」、「現其髀腳」，「露其手背」等等，這樣的文字在儒家經典中
是不可想像的。至於對女子容貌姿態的描寫，佛經中也不罕見。如
《大莊嚴論經》：

> 咄哉此女人，儀容甚奇妙。目如青蓮花，鼻傭眉如畫。
> 兩頰悉平滿，丹唇齒齊密。凝膚極軟懦，莊嚴甚殊特。[7]
> 威相可悅樂，煒耀如金山。

這是靜態摹寫。描寫行為動作的如《佛所行讚》：

> 太子入園林，眾女來奉迎。並生希遇想，競媚進幽誠。
> 各盡伎姿態，供侍隨所宜。或有執手足，或遍摩其身。
> 或復對言笑，或現憂戚容。規以悅大子。令生愛樂心。
> ……
> 歌舞或言笑，揚眉露白齒。美目相眄睞、輕衣現素身。
> 妖搖而徐步，詐親漸習近。……
> 或為整衣服，或為洗手足。或以香塗身，或以華嚴飾。
> 或為貫瓔珞。或有扶抱身。或為安枕席。或傾身密語。
> 或世俗調戲，或說眾欲事。或作眾欲形，規以動其心。
> ……[8]

在此前的中土文學中，雖亦有寫戀情寫歡愛者，卻從無細緻、露骨到

---

7　《大莊嚴論經》，第4卷，電子佛典《大正藏‧本緣部》，T4，No.201。
8　《佛所行贊》，第1卷，電子佛典《大正藏‧本緣部》，T4，No.192。

如此程度的。正因為如此，上世紀二十年代梁啟超、陸侃如等學者在談及佛典對中國文學影響時，都要特別提到這部《佛所行讚》。

另外，佛經中對婦女的性要求往往加以誇大，如《阿含口解十二因緣經》解釋女人墮入地獄眾多的原因時，指出女子的四種特性，其一是「作姿態淫多」[9]。《雜譬喻經》中寫梵志靈異之事，而結論是「女人能多欲」「天下不可信女人也」[10]。《佛說觀佛三昧海經》甚至用大量篇幅寫眾女性對佛的男根興趣盎然，而佛如何顯示自己在這方面的超人水準，使得眾女「不勝悅喜」[11]。這樣的筆墨在中土固有文化中，是從所未見的。而中土僧眾很多都接受這一類看法，鳩摩羅什講「女人之性，唯樂是欲」，僧肇講「女人之性，唯欲是樂」[12]，等等。

這些都對宮體詩的產生與流行推波助瀾。實際上，宮體詩的色情成份遠不及上引《佛所行讚》。如著名的蕭綱《美女篇》：

> 佳麗盡關情，風流最有名。約黃能效月，裁金巧作星。
>
> 粉光勝玉靨，衫薄擬蟬輕，密態隨流臉，嬌歌逐軟聲。
>
> 朱顏半已醉，微笑隱香屏。[13]

---

9 《阿含口解十二因緣經》：「有阿羅漢，以天眼徹視，見女人墮地獄中者甚眾多，便問佛『何以故』。佛言：『用四因緣故：一者貪珍寶物衣被欲得多故，二者相嫉妒，三者多口舌，四者作姿態淫多。以是故，墮地獄多耳。』」電子佛典《大正藏‧釋經論部》，T25，No.1508。

10 《舊雜譬喻經》卷上，電子佛典《大正藏‧本緣部》，T4，No.206。

11 《佛說觀佛三昧海經》：「諸女皆謂太子是不能男。太子雙膝暫開。咸睹聖體平如滿月。諸女，於我等世情望絕。作是語已悲泣雨淚。爾時太子，於其根處忽有身根如童子形。諸女見已更相謂言，太子今者現奇特事。忽有身根如是漸漸如丈夫形。諸女見此滿已情願，不勝悅喜。」見電子佛典《大正藏‧經集部》T15，No.643。

12 均見於《注維摩詰所說經》第4卷，上海古籍出版社，1994。

13 蕭綱：《美女篇》，見《樂府詩集》，第63卷，913頁，北京，中華書局，1982。

除了「玩賞」、「輕豔」之外。很難加以其他貶語。而如果改換一下評判角度，這首詩在傳神寫照方面還是很有長處的。

宮體詩寫女性姿容之外，還對其性饑渴多有渲染。如「物色頓如此，孀居自不堪」、「丈夫應自解，更深難道留」、「羅帷夜寒卷，相望人來遲」之類。比起漢魏時期的同類題材，差別是很明顯的。這與前述佛教經典的婦女觀也不無關聯。

從中晚唐到宋初。有一個跨越時代的詩派，這便是楊慎在《升庵詩話》中所指出的：「晚唐之詩分為二派：一派學張籍……一派學賈島，則李洞、姚合、方干、喻鳧、周賀、『九僧』其人也。」後一派中，賈島、姚合為中唐詩人，李洞、周賀等人晚唐。而「九僧」則活躍於北宋前期真宗朝。用今天的標準衡量，這個詩派中絕大多數成績平平。但在當時，卻是詩壇的主流派，正如聞一多先生所講：「由晚唐到五代，學賈島的詩人不是數字可以計算的，……我們不妨稱晚唐五代為賈島的時代。」

這個詩派沒有統一的名稱，詩史所講的「武功體」、「苦吟派」、「晚唐體」、「九僧體」等，都與其有或多或少的關係。以大端而言，這個詩派有如下特點：1. 學賈島，追求清苦寒瘦的藝術風格。2. 以五言律為主，作品模式化。頷頸兩聯多寫眼前景，崇尚新、奇、細、巧。3. 與佛教關係密切。

這個詩派的祖師賈島本是僧人，名無本。後入長安，居青龍寺，一方面周旋於文士名流之中，一方面沉湎在自己的詩歌天地裏。經常騎驢獨行，斟酌詞句，曾為吟得「秋風吹渭水，落葉滿長安」而狂喜失態，衝撞了地方官，被關押一夜。後還俗謀求功名。困頓多年，一生鬱鬱不曾得志。因為他的早期僧侶經歷，故詩中佛教題材（包括與僧人酬答、寺院即景等）特別多。今存作品不足四百首，佛教題材的超過七十首。即使非佛教題材，詩中也往往籠罩著淒苦清冷的氛圍，

如「樵人歸白屋，寒日下危峰」、「廢館秋螢出，空城寒雨來」等。

清人作《中晚唐詩主客圖》，在「清真僻苦主賈島」門下，列「上入室」為李洞，「入室」則首推周賀。這也是和佛教有關係的人物。周賀原為僧人，法號清鑑，後還俗求功名，不得志，又回歸山林與高僧為侶而終。方回在《瀛奎律髓》裏專門談到他與賈島的佛教題材之作：

> 周賀與賈島本皆僧也，故於僧寺詩為善，能著題。鳥道之行，不曰「緣樹影」，而曰「緣巢影」，所以為佳……他如《送禪僧》云：「坐禪山店暝，補衲夜燈微。」又如「夏高移坐次」、「齋身疾色濃」、「講次樹生枝」，皆是僧家滋味，俗人所難道者。[14]

李洞雖不曾出家，行為頗有仿僧人之處。他極端崇拜賈島，便用銅鑄成島像，用敬佛的禮儀，手持念珠來膜拜。並經常抄錄賈島詩作送給同好，叮嚀再三道：「此無異佛經，歸當焚香拜之。」他的詩風酷似賈島，如「樓高驚雨闊，木落覺城空」、「馬饑餐落葉，鶴病曬殘陽」等，清苦寒瘦毫無二致，無怪乎被列為「上入室」。

宋初，詩壇由九位僧人擅名一時，他們住持在全國各地，計有：劍南希晝、金華保暹、南越文兆、天台行肇、沃州簡長、青城惟鳳、淮南惠崇、江東宇昭、峨眉懷古。由於作品風格接近，且同享盛名，故昭文館學士陳充將九人之作編輯到一起，題名《九僧詩》，而「九僧體」也因之得名——純以僧人身份成派稱體，在中國詩壇上，這是絕無僅有的一次。

---

14 見《瀛奎律髓》，第47卷，1021-1022頁，安徽，黃山書社，1994。

對九僧作品歷來褒貶不一，司馬光認為，「其美者亦止於世人所稱數聯耳。」而胡應麟卻稱讚「其詩律之澄潔，一掃唐末五代鄙俗之態，幾於升賈島之堂」。今錄三首以見一斑。希晝《寄懷古》：

> 見說雕陰僻，人煙半雜羌。秋深邊日短，風動曉笳長。
> 樹勢分孤壘，河流出遠荒。遙知林下客，吟苦夜禪忘。[15]

文兆《宿西山精舍》：

> 西山乘興宿，靜稱寂寞心。一徑杉松老，三更雨雪深。
> 草堂僧語息，雲閣磬聲沈。未遂長棲此，雙峰曉待尋。[16]

簡長《送行禪師》：

> 南國山重疊，歸心向石門。寄禪依鳥道，絕食過漁村。
> 楚雪黏瓶凍，江沙濺衲昏。白雲深隱處，枕上海濤翻。[17]

由於是詩僧，佛教題材便尤多，而清苦寂靜的氛圍更顯。但清寂到了極點，個性、感情消退殆盡，詩的生命之火也隨之熄滅。所以「九僧體」到仁宗朝已湮沒無聞了。

宋詩真正的主流派是江西詩派。不過，這也是與佛教有千絲萬縷聯繫的文學派別。

江西詩派之得名由於呂本中所作《江西詩社宗派圖》。圖中尊黃

---

15 見《瀛奎律髓》，第47卷，1046頁。
16 見《瀛奎律髓》，第47卷，1048頁。
17 見《瀛奎律髓》，第47卷，1050頁。

庭堅為一派之宗，下列陳師道、陳與義及作者自己等二十五人，序稱：「雖體制或異，要皆所傳者一。」對呂氏此圖此說，很多人在具體問題上持有異議，但「江西詩派」作為文學史的重要現象卻成為了定論。

呂本中提出這一看法的文化背景有多方面，其中之一是受佛教的影響與啟發。宋代禪宗大盛，五家七宗統系分明，從《景德傳燈錄》到《五燈會元》，都透露出極強的宗派意識。而各家各宗均有獨到的心得體會，傳燈續法，門庭森嚴。《江西詩社宗派圖》的統系觀念是與此有一定關聯的。宋人史彌寧詩云：「詩禪在在談風月，未抵江西龍象窟。爾來結習蓮社叢，誰歟超出行輩中？我知桂隱傳衣處，玄機參透涪翁句。蕭蕭吟鬢天風吹，有酒喚客斟酌之。[18]」涪翁即黃庭堅。可見在當時人的心目中，江西詩派在某些方面與禪門有相似之處。

呂本中本人的家學淵源也與佛教關係密切。他祖父呂希哲是著名理學家，但傾心於佛學，認為儒、釋相通，「佛氏之道與吾聖人吻合」。他的門下弟子有出儒入釋的，如饒節。其人曾贈詩呂本中，勸他依佛法修行。這個人也被呂本中列入「宗派圖」內。呂本中受這一傳統影響，對佛教，特別是禪宗，有著深厚的興趣，並將佛門所得融入詩學中去。《歲寒堂詩話》記張戒與他辯論江西詩派的傳承、宗旨，詰問他：「黃庭堅得到杜甫詩的神髓了嗎？」他說：「是的。」張問：「黃詩的妙處究竟在哪裏？」呂本中回答：「正如禪家所謂『死蛇弄得活』。」「死蛇弄活」是禪宗常見話頭，形容禪機活潑，以故為新，隨機得悟。可見，呂本中對江西詩派宗旨的理解，是摻雜著禪理因素的。

至於黃庭堅、陳師道與僧人的交往，江西詩派中的僧徒，江西詩

---

18 〔宋〕史彌寧：《賦桂隱用王從周鎬韻》，見《友鄰乙稿》，《四庫全書》本。

派的「活法」、「句眼」、「悟入」等理論觀點等，也無不顯示出這一詩派同佛教之間的關聯。所以當時人往往以禪宗擬江西，如「要知詩客參江西，正似禪客參曹溪」（楊萬里《送分寧主薄》），「黃魯直……以故為新、不犯正位如參禪。」（李屏山語），等等。

唐代為佛教的全盛朋，入宋則流為別調。明清以還，殆無大的建樹。有意思的是，這恰與詩的盛衰流變情況相合。明清詩壇，流派蜂起，卻基本不曾越出唐宋詩的範圍。就某個派別的整體看，這一時期佛教對詩派的直接影響是不明顯的。但就派別中具體人物看，佛教對詩壇的影響力仍相當可觀。

明中葉的「後七子」詩派情況便是如此。

「後七子」主盟詩壇半個世紀，經嘉靖、隆慶、萬曆三朝，代表人物為李攀龍、王世貞、謝榛。其中，謝的創作與理論成就最高，王世貞的影響力最大，而這兩個人物的詩歌觀念都有佛學禪理的因素。

謝榛一生布衣，初為這個文學集團的領袖。後被排擠。七人中，以他的詩作較富才情，語意清新。這個詩派主張學盛唐，但過於強調復古，因而缺少創作生機。相比之下，謝榛的詩學觀受嚴羽影響，兼受佛學啟發，比起他人來，更為重視個人的悟性。他在《四溟詩話》中以禪理喻詩理：

> 作詩有專用學問而堆垛者，或不用學問而勻淨者，二者悟不悟之間耳。惟神會以定取捨，自趨乎大道，不涉於歧路矣……又如客遊五臺山訪禪侶，廚下見一胡僧執爨。但以清泉注釜，不用粒米，沸則自成饘粥，此無中生有，暗合古人出處。此不專於學問，又非無學問者所能到也。予因六祖惠能不識一字，參禪入道成佛，遂在難處用工，定想頭，煉心機，乃得無米粥之法。詩中難者，莫過於情詩……姑借六祖之悟，以示後學，誠

以六祖之心為心，而入悟也弗難矣。[19]

自宋以後、以禪喻詩的很多，但像謝榛這樣，直接以六祖惠能的心法為領悟詩道的範式，還是不多見的，一部《四溟詩話》，類似談「悟」的話頭頗多，看來作者確是有所體驗的。這從他的詩作中也可得到印證。他的《楚愚禪師見過》云：「臥雲超象外，飛錫到人間。神爽秋生壑，心空月滿山」。《寄門人王少海秀才二首》：「雨花臺上談禪夜，水月虛涵妙悟心。」其中的禪旨禪趣都是十分顯豁的。

王世貞的情況也差不多。常發談禪說悟之論，如「歸向曹溪路，新詩悟後誇」，「單刀直入，葛藤斬斷」之類。但是，這些和「後七子」之所以成「派」的主旨並無直接關係。至於「前七子」、竟陵派、宋詩派等，也大率如是矣。

比起謝、王來，稍晚些的袁中郎與佛教的關係要更密切一些，前面已經述及。而以他為棋手的「公安派」，思想淵源上也與佛門相對密切一些。袁中郎的文學主張，核心是所謂「性靈說」。「性靈」一詞，與佛教有直接關係。佛門最直接的解釋是「性即法身。靈即般若」[20]。而按熊十力的理解，「佛書中凡言性者，多為體字之異名。其義有二……指諸法之自體而言」[21]。綜合其說，所謂「性靈」，就是自家心頭先天而來的那份靈明。茲舉佛門使用之例，以見文學流派中標舉「性靈」的真諦所在。釋宗曉《教行錄》云：「一切眾生不勞造作，本性靈明，具足十界，不受諸垢……豈非一切眾生法界本淨乎。」[22]

---

19 〔明〕謝榛：《四溟詩話》第3卷，見《歷代詩話續編》，1201頁，北京，中華書局，1983。

20 〔宋〕釋遵式：《指要鈔序》，見電子佛典《大正藏‧諸宗部》T46，No.1928。

21 熊十力：《佛家名相通釋》，14頁，北京，中國大百科全書出版社，1985。

22 〔宋〕釋宗曉：《四明尊者教行錄》，見電子佛典《大正藏‧諸宗部》T46, No.1937。

這裏強調的是，不加偽飾、未曾污染的本來面目。他在《樂邦遺稿》
中又說：「一切眾生具有覺性靈明，與佛無殊。」[23]意思也差不多.。
而《宏智禪師廣錄》中則有更近於文學的表達：「氣韻寥寥兮風清山
瘠，性靈湛湛兮月落潭深。」「白雲之身，寒月之心；性靈麋鹿，氣
韻山林。」[24]這裏有兩點值得注意：一是皆與「氣韻」對舉，表明禪
師也是把這個詞作為一種帶有「詩意」的精神氣質來使用；二是「性
靈麋鹿」，這裏似乎是用了嵇康《與山巨源絕交書》的典故（《書》中
有「此由禽鹿……逾思長林而志在豐草也」），這樣因互文而有了「越
名教而任自然」的意味。袁宏道在倡言「性靈」以為詩學圭臬時，正
是襲用了這一層意義。

袁中郎論其弟小修詩云：

> （小修詩）大都獨抒性靈，不拘格套。非從自己胸臆流出，不
> 肯下筆。有時情與境會，頃刻千言，如水東注，令人奪魂。其
> 間有佳處，亦有疵處。佳處自不必言，即疵處亦多本色獨造
> 語。然余則極喜其疵處。[25]

《與張幼於》論詩則曰：

> 至於詩……信心而出，信口而談。[26]

---

23 〔宋〕釋宗曉：《樂邦遺稿》，見電子佛典《大正藏·諸宗部》T47, No.1969。

24 〔宋〕釋清萃：《宏智禪師廣錄》第7卷，見電子佛典《大正藏·諸宗部》T48，
No.2001。

25 袁宏道：《序小修詩》，見《中國歷代文論選》第3冊，211頁，上海古籍出版社，
1980。

26 袁宏道：《與張幼於》，見《中國歷代文論選》第3冊，210頁。

《與丘長孺》書信云：

> 大抵物真則貴，真則我面不能同君面，而況故人之面貌乎……
> 故古有不盡之情，今無不寫之景。然則古何必高，今何必卑
> 哉？[27]

中郎論詩的要旨無非兩端，一是「從自己胸臆流出」、「信心信口」，
這就叫做「獨抒性靈」。這樣的創作，感受真實，情感真實，富有個
性，長於獨創。這種精神與佛門所講性靈頗有相通之處。二是強調
「本色」與「獨造」，從而反對貴古賤今。這是對後七子詩歌主張的
有力反撥，其理論基礎也是建立在「性靈」之上。

時光過了將近二百年，又有一位袁姓詩人高倡「性靈」，成為當
時文學思潮的代表，這便是才絕一代的袁枚袁子才。他在《隨園詩
話》中提出：

> 自《三百篇》至今日，凡詩之傳者，都是性靈，不關堆垛……
> 故續袁遺山《論詩》，末一首云：「天涯有客好詅癡，誤把抄書
> 當作詩。抄到鍾嶸詩品日，該他知道性靈時。」[28]

他十分明確地主張以「性靈」為詩歌根本，並把「性靈」具體化為
「真、活、新」，提出「死蛟龍不如活老鼠」。袁宏道以「性靈」為理
論核心，形成文學史上的公安派，矯正後七子的復古偏向。袁枚同樣
以「性靈」為思想武器，批判當時詩壇上的「格調派」與「肌理
派」，對於廓清詩壇道學家、學問家的影響，起到了強有力的作用。

---

27 袁宏道：《與丘長孺》，見《中國歷代文論選》第3冊，209-210頁。
28 袁枚：《隨園詩話》，第5卷33則，200頁，北京，西苑出版社，2003。

　　當時文壇，與袁枚「性靈」派主張遙相呼應的還有一位偉大的文學家，就是曹雪芹。《紅樓夢》開篇處即以敘事人的口吻談到「性靈」，道是「此石自經鍛鍊之後，靈性已通」。接下來，以石頭與僧道的對話展開情節，其間那位高僧再兩次談到「性靈」：「若說你性靈，卻又如此質蠢，並更無奇貴之處。」到了後面二十五回，叔嫂逢五鬼，僧人再次出面，仍然圍繞「靈」字做文章，反反覆覆提出石頭（可理解為賈寶玉的精魂）原屬通靈，被富貴生活異化、迷失，故亟待回覆靈性云云。可以說，一部《紅樓夢》在很大程度上是在表現「性靈」的迷失與回歸，而這從一開始就與一僧一道發生密切的關係，也可旁證佛教（以及道教）同文學史的多方關聯。

# 略說詩苑禪意

　　禪宗主張頓悟成佛，也就是在剎那間體認自己內心的真如佛性。《壇經》云：「若起正真般若觀照，一剎那間，妄念俱滅，若識自性，一頓即至佛地。」而在「真如」呈露的剎那，修持者感受到一種奇妙、愉悅的心理體驗：物我的境界消失了，自己彷彿融入大自然之中，心靈靜謐安詳，而又生機勃勃。這就是所謂禪悟。禪宗強調，這種體驗無法用語言文字直接傳達，師徒傳法只能靠各種暗示、誘導的手段，即「以心印心」。

　　由於詩富有暗示性、象徵性，所以時常被士林修禪者採用，來傳達自己禪悟時的心理體驗——特別是兼具詩、禪兩方面「慧根」的人物。他們的作品多數並無佛教方面的字眼，只是冷靜地描畫一幅圖景，而其中蘊涵著深淺雙重視野。淺層可作為一般的山水田園詩來欣賞，深層則禪機、禪趣盎然。至於兩層之間的關係，清人趙殿最講得很透徹：「右丞通於禪理，故（詩作）語無背觸，甜徹中邊，空外之音也，水中之影也，……使人索之於離、即之間。」[1]他的意思主要有兩點：1. 王維的詩中，禪理完全消融於具體的意象描寫，無跡可求。2. 所蘊禪理與所寫意象之間不即不離，禪理的體驗若有若無。這就相當準確地把握到了此類作品的藝術特色。

　　說到詩中有禪。人們第一個就會想到王維。在我國古代的大詩人中，他是與佛教關係最深的一位，也是以詩傳達禪悟體驗最巧妙、最

---

1　〔清〕趙殿最：《王右丞集箋注序》，見《王右丞集箋注》卷首，《四庫全書》本。

成功的一位。因此，獲得了「詩佛」的稱號。

　　王維，字摩詰。僅從他的名，字看，就可見對佛教的心儀程度。他的母親崔氏「師事大照禪師三十餘歲，褐衣蔬食，持戒安禪，樂住山林，志求寂靜。」使他自幼便受到佛教的薰染。他與弟弟王縉「俱奉佛，居常蔬食，不茹葷血」。王維曾在道光禪師座下受教十年，對禪學深有所得。安史之亂後，他在政治上遭到了沉重打擊，越發寄情於空門，在《歎白髮》詩中感歎：「宿昔朱顏成暮齒，須臾白髮變垂髫。一生幾許傷心事，不向空門何處銷？」據《舊唐書》記載，他「晚年長齋，不衣文采」，「日飯十數名僧」，「退朝之後，焚香獨坐，以禪誦為事」。但是，王維同時又是具有非凡藝術天賦的人物，繪畫、音樂都名重於當時，在詩壇則居於領袖地位。因而，虔誠的佛教信仰並沒有把他的生活完全變為枯淡。藝術和宗教在他的身上尋到了契合點。他的一幅著名的《雪中芭蕉圖》就含蓄地表現了禪悟之境「寂靜見生機」的意味。而他的很多詩作尤能體現這種契合之巧妙。如《山居秋暝》：

　　　　空山新雨後，天氣晚來秋。明月松間照，清泉石上流。
　　　　竹喧歸浣女，蓮動下漁舟。隨意春芳歇，王孫自可留。

這是一幅清新的秋山風光圖。首聯交代時間。地點，以「空山新雨」為全詩描畫出清爽澄澈的大背景。頷聯轉入細部描寫，「月」、「松」、「泉」、「石」，有靜有動，有色有聲，而調子仍是清幽的。頸聯一變，寫「喧」寫「動」，寫「浣女」、「漁舟」，把人間的生趣帶入畫面。最後寫感想：春芳雖逝，秋光亦佳，你我之輩自可隨遇而適，賞此景趣。作為一首山水詩，格調清新，意象生動，已臻上乘。而讀者若對禪有一定的修養，則會從中發現更為深邃的境界。開篇「空山」

二字便有名堂。王維詩中屢屢言「空」。如「空山不見人」（《鹿柴》）、「空居法雲外」（《登辨覺寺》）等。這可以看作佛教「萬法皆空」觀念的不自覺流露，也可看作修禪者空寂心境的自然呈現。這首詩寫新雨淨洗過的「空山」，正反映了詩人汰除雜念後朗徹清明的心理狀態。空山淨寂，而又竹喧蓮動，在寧靜中見生機，這是禪門宗師追求、提倡的悟境，如三祖僧璨《信心銘》曰：「止動歸止，止更彌動。」亦如白居易《讀禪經》所講：「攝動是禪禪是動，不禪不動即如如。」至於這種清明生動的美妙體驗，又非刻意追求所得，而在「隨意」之間，自然感受，正是佛門主張的「應無所住而生其心」（《金剛經》）、「心得自在」（《法華經》）。清明、空寂、生動、自在，這就是禪悅的妙處。王維沒有多置一詞進行說明，而會心者已可充分嗅到花外的香氣，嘗到水中的鹽味了。無怪乎清代詩人王漁洋稱道此詩「字字入禪」。

又如《鹿柴》：

空山不見人，但聞人語響。返景入深林，復照青苔上。

這是王維自編《輞川集》中的一首小詩，描寫他的輞川別業中「鹿柴」的景致。全詩寫空山夕照下的清幽靜謐，有超塵絕俗的韻味。而畫面之外，同樣散發著若有若無的禪意：空山無人，靜到極點，而不知何處有人語傳來，這越發顯出山之空寂。同時語聲又因環境之空寂而產生大的吸引力，彷彿來自冥冥中的神秘召喚。這種境界由佛經化出。《大般涅槃經》云：「譬如山間響聲，愚癡之人謂之實聲，有智之人知其非真。」[2]王維並非全用經義，但空闊寂冷之境與若有若無之

---

2　《大般涅槃經》，第20卷，見電子佛典《大正藏・寶積涅槃部》T12，No.374。

聲的對比，卻是意味相通。而當一道光明透過深幽樹林，照臨那清淨
無塵的青苔之上時，神秘轉化成了明徹，奇妙的境界驀然形成。它幽
深而又光明，冷寂而又溫暖；它是一幅林中妙景，又是一種心中妙
境。如果我們瞭解到「青苔」慣用作佛教「無染無雜」的象徵物，光
明為佛教讚揚佛法佛力的常用語，那麼對後者的含義就容易心會意
領了。

　　我們再來看一首《終南別業》：

　　　　中歲頗好道，晚家南山陲。興來每獨往，勝事空自知。
　　　　行到水窮處，坐看雲起時。偶然值林叟，談笑無還期。

這首詩也是蘊涵禪悟體驗的，但表現的角度不同。前面兩首詩都是以
富於象徵意味的畫面傳達禪悟時的心境。這首詩卻是通過徹悟後的行
為，來顯示禪的真諦。詩中「行到水窮處，坐看雲起時」是著名的一
聯，被譽為「無言之境，不可說之味」，「與造化相表裏」。「行到水窮
處」，遊興正濃可知；水窮則無景可觀，遊興當闌，卻不妨移目觀
雲。而水窮也罷，雲起也罷，我心只是一派寧靜祥和，靜觀默照，從
中感受那無所不在的真如，欣賞生機不息的自然。王維在《薦福寺光
師房花藥詩序》中講：「道無不在，物何足忘，故歌之詠之者。吾愈
見其默也。」這首詩之「水窮」、「雲起」，都有無所不見的「道」融
於其中，雖「默」而可察。故詩人「行到」、「坐看」，津津有味。但
是，這種與「道」——真如——融合的體驗也是須無心而得，可意會
不可言傳，故而詩中又云：「偶然值林叟」、「勝事空自知」。結句「談
笑無還期」，乃是禪宗「自然合道」主張的形象化表現，正是徹悟後
心無掛礙的人生態度。這首詩與前面兩首還有一點相異：開篇「中歲
頗好道」點出了以下「獨行」、「自知」的旨趣所在。但由於全篇並無

一言正面說道，所以讀者看到的是愉悅。滿足的微笑，而沒有玄奧、枯躁的理論。

　　王維的禪悟之作並非全無說理成份。前人認為其詩「高者似禪，卑者似僧」，便是有見於此。不過，偶而穿插佛理也不妨全篇妙旨，如《過香積寺》：

　　　　不知香積寺，數里入雲峰。古木無人徑，深山何處鐘？
　　　　泉聲咽危石，日色冷青松。薄暮空潭曲，安禪制毒龍。

空山無人，雲霧繚繞，泉咽松冷，信步獨行。而於大空曠之中，悠然傳來晚鐘。此時的感受也是「勝事自知」了。「無人」與遠聲對照，和《鹿柴》則屬同一機杼。所不同的是尾聯以直露的佛理點題。「毒龍」語出《大般涅槃經》：「但我住處有一毒龍，其性暴急，恐相危害。」[3]這裏指人心中的癡心妄念。「安禪制毒龍」，即進入安禪的禪悟心境，癡妄全消。單以此句而論，應屬「卑者似僧」之類。但王維畢竟是大家手筆，前面一句「薄暮空潭曲」便使這後一句直露理語有了生機。暮靄下的空潭，澄明平靜，如同詩人此時的心境。而空潭如此，乃緣魚龍潛蹤，自然使人聯想到：心境如此，是妄念已消。這樣，「毒龍」一詞就有雙關語意，既由潭空自然想到水中魚龍，又使用了佛理的比喻之意。雖為理語，卻有自然而得的妙趣。

　　王維的禪悟妙作很多，再抄錄幾首以供體味。《輞川閒居贈裴秀才迪》：

　　　　寒山轉蒼翠，秋水日潺湲。倚杖柴門外，臨風聽暮蟬。

3　《大般涅槃經》，第29卷，見電子佛典《大正藏‧寶積涅槃部》T12，No.374。

　　渡頭餘落日，墟裏上孤煙。復值接輿醉，狂歌五柳前。

《竹里館》：

　　獨坐幽篁裏，彈琴復長嘯。深林人不知，明月來相照。

《辛夷塢》：

　　木末芙蓉花，山中發紅萼。澗戶寂無人，紛紛開且落。

《鳥鳴澗》：

　　人閑桂花落，夜靜春山空。月出驚山鳥，時鳴春澗中。

《送別》：

　　下馬飲君酒，問君何所之？君言不得意，歸臥南山陲。
但去莫復問，白雲無盡時。

《酬張少府》：

　　晚年惟好靜，萬事不關心。自顧無長策，空知返舊林。
松風吹解帶。山月照彈琴。君問窮通理，漁歌入浦深。

《山中寄諸弟妹》：

　　山中多法石，禪誦自為群。城郭遙相望，唯應見白雲。

這些詩所蘊含的禪意，自不必一一指實，讀者須隨自身悟性而有淺深不同的體會。即使說不出所以然，其中那一份悠遠閒淡的況味也會潤澤每個人的心田。

　　假如我們深求一下，考察其禪意由何而生，則也不難發現一些蹤跡。我們會發現這些詩中，某些意象的復現率較高，如空山、遠聲、光照、白雲、飛鳥等。而且不僅王維詩如此，他人之作也是如此。如：

　　日暮下山來，千山暮鐘發。不知波上棹，還弄山中月。
　　伊水連白雲，東南遠明滅。

這是劉長卿的《渡水》。詩寫薄暮渡水，水中映現白雲明月，舟行如在天上。此景雖屬即目所見，旨趣卻從禪家的「一月普現一切水，一切水月一月攝」化生，表觀對真如周遍、空色不二的瞬間體悟。詩中寫了迴蕩的鐘聲、明滅的月光，還有自在的白雲。又如：

　　清晨入古寺，初日照高林。曲徑通幽處，禪房花木深。
　　山光悅鳥性，潭影空人心。萬籟此俱寂，惟聞鐘磬聲。

這是常建的《題破山寺後禪院》。此詩不僅寫了有形的禪房，還表望出無形的禪味，故錢鍾書先生舉「山光」兩句作「詩宜參禪味，不宜作禪語」的例證[4]，且分析其中隱含的有關心相關係的思想道：

4　錢鍾書：《談藝錄》，第69則，223頁，北京，中華書局，1984。

如心故無相，心而五蘊都空，一塵不起，尤名相俱斷矣。而常
建則曰：「潭影空人心」，以有象者之能淨，見無相者之本空。
在潭影，則當其有，有無之用；在人心，則當其無，有有之
相。洵能撮摩虛空者矣。[5]

他認為其中雖有理語，卻表達得宜而有理趣，是化虛為實的範例。我
們注意到，常建的這首詩同樣也寫了靜寂中的鐘磬聲及初日光照、飛
鳥等，並選用了「空」、「幽」、「深」、「寂」等有禪意的字眼。再舉兩
首宋人之作：

雨過百泉出，秋聲連眾山。獨尋飛鳥外，時渡亂流間。
坐石偶成歇，看雲相與還。會須營一畝，長此隔潺湲。[6]

漱甘涼病齒，坐曠息煩襟。因脫水邊屨，就敷床上衾。
但留雲對宿，仍值月相尋。真樂非無寄，悲蟲亦好音。[7]

這兩首詩出自王安石之手，都是佛教題材，一為《自白土村入北寺二
首》，一為《定林院》。王安石詩多禪語，如「聞道無情能說法，面牆
終日妄尋思」之類。而這兩首卻是「無禪語有禪味」之作。其中也用
了飛鳥、月、雲等意象。

　　當然，並不是說寫了雲、月就一定有禪味，也不是有禪味的詩必
有雲、月之類。不過，王維及其他一些詩人的「禪味」詩中，雲、月
等意象的屢現，卻是不爭的事實。

---

5　錢鍾書：《談藝錄》，第69則，228頁。
6　〔宋〕王安石：《自白土村入北寺其二》，《王荊公詩注》第24卷，《四庫全書》本。
7　〔宋〕王安石：《定林寺》，《王荊公詩注》第22卷。

　　這一方面是渲染靜寂悠遠氛圍的需要，另一方面也因為這些現象與禪學素有淵源。

　　如遠聲。

　　禪門頗有聞聲開悟的記載。溈仰宗大德香岩智閑禪師久參不悟，心灰智滅，一日芟除草木，偶然拋擲瓦礫打在竹上，聲響傳來，豁然省悟，作頌曰：「一擊忘所知，更不假修持。動容揚古路，不墮悄然機。處處無蹤跡，聲色外威儀。諸方達道者，咸信上上機。」[8]意思是，偶發的聲響在瞬間吸引了他的全部注意力，使之忘掉外部世界，被帶入了空靈、神妙的禪境。又有楚安慧方禪師，久不得悟，一日乘舟，忽聞岸上有人用鄉音高聲喊叫，當下觸機開悟，作偈曰：「沔水江心喚一聲，此時方得契平生。多年相別重相見，千聖同歸一路行。」[9]所云「重相見」，是指認識到自己的本來面目，即自性，真如一體不二。

　　皎然也有詩寫遠聲與禪境：

> 古寺寒山上，遠鐘揚好風。聲餘月樹動，響盡霜天空。
> 永夜一禪子，泠然心境中。[10]

詩題《聞鐘》，描寫悠揚的寒山遠鐘將禪子帶入泠然之境，鐘聲泠然，禪境泠然，打成一片而終於忘我。

　　對於詩人來說，創作之時當然不會明確想到這些禪門典故，但遠聲自身帶有的神秘意味與啟發、召喚的感覺，卻是他們體驗深切的──特別對那些長於玄想冥思的作者來說。而這種意味、感覺與禪

---

8　《五燈會元》第9卷，537頁，北京，中華書局，1984。
9　《續傳燈錄》，第31卷，見電子佛典《大正藏·史傳部》T51，No.2077。
10　〔唐〕皎然：《五言聞鐘》，《杼山集》，第6卷，《四庫全書》本。

體驗相似（神秘體驗不專屬於禪宗，所有宗教都有形式不一的神秘心
理體驗）。而如果平日對此類禪門佳話有所瞭解的話，當機應景組織
入詩的可能性就更大一些。而一旦入詩，融入特定的語境，便自有禪
意。這方面的典型之作如柳宗元的《漁翁》：

> 漁翁夜傍西岩宿，曉汲清湘燃楚竹。
> 煙銷日出不見人，欸乃一聲山水綠。
> 回看天際下中流，岩上無心雲相逐。[11]

此詩寫超然世塵之外，去住無礙的漁翁，表現詩人追求的清淨不染，
解脫自在的人生境界。而全詩的「眼」便是「欸乃一聲山水綠」。
　　再如王國維的《浣溪沙》：

> 山寺微茫背夕曛。鳥飛不到半山昏，上方孤磬定行雲。
> 試上高峰窺皓月，偶開天眼覷紅塵，可憐身是眼中人。[12]

王國維論詞主「境界」之說，對佛學止觀之境別有會心。此詞即為某
種心境的象徵性表現，「上方孤磬定行雲」，尤其具有神秘、召喚的意
味。
　　又如光照。
　　佛典中以光照比喻佛法、佛性的不可勝數。如《華嚴經》：

> 譬如日出世間，以無量事饒益眾生。所謂滅除暗冥，長養一切
> 山林藥草百穀卉木，消除冷濕，照空饒益虛空眾生，照池則能

---

11　〔唐〕柳宗元：《漁翁》，《柳宗元集》，第43卷，1252頁。
12　王國維：《浣溪沙》，《人間詞》173頁，北京，群言出版社，1995。

開敷蓮華，普悉照現一切色像，世間事業皆得究竟。何以故？日能普放無量光故。如來身日亦復如是。

譬如日月出現世間，乃至深山幽谷無不普照。如來智慧日月，亦復如是，普照一切無不明瞭。[13]

前者是「日」，後者是「日月」，都是著眼於光照。《摩訶止觀》也以「譬如日光，周四天下」喻指圓頓之境，並稱「有緣者見，如目睹光」。又云：「有禪定者，如夜見電光，即得見道」。《法華經》則以「圓如月，照如日」比喻佛性。禪宗的公案、偈頌中也經常把光照同開悟聯繫起來。《景德傳燈錄》載潭州龍山和尚示法詩：「三間茅屋從來住，一道神光萬境閑。莫作是非來辨我。浮生穿鑿不相關。」神光形容開悟後自性朗徹，以此觀照大千世界，一切無不恬適宴然。《五燈會元》記越山師鼎禪師入門而不得徹悟，一次在清風樓赴齋；久坐而後無意抬頭望遠，見日光燦爛，當下大悟，作偈曰：「清風樓上赴官齋，此日平生眼豁開。方信普通年遠事，不從葱嶺帶將來。」意思是，日光炫目，而心智隨之頓開，體悟佛性真如本在自身，并非普通年間（梁武帝年號）達摩由西土帶來。此類事例甚多。如臨濟宗開派祖師義玄說法：「孤輪獨照江山靜，自笑一聲天地驚。」溈潭靈澈頌古詩：「半夜白雲消散後，一輪明月到窗前。」天龍重機與僧問答：「朗月輝空時如何？」「正是分光景，何消指玉樓。」仙宗契符說法：「無價大寶光中現，暗客昏昏爭奈何！」等等。寓意大致分兩類：一是以光照喻真如，特別是「明月」、「月輪」等尤偏於此意；一是以光照形容開悟時心境之透徹朗然。而二者並非判然涇渭。

這種意味在很多詩人的作品中都可體會到。如張說《江中誦

---

13 《大方廣華嚴經》第34卷，見電子佛典《大正藏·法華華嚴部》T9，No.278。

經》：「澄江明月內，應是色成空。」劉禹錫《贈長沙讚頭陀》「有時明月無人夜，獨向昭潭制惡龍。」鄭獬《江上》「晚來天卷蒼霞盡，萬頃玻璃爛不收。」司馬光與范景仁談禪詩：「浮雲任來去，明月在天心。」（《宋稗類鈔》）蘇東坡《舟中夜起》：「微風蕭蕭吹菰蒲，開門看雨月滿湖。」黃庭堅《登快閣》：「落木千山天遠大，澄江一道月分明。」張商言《題王阮亭禪悅圖》：「詩品不言禪，水月禪之趣」等，雖然有顯有隱，意味卻相近似。

其他那幾種意象與佛門的淵源與此也差不多。如白雲，《五燈會元》載黃龍祖心的偈語：「堪笑白雲無定止，被風吹去又吹來。」大陽警玄偈語「白雲覆青山，青山頂不露。」如飛鳥，《法華經》以「如鳥飛空，終不住空；雖不住空，蹤不可尋」比喻真正菩提心。如高山，《法華經》以「山王最高」比喻本經的德性。如是等等，茲不一一例舉。

應該說明的是，一個孤立的名詞並不能產生禪意，甚至也稱不得「意象」。對於鐘聲、明月、白雲之類名詞來講，禪意只是一種潛在的可能。只有組織到特定的結構裏，置於特定的氛圍中，這種可能才得以實現。不過，如上所列舉，這些名詞被組織到詩句中，成為意象之後，它們的高度復現率使其具有非常強的互文性，也就自然而然地把佛典的觀念，把已經得到公認的「禪詩」的意味，帶到新的文本中，並對閱讀者產生導向。

詩中禪意有隱有顯。隱者如前面所舉，「如空外之音、水中之影」，「在離即之間」。顯者就是出現明顯的說理意圖。通常情況下，這樣的詩其味道容易流於枯燥。嚴滄浪稱讚唐詩「唯在興趣」，批評宋人「以理入詩」，揭示的正是唐詩與宋詩在這方面的一個重要差別。這一差別同樣表現在兩個時代詩人的禪意之作中。一般來說，唐人長於創造一種境界。渲染一種氣氛來傳達禪悟體驗，如前面介紹的

王維、韋應物、劉長卿、常建等人的作品。而宋人則通過物態描寫來說明禪學道理。前者是感性的，後者是理性的；前者是不即不離、無跡可求的；後者是喻指明確、即事見理的。這種以說理為旨歸的禪詩，寫得不好便成偈頌，而成功之作則多抓住了「理趣」的要領。

錢鍾書在《談藝錄》中對「理趣」與「禪意」有透徹的分析。他認為：

> 理趣作用，亦不出舉一反三，然則所舉者事物，所反者道理，寓意視言情寫景不同……一味說理，則於興觀群怨之旨，背道而馳。乃不泛說理，而狀物態以明理，不空言道，而寫器用之載道。拈此形而下者，以明形而上者。使寥廓無象者，託物以起興；恍惚無朕者，著跡而如見。譬之無極太極，結而為兩儀四象；……舉萬殊之一殊，以見一貫之無不貫，所謂理趣者，此也。
>
> 唯禪宗公案偈語，句不停意，用不停機，遠邁道士之金丹詩訣。詞章家雋句，每本禪人話頭。……死灰槁木人語，可成絕妙好辭。斯亦禪人「不風流處也風流」也。又往往富於理趣，佳處偶遭，未嘗不可為風騷之支與流裔。[14]

他指出了理趣詩的主要特徵在於以具體明抽象，以形象寓哲理；還指出這類詩受到禪門公案機鋒的啟發影響。這都是很有見地的。

宋代的理趣禪詩當推蘇東坡的《題西林壁》為第一。詩云：

> 橫看成嶺側成峰，遠近高低各不同。

---

14 錢鍾書：《談藝錄》，第69則，226-228頁。

不識廬山真面目，只緣身在此山中。

此詩看似簡單，歷代評價、解釋卻頗有分歧。黃庭堅認為這是論述佛理的傑作：「此老於般若，橫說豎說，了無剩語。非其筆端有舌，亦安能吐此不傳之妙。」陳衍則稱讚：「此詩有新思想，似未經人道過。」紀昀則肯定其基本性質為禪意理趣之作。但評價卻不高：「亦是禪偈而不甚露禪偈氣，尚不取厭，以為高唱則未然。」更有人具體指出，《華嚴經》有偈曰：

> 於一塵中大小剎，種種差別如塵數。
> 平坦高下各不同，佛悉往詣轉法輪。
> 一切塵中所現剎，皆是本願神通力。
> 隨其心樂種種殊，於虛空中悉能作。[15]

東坡於《華嚴》爛熟於心，「遠近高低各不同」云云便由此化出。於是，又有駁斥者，認為這類作品都是性靈感發而生，並非由佛經加工云云。

要瞭解此詩真諦，可從東坡的一則軼事得到啟發。惠洪和尚的《冷齋夜話》記載，蘇東坡曾邀請劉器之一起去見「玉版」禪師。劉本不喜登山，聽說參謁高僧，方才同行。到山中廉泉寺，東坡燒筍請劉享用。劉覺滋味甚好，問筍何名，東坡答道：「即玉版也。此老師善說法，要令人得禪悅之味。」劉器之才知是個玩笑。二人哈哈大笑，東坡就此作一偈語：「叢林真百丈，法嗣有橫枝。不怕石頭路，來參玉版師。聊憑柏樹子，與問籜龍兒。瓦礫猶能說，此君哪不

---

15 《大方廣華嚴經》第7卷，電子佛典《大正藏・華嚴部》T10，No.279。

知。」蘇東坡的玩笑之中包含他對禪的理解。這段偈語有兩個禪門典故。一是「柏樹子」。《五燈會元》記趙州從諗禪師回答「如何是祖師西來意」時，答曰：「庭前柏樹子。」再問，仍如此回答。意思是，禪無所不在，觸目皆是，自在而得，不必膠柱鼓瑟地刻板相求。一是「瓦礫猶能說」。《景德傳燈錄》記載，僧人問「如何是佛？」文殊回答：「牆壁瓦礫猶能說之」《五燈會元》則有長沙景岑禪師對「如何是文殊」的問答，曰「牆壁瓦礫。」意思與「柏樹子」相似，也是說佛、禪隨處可見，只須自家徹悟。蘇東坡的偈中用這兩個禪典，意在說明「籜龍兒」（即竹筍）與柏樹子、瓦礫一樣，只要去體味，就可以從中感到禪悟的喜悅。

另外，我們還可以參看東坡當時的其他詩作。《題西林壁》作於元豐七年，同年冬所作《次韻王定國南遷回見寄》云：「樂全老子今禪伯，掣電機鋒不容擬。心通豈復問云何，印可聊須答如是。」此後不久的《寄吳德仁兼簡陳季常》云：「平生寓物不留物，在家學得忘家禪。」都可以看出此時「禪」在蘇東坡心中的印象之深──這乃是黃州四年謫居生涯的投影。

因此，《題西林壁》含有禪意佛理是很自然的。這首詩若作一般哲理詩來讀，可以理解為揭示認識論方面的道理，如事物具有多側面，不同角度觀察的結果也不相同，超脫其外才能作客觀、全面的觀察等。若再深入一層，便可體會到隱約的禪理：色界意態萬千。而真如只是一體；若惑於表象，不能超拔色界，那麼真如終不可見。──鑑於上述東坡隨處覓禪說禪的態度，及此詩題詠的場所（西林即西林寺，為廬山名剎），指出這首詩深層的禪意佛理當非穿鑿。

不過，說《題西林壁》有佛理，並不等於說「遠近高低各不同」是《華嚴經》文句的直接加工。蘇東坡精熟《華嚴經》，吟詩作文時潛移默化地體現出所受影響，有時表現在思想觀點上，有時表現在境

界風格上，有時表現在詞語章句上，但提筆時未必有意，而落筆後自然呈露。這首詩也是如此。山形山景純然是即目所見，由觸目感悟而吟詠成詩，故所寓佛理與景物描寫融為一體，雖終歸於說理。卻不枯躁、不牽強。以詩說理，到這種程度就當得起「理趣」二字了。

蘇東坡還有一首寫禪意的理趣詩也久享盛譽，就是《百步洪》，詩云：

> 長洪鬥落生跳波，輕舟南下如投梭，
> 水師絕叫鳧雁起，亂石一線爭磋磨。
> 有如兔走鷹隼落，駿馬下注千丈坡，
> 斷弦離柱箭脫手，飛電過隙珠翻荷。
> 四山眩轉風掠耳，但見流沫生千渦。
> 險中得樂雖一快，何異水伯誇秋河。
> 我生乘化日夜逝，坐覺一念逾新羅。
> 紛紛爭奪醉夢裏，豈信荊棘埋銅駝。
> 覺來俯仰失千劫，回視此水殊逶迤。
> 君看岸邊蒼石上，古來篙眼如蜂窠。
> 但應此心無所住，造物雖駛如吾何！
> 回船上馬各歸去，多言曉曉師所呵。

此詩作於徐州太守任上。當時參寥和尚由杭州初次來訪，東坡和他乘舟游於泗水百步洪，作詩相贈。由於是贈與僧人，所以其中佛理禪意尤濃。全詩聯想自然，思路敏捷。先用博喻法極力描寫水勢之急，然後想到時光流逝比水勢更急，相形之下，此急流反顯得很舒緩。人生短暫，轉瞬成空的感慨自然而生。如何對待這空幻的人生呢？作者想到了《金剛經》的「應無所住而生其心」，於是得出結論：只要不滯

於物，不執於有，時光流逝就不能擾亂自己的心靈。而這只須默會於心，不必形諸語言。

這首詩的妙處主要在於事理貼切、聯想自然。「造物雖駛」、生命短暫的念頭是由水流迅急與蒼石篙眼的觀感中生發出來，而水流與時光的飛逝又自然引出了心的「動」與「住」問題，於是眼前景物與禪理感悟打成了一片，景物有了象徵意味，禪理有了點化作用。比起一般傷時歎逝之作，哲理意味就深厚得多了。

《題西林壁》與《百步洪》在寫法上屬於同類，即抓住眼前景物的某種特色進行渲染描寫，然後就此揭示佛理禪意。而《琴詩》則屬於另外一種情況，詩云：

> 若言琴上有琴聲，放在匣中何不鳴？
> 若言聲在指頭上，何不於君指上聽。

關於這首詩，蘇東坡自己在《與彥正判官書》中述說了寫作起因：彥正贈他一具古琴，東坡請人試奏後，作「一偈」送給琴師云云。蘇東坡自稱為「偈」，原因有二：一是內容含佛理，二是形式近於偈頌。前人闡釋這首詩，多引《楞嚴經》：

> 譬如琴瑟、箜篌、琵琶，雖有妙音，若無妙指，終不能發，汝與眾生亦復如是。寶覺真心，各各圓滿，如我按指，海印發光。[16]

意思是人人各具佛性，須點化感悟後才生妙用。但我們與詩對照，似

---

16 《首楞嚴經》，第4卷，電子佛典《大正藏·密教部》T19，No.945。

乎東坡意不在此。因而，說這段經文與坡詩有語源方面的聯繫則合乎
實際，說其演述經義則未必。蘇東坡在另一首詩中有類似的疑問：
「石中無聲水亦靜，云何解轉空山雷？」(《武昌西山‧再用前韻》)
也是思索聲音如何發生[17]。這個問題具有深淺兩層含義。淺層屬於格
物，乃古人不明振動發聲之理而產生的困惑。深層則為佛理，但與
《楞嚴經》那段「海印發光」說無關。其真實意義可取金聖歎一段話
作參證。金氏《語錄纂》：「今人以手拍桌，隨拍得響，響從十方四面
來，借手桌因緣而成響。其實手著桌處一些子地並無有響，故響響不
窮。……故響是大千本事，只是以手桌為機關，非手桌能生響也。」
論題與東坡兩首詩同類，其結論有兩點：1. 聲音不是發聲物體的固有
屬性，而是某種遍佈空間的獨立物；2. 發出聲音是一種「因緣生法」
的過程。前一點是金氏獨創之見。後一點實與東坡相通。佛經中慣以
聲響作「因緣生法」、「諸法皆幻」的喻體，如《華嚴經》：「業緣如
夢、如響、如鏡中象，一切法如幻，而跡不違因緣業報。」可見，蘇
東坡的這首《琴詩》演述的是佛學習見的「因緣」之說，只不過觸物
而生聯想，顯得機智、俏皮而已。由於缺少對情景的描寫，故若與
《題西林壁》、《百步洪》相比，則不免理多而趣少了。

　　坡詩中的理趣禪意有時並不籠罩全篇，而在一兩句中閃現卻使全
篇因之生色。如《文登蓬萊閣下，石壁千丈，為海浪所戰，時有碎
裂，淘灑歲久，皆圓熟可愛，土人謂此彈子渦也。取數百枚以養石菖
蒲，且作詩遺垂慈堂老人》一詩：

　　　蓬萊海上峰，玉立色不改，孤根捍滔天，雲骨有破碎。

---

17 據東坡自注，韋應物也有類似的思索：「水性本云靜，石中固無聲。如何兩相激，
　雷轉空山驚？」（今本《韋蘇州集》不載）

陽侯殺廉角，陰火發光彩。累累彈丸間，瑣細或珠琲。

閻浮一漚耳，真妄果安在？我持此石歸，袖中有東海。

垂慈老人眼，俯仰了大塊。置之盆盎中，日與山海對。

明年菖蒲根，連絡不可解。倘有蟠桃生，旦暮猶可待。

詩的前一半寫蓬萊丹崖之形勢與卵石的情況，後一半想像以石養花的
情形，中間插入「閻浮一漚耳」等四句理語，與前後並無必然聯繫。
其中「閻浮一漚」取《楞嚴經》語義，而「袖中有東海」則取《華嚴
經》「於一毛孔中悉分別知一切世界」的觀點。但「我持此石歸，袖
中有東海」形象生動，意態瀟灑，給人的印象遠超過經義本身，從而
為全詩增添了理趣。

這種情況在東坡詩詞中最為多見，《和子由澠池懷舊》、《定風
波》等皆是。

宋代詩人中另一位擅長寫理趣禪意的是王安石。他直寫佛理之作
有《和女詩》、《寓言》等。也有一些將理語化入情、景，得禪趣而不
見斧鑿之痕的，如《遊鍾山》：

終日看山不厭山，買山終待老山間。

山花落盡山長在，山水空流山自閒。

《出定力院作》：

江上悠悠不見人，十年塵垢夢中身。

殷勤為解丁香結，放出枝間自在春。

這一類理趣詩，讀來有味，然細辨之，其味往往在酸鹹之外，須讀者

各以自己的取向來品嘗，見仁見智，有時可能相去甚遠。即以理學泰斗朱熹的兩首膾炙人口的小詩為例。其一《觀書有感》：

> 半畝方塘一鑑開，天光雲影共徘徊。
> 問渠哪得清如許，為有源頭活水來。

其二《春日》：

> 勝日尋芳泗水濱，無邊光景一時新。
> 等閒識得東風面，萬紫千紅總是春。

這兩首詩都有較為通行的理解，前者是自勉「活到老學到老」，後者是對「孔顏樂處」的發揮。應該說，這都合乎詩作的基本意旨。但如果讀者是一位對佛理禪機有興趣的人，而且又有相當的佛學素養的話，他很可能從中感到佛禪的理趣，因為前者的比喻與「境由心生」、「應無所住而生其心」不無瓜葛，而後者與「一悟即至佛地」「心淨則隨處淨土」也頗相通——理學起於闢佛，然不僅陸王，即程朱亦由佛禪多所汲取，此但一例耳。

當然，這也是一家言。而詩的魅力就在於朦朧多解，詩中的禪趣在朦朧之中更顯其特有之魅力[18]。

---

18 錢鍾書《談藝錄・補訂》有關於「理語」「理趣」區別的分析，頗中肯綮：「常建之『潭影空人心』，少陵之『水流心不競』，太白之『水與心俱閒』，均現心境於物態之中，即目有契，著語無多，可資『理趣』之例。香山《對小潭寄遠上人》云：『小潭澄見底，閒客坐開襟。借問不流水，何如無念心？彼惟清且淺，此乃寂而深。是義誰能答？明朝問道林。』意亦相似，而涉唇吻，落思維，只是『理語』耳。」另外，由此可以看出，以潭水、池水喻人心，既是詩家常談，又是禪門常談。

## 〔附〕禪詩賞析二首

盆荷
萍黏古瓦水泓天，數葉田田貼小錢。
才大古來無用處，不須十丈藕如船。

這是南宋後期僧人居簡的一首詠物詩。所詠為居家常見的擺設，本無稀奇處，而作者當機開悟，遂有此別具心得之作。

首二句扣題狀物。「萍黏古瓦」寫盆。瓦，明其為家常之物，非矜貴難得者。古，則明其不俗。禪家設喻，常有「古松」、「古井」之說，意味與此相通。「萍黏」之「黏」字下得恰切。貯荷之盆，水非常換，積久生萍，萍緣盆壁。一個「黏」字，既有質感，又傳達出若即若離之態。「水泓天」把境界拓開來。寫水中天光雲影，已有開闊之象，又著一「泓」字——泓為水深水廣之意——便倍覺廣遠。「數葉田田」寫荷。古樂府「江南可採蓮，蓮葉何田田」之句，「田田」為茂盛狀。用在這裏代指荷葉。因荷葉初生，小如銅錢，未離水面，故云「貼小錢」。

後二句為議論。由欣賞小盆小荷而生油然滿足之意，進而悟出「才大無用」的道理，所以說：「不須十丈藕如船。」這番議論可從社會學和哲學兩個角度來理解。從前者來看，「才大無用」是牢騷話，委婉地表達了對庸奴當道的社會現實的不滿。而從後者來看，則與傳統的「小大之辨」頗有關聯。「十丈藕如船」句用唐韓愈《古意》典。韓詩謂：「太華峰頭玉並蓮，開花十丈藕如船。冷比雪霜甘比蜜，一片入口沉痾痊。」

「小大之辨」是莊子哲學中的重要命題，《逍遙遊》、《齊物論》、《秋水》等篇皆有論述。有所謂「天下莫大於秋毫之末，而太山為小」的說法，認為小與大只是相對而言；又有對「大而無用」說的駁

斥，這似乎都是居簡當機開悟的思想材料。居簡為禪僧。中國佛學本是融印度佛學與本土老莊為一體的產物，早在慧遠，已有「引莊子義為連類」的解讀佛經方法；北宋末，釋法英作《道德經解》則更進了一步。南宋時莊禪互證乃至三教一貫漸成通論。故居簡取《莊子》中的話頭入詩，實在是很自然的事情。

但是，居簡詩中的哲理並不和莊子的觀點相同。居簡的「不須大」是由眾生平等、一相本同的佛理中衍生，故話頭似莊，觀點、意味卻是地道的禪。禪的本質為一種超脫、安祥的心態，泯滅了人我相，摒除了分別心。正如《金剛經》所云：「是法平等，無有高下。」黃蘗禪師解釋道：「心若平等、不分高下，即與眾生、諸佛、世界、山河、有相無相，遍十方世界，無彼我相。此本源清淨心，常有圓滿，光有遍照也。」居簡所云「水泓天」即喻常自圓滿的本源清淨心。盆中小荷自成美景，無欠無贅，具足圓成，安祥而寧靜，如同入禪境之清淨心。如妄生分別計較之念，落於二乘，亦與禪境無緣了。

> 錦鏡池
> 一鑑涵虛碧，萬象悉其中。
> 重綠浮輕綠，深紅間淺紅。

重寶山為浙東四明山脈中的名勝，錦鏡池則為龍晴所在。池有源泉活水，清洌澄明；周圍層巒疊嶂，林森蔥籠。池水如鏡，景色如錦，映景入池，遂得「錦鏡」之名。這首《錦鏡池》是南宋禪師僧鑑的作品。

錦鏡池旁有一亭，名錦鏡亭。與僧鑑同時的禪師元肇曾題詩於亭，其中描寫錦鏡池的風光道：「妙高峰頂見日出，千丈嶺頭看雲飛。寒木著霜山衣錦，清泉得月鏡交輝。」

　　與元肇的詩相比，僧鑑的這首《錦鏡池》寫法明顯不同。他對於池周環境一概略過，只落筆於池水本身。「一鑑涵虛碧」總寫水靜池清。鑑者，鏡也。是點題之筆。虛碧則狀池水之清澈深邃。涵字用得很好。「鑑」與「碧」皆為實字，著一「涵」便有混茫淵深的意味。「萬象悉其中」乃寫水中映象。作者以「萬象」與「一鑑」相對，在數量的絕大差異中產生張力的效果。接下去，詩人沒有描寫「萬象」的具體狀貌——如元肇所寫的「日出」、「雲飛」、「寒木」等，而是以抽象的筆法寫出「重綠浮輕綠，深紅間淺紅。」這真是寫水中映象的絕妙手法。從狀物的角度看，綠分重輕，紅雜深淺，池周草木之蓬勃、山花之爛漫，固已攝神於池水；而一「浮」一「間」，則又準確寫出所描為映象而非實景。況且，只寫顏色不寫物象，與前句「涵」、「虛」照應，形成全詩靈虛空明的境界，禪意便由此而生。

　　水月鏡象，是釋家說「空」的慣常喻設，如石頭說法：「三界六道，唯自心觀。水月鏡象，豈有生滅？」又說：「法身無象，誰云自他？圓鑑靈照於其間，萬象體玄而自現。」僧鑑此詩的「一鑑涵虛碧，萬象悉其中」雖自眼前景物中「現量」而得，但也是素常浸淫於先輩禪旨，方能與石頭的「圓鑑」、「萬象」暗合如此。而我們由此暗合之處，自然也就體會到「一鑑」云云的象徵意味。「一鑑」即「心」。禪學中，池也象徵心性。如石頭夢與六祖乘龜游池，覺後詳之：「靈龜者，智也；池者，性海也。」故此詩寫池寫鑑全是寫心。心能「涵虛」、「靈照」，「萬象」乃自現其中。象非實相，乃鏡中之象，故知性空。心為虛心，故全無掛礙，故得見色。至於「重綠」、「深紅」云云，也隱禪機在內。據傳，世尊以隨色摩尼珠為五方天王說法，五人各見一色為青為黃為白為赤，世尊遂諭「真珠無色，色由心生」的道理。故此詩以重筆寫斑爛雜色，亦含萬法性空、萬法唯心的旨趣在內。

　　要之，此詩淺層狀物寫景，得池水勝境之神；深層設喻象徵，含禪學佛理之妙。淺深融合無痕，實為理趣詩的上佳之作。

# 略說佛門詩痕

　　詩歌與佛教的關係是雙向的：不只是詩人與佛門有緣，佛門中也頗見詩之苗裔。佛教的教理往往以偈頌的方式表達，偈頌與詩則是「近親」——有些偈頌與詩幾無二致。更有意思的是，僧人之中有不少詩翁，吟風弄月的興趣似乎超過了青燈黃卷。雖說是塵緣不淨，卻也在佛教與士大夫之間架起了一座橋樑，有意無意地擴大了佛教在讀書人中的影響。

　　詩僧是一種複雜的文化現象。詩家講「緣情」，僧家講寂滅，從道理上講，「詩」與「僧」鑿枘不相容。但是，自佛教昌大的南北朝至晚清，以詩名世的僧人歷代史不絕書。僅以唐代論，《全唐詩》便錄有詩僧115家。詩45卷，《唐才子傳》提及唐代詩人398名，其中詩僧便有53名。足見禪林詩風之盛。對於這一現象，元人辛文房在《唐才子傳》中概括道：

> 自齊、梁以來，方外工文者，如支遁、道猷、惠休、寶月之儔，馳驟文苑，沉淫藻思，奇章偉什，綺錯星陳，不為寡矣。厥後喪亂，兵革相尋，緇素亦已狼藉，罕有復入其流者。至唐……有靈一、靈徹、皎然、清塞、無可、虛中、齊己、貫休八人，皆東南產秀，共出一時，已為錄實。其或雖以多而寡稱，或著少而增價者，如惟審，護國、文益、可止……等四十五人。[1]

---

1　〔元〕辛文房：《唐才子傳》，128頁，河南，中州古籍出版社，1987。

這就勾勒出詩僧現象的源起流變的大致脈絡。

錢鍾書對此也有一個梳理：

> 釋氏作詩，唐以前如羅什《十喻》、慧遠《報偈》、智藏《三教》、無名《釋五苦》、廬山沙彌《問道扣玄》，或則喻空求本，或則觀化決疑，雖涉句文，了無藻韻……初唐，寒山、拾得二集，能不搬弄翻譯名義，自出手眼；而意在貶俗警頑，反覆譬釋，言俚而旨亦淺……僧以詩名，若齊己、貫休、惠崇、道潛、惠洪等，有風月情，無蔬筍氣；貌為緇流，實非禪子，使蓄髮加巾，則與返初服之無本（賈島）、清塞（周樸）、惠銛（葛天民）輩無異。[2]

他在勾勒脈絡中雜以評論，評論的標準是詩歌的風格與價值，評價相當中肯，同時指出文士與僧人之間並無淄澠之別，也很有見地。只是詩僧中自有標格卓迥者，並不止於上述諸人。

早期詩僧首推東晉的支遁。前面已談到他與名士文人交往的情況，而他本人不僅清談超妙，詩也寫得相當不錯。《廣弘明集》中收有其作品二十一首。其中半數為《讚佛詩》、《長齋詩》一類佛教題材，其餘則為《詠懷》、《述懷》等感物詠志之作。佛教題材寫得詞采華美，但缺少詩味。詠志詩介乎玄言與山水之間，既直言老、莊玄理。又描寫「芳泉代甘醴，山果兼時珍」的山林生活，後者與謝靈運等人的山水詩情味彷彿，在詩壇有一定的影響。但支遁在當時，主要面目還是在「僧」，而不在於「詩」。他的佛學修養深湛，著有闡說般若與禪的多種著作，對頓悟也有獨特的理解，成一家言。所以，他雖

---

2　錢鍾書：《談藝錄》，第69則，225頁，北京，中華書局，1984。

能詩，卻還不是典型的詩僧。

最早一批以詩名著稱於世的僧徒是南齊的惠休、道猷及寶月。三人同列名於鍾嶸《詩品》。《詩品》錄兩漢至齊梁間的五言詩人，時間跨越六百餘年。僅著錄122人，故入其品第者均為一時作手。惠休等雖列於下品，卻也說明已具有相當的「知名度」。

三人中，以惠休的名氣尤大。惠休俗姓湯，字茂遠，生活於劉宋時代，入齊而終，與詩人鮑照、顏延之同時代而略晚。青年時代為僧，因詩而享盛名。宋孝武帝劉駿命其還俗為官，至揚州從事史。其詩集今已散佚，僅存作品11首。鍾嶸對惠休詩的評價是「淫靡，情過其才」，沈約的評價是「辭采綺豔」，顏延之的評價是「委巷中歌謠耳，方當誤後生」。三人立論角度不同，但基本看法是一致的。都認為湯惠休寫男女戀情時渲染過份，風格綺豔。三人評語都含貶意，而以顏延之尤甚，竟指責湯詩有「毒害青少年」的不良社會效果。一個僧人擅作情詩已可駭怪，又得此評價則愈發難堪。我們且來讀一首他的作品，看看究竟如何。《怨詩行》：

> 明月照高樓，含君千里光，巷中情思滿，斷絕孤妾腸。
> 悲風蕩帷帳，瑤翠坐自傷。妾心依天末，思與浮雲長。
> 嘯歌視秋草，幽葉豈再揚。暮蘭不待歲，離華能幾芳？
> 願作張女引，流悲繞君堂。君堂嚴且秘，絕調徒飛揚。[3]

這是樂府古題。自班婕妤以還，作者甚眾，多寫怨婦思念良人之苦以及年華易逝、人壽不永之感歎。惠休此作亦未脫窠臼，只是將這兩方面鎔鑄一體，情思跌盪，語意工切，故在同題作品中允為上乘。若說

---

3　《古詩源》，第11卷，269-270頁，北京，中華書局，1978。

風格「綺豔」則有之，稱「淫靡」、「誤後生」則未免太過。推想顏、鍾過責的原因，恐怕與惠休僧徒的身份不無關係——一俗人作此情語尚可，出家人則頗嫌心猿意馬了些。

但是，也有人恰恰因這種身份與內容的反差而激賞此詩。清代詩人沈德潛在《古詩源》中評論這首《怨詩行》道：

> 禪寂人作情語，轉覺入微處亦可證禪也。[4]

從思婦的怨詞情語中看出禪意，沈老先生可謂別具慧眼。只是對於大多數讀者來說，感受到的還是纏綿情思與深切悲哀。

惠休還有一組短詩享有盛名，就是《楊花曲》三首：

> 葳蕤華結情，宛轉風含思。掩涕守春心，折蘭還自遺。
> 江南相思引，多歎不成音。黃鶴西北去，銜我千里心。
> 深堤下生草，高城上入雲。春人心生思，思心長為君。[5]

春心、相思，加上柔婉的風格，無論如何也和僧人的形象聯不到一起。特別是與稍早一些的陶淵明、謝靈運相比，便明顯感到湯惠休風格的獨特了。

由於詩作的綺豔風格，時人多把惠休與大詩人鮑照相提並論。蕭子顯的《南齊書・文學傳論》稱：「休鮑後出，咸亦標世」、鍾憲則講：「鮑、休美文，殊已動俗。」鍾嶸認為，惠休的成就不及鮑照，這種並稱的評價並不準確。比較起來，鍾嶸的看法是正確的。但並稱

---

4　《古詩源》，第11卷，270頁。
5　《樂府詩集》，第77卷，1082-1083頁，北京，中華書局，1982。

之說也是事出有因。《詩品》評鮑詩為「靡嫚」、「詭詭」、「險俗」，「頗傷清雅之調」，與惠休詩評價相類。可見在當時人眼裏，惠休與鮑照是同一風格流派中的詩人。有趣的是，目無下塵的李太白還曾就「休鮑齊名」做過一首詩：

> 梁有湯惠休，常從鮑照遊。峨眉史懷一，獨映陳公出。
> 卓絕二道人，結交鳳與麟。行融亦俊發，吾知有英骨。
> 海若不隱珠，驪龍吐明月。大海乘虛舟，隨波任安流。
> 賦詩旃檀閣，縱酒鸚鵡洲。待我適東越，相攜上白樓。[6]

這首詩的題目是《贈僧行融》。詩中以惠休、鮑照來比行融和自己，這對休、鮑很有些「抬舉」的味道。

對於這個並稱問題，還有另一種戲劇化的說法。南齊羊曜璠講，顏延之出於對鮑照文才的嫉妒，故意提出休、鮑齊名之說，造成輿論，借惠休來貶低鮑照。此說可信與否，已無法考定。但由此也證明：惠休當時是個有影響的詩人，而由於寫情輕豔，聲名頗具爭議。實際上，湯惠休的詩風在一定的意義上，是開了齊梁「宮體」的先河。

另外兩位詩僧的名氣要小一些。道猷是東晉高僧道生的弟子，俗姓馮，後改帛，山陰人，曾為宋文帝講解頓悟之義，得到好評。其詩僅存一首《陵峰採藥》：

> 連峰數千里，修林帶平津。雲過遠山翳。風至梗荒榛。

---

6　〔唐〕李白：《贈僧行融》，見《李太白全集》，第12卷，633頁，北京，中華書局，1977。

> 茅茨隱不見，雞鳴知有人。閒步踐其徑，處處見遺薪。
> 始知百代下，故有上皇民。[7]

這首詩歷代評價甚高。明人楊慎認為「連峰數千里，修林帶平津」與「茅茨隱不見，雞鳴知有人」四句是「古今絕唱」。王夫之則評為「賓主歷然，情景合一」。鍾嶸也稱之為「清句」。平心而論，僅就此詩而論，取境、情趣倒是有一些詩僧的「本色」。其格調、風致，則放到陶、謝之作中也並不遜色。可惜他的其他作品散佚不能得見了。

寶月俗姓康，生平材料很少。從僅有的一點資料看，他有音樂才能，曾為齊武帝的詩配曲，似乎是個牽纏在名利中的和尚。《玉臺新詠》中收有一首《行路難》，題署「釋寶月」。詩云：

> 君不見孤雁關外發，酸嘶度揚越。
> 空城客子心腸斷，幽閨思婦氣欲絕。
> 凝霜夜下拂羅衣，浮雲中斷開明月。
> 夜夜遙遙徒相思，年年望望情不歇。
> 寄我匣中青銅鏡，倩人為君除白髮。
> 行路難，行路難，夜聞南城漢使度，
> 使我流淚憶長安。[8]

此詩寫征夫思婦之情，雖屬舊題，間有新意，取境，句法似對張若虛《春江花月夜》都有些影響。但著作權卻大成問題。據《詩品》，這首詩本為東陽柴廓所作，寶月曾留宿其家，抄寫到手。柴廓不久去世，寶月便竊為己作。廓之子帶手稿去京城，「欲訟此事」，寶月只得

---

7　《會稽志》，第15卷，《人物‧高僧》，《四庫全書》本。
8　《玉臺新詠》，第9卷，《四庫全書》本。

「厚賂止之」。此說若屬實，寶月的人品便太卑下了。寶月現存詩還有二首，為樂府舊題《估客樂》。其一云：

> 郎作十里行，儂作九里送。拔儂頭上釵，與郎資路用。
> 有信數寄書，無信心相憶。莫作瓶落井，一去無消息。[9]

風格與那首《行路難》相去較遠，有些類似於民歌的味道。看來鍾嶸所講是比較可信的。一個出家人出此下策博取詩名，既可見本人求名的迫切心情，也反映出一個時代的社會文化氛圍。正如鍾嶸所講：「詞人作者，罔不愛好。今之士俗，斯風熾矣。才能勝衣，甫就小學，必甘心而馳騖焉……至使膏腴子弟，恥文不逮，終朝點綴，分夜呻吟」[10]。就是在這樣一種詩的迷狂中，佛門弟子中六根不淨者也終於陷溺進去了。

從上述三個詩僧留存的作品看，他們在進行詩歌創作時，對自己佛門弟子的身份並不十分在意。與後代詩僧相比，他們詩作的最大特色就是無特色——無論在取材上，還是情感、境界諸方面，都與同時代的俗家詩人差不多。

這種情況在唐代詩僧中有所變化。唐詩大盛，唐代佛教亦大盛，故唐代詩僧因勢而高張異幟於詩壇。《宋高僧傳》繼《梁高僧傳》而作，體例本應蕭規曹隨，但贊寧例外做了一個小變動，就是把原來的《唱導》科改為《雜科聲德》，其中載入詩僧皎然、貫休、齊己、宗淵、棲隱、全玭等。在一定程度上，編撰者的改動與容納詩僧的意圖直接相關。為此，贊寧專門作論：

---

9　《樂府詩集》，第48卷，700頁，北京，中華書局，1982。
10　〔梁〕鍾嶸：《詩品序》，見《鍾嶸詩品校釋》，55頁，北京大學出版社，1986。

或曰：「何忽變《唱導》為《聲德》耶？」通曰：「聲之用大矣
哉！……乃可謂宮商佛法，金石天音，哀而不傷，樂而不
佚……見慈顏而不怒，作《詩式》而安禪。」[11]

他雖然沒有正面討論詩僧的問題，但把儒家論樂、論詩的常用命題
「哀而不傷，樂而不佚（淫）」直接移過來說明「聲德」，又專門把皎
然的詩學代表作《詩式》提出來，作為「安禪」的一條途徑，足見贊
寧是把詩僧現象作為他修改體例的重要原因之一的。於此也可間接感
知唐代詩僧的廣泛社會影響。

　　唐代詩僧人數既多，創作傾向便呈多樣。

　　唐代詩僧中有幾個特異的人物：王梵志、寒山、拾得及豐干等。
前引辛文房的詩僧專論對他們未有片言涉及，而王梵志四百餘首詩作
甚至不曾收入《全唐詩》。說他們特異，首先是因為其神秘。這幾個
人身世都是謎，當時的人們稱王梵志為「菩薩示化」，認為寒山是文
殊化身，拾得是普賢，並有他們的種種神跡傳說在社會流行。其次是
詩作的風格奇特，匯俚俗、機智、深刻於一體，在多姿多彩的唐詩世
界中別樹一幟。

　　王梵志的身世情況見於晚唐馮翊的《桂苑叢淡》及《太平廣
記》，略云：

王梵志，衛州黎陽人也。黎陽城東十五里有王德祖者，當隋之
時，家有林檎樹，生瘿大如斗，經三年，其瘿朽爛，德祖見
之，乃撤其皮，遂見一孩兒抱胎而出，因收養之。至七歲能
語，問曰：「誰人育我？復何姓名？」……乃作詩示人，甚有

---

11 〔宋〕贊寧：《雜科聲德篇》，《宋高僧傳》第30卷，757頁，北京，中華書局，1987。

意旨。[12]

這段跡近神話的記述，引出了種種大不相同的解釋。其實，揆情度理也可看作很平常的事實：王家收養了一個棄嬰，為應付孩子對身世的根究，並杜絕鄉鄰的流言，便借助於民間流行的「空桑生子」之類傳說。信口造出一段「準神話」來。這正如今日鄉間父母在敷衍兒童對生命現象的好奇心時，還會講出「石頭坷垃裏撿來的」、「山坡上刨出來的」一類話來。而「梵志」之名多見於佛書，可證其成人後與佛門的淵源。

王梵志詩現存近四百首，見於敦煌藏經洞的卷子及唐宋詩話、筆記以及禪宗語錄等。其作者問題比較複雜，因為有種種跡象表明，這些詩並非出於一人之手，甚至也非產生於一個時代。大致說來，其中半數為初唐王梵志的作品，其他則為中晚唐一些無名作者所作。由於思想內容、藝術風格與王梵志比較接近，而王作在唐代名氣很大，所以便一籠統歸到王梵志名下。我們在討論有關詩僧問題時，也不妨仍把這些作品放到一起來看。

王梵志詩大體可分兩類，一類為描寫社會現實的作品，一類為闡揚佛理的作品。前者如《貧窮田舍漢》：

> 貧窮田舍漢，庵子極孤悽。兩窮前生種，今世作夫妻。
> 婦即客舂擣，夫即客扶犁。黃昏到家裏，無米復無柴。
> 男女空餓肚，狀似一食齋。里正追庸調，村頭共相催，
> 襆頭巾子露，衫破肚皮開。體上無褌袴，足下復無鞋。
> 醜婦來怒罵，啾唧搦頭灰。里正被腳蹴，村頭被拳搓。

---

12 《太平廣記》，第82卷，525頁，北京，中華書局，1981。

> 驅將見明府，打脊趁回來。租調無處出，還須里正陪。
> 門前是債主，入戶見貧妻。舍漏兒啼哭，重重逢苦災。
> 如此硬窮漢，村村一兩枚。[13]

取材與寫法都有特色，像這樣描寫下層民眾性格的詩作，不僅在唐詩中僅見，就是一部古代文學史也是不多見的。既窮又倔，生活困頓，壓迫沉重，在一首小詩裏生動表現出來，實在是詩歌史上的異數。

後者從表現手法的角度看，又有幾種不同情況。一種是直露的說理，如：

> 非相非非相，無明無無明。相逐妄中出，明從暗中生。
> 明通暗即盡，妄絕相還清。能知寂滅樂，自然無色生。

這簡直是押韻的經論，叫「詩」是有些勉強的。

另一種是形象、含蓄的說理，如：

> 世無百年人，強作千年調。打鐵作門限，鬼見拍手笑。
> 城外土饅頭，餡食在城裏。一人吃一個，莫嫌沒滋味。

發揮佛教「無常」、「寂滅」之說，言辭俚俗而形象生動。特別是「鬼見拍手笑」一句，形象詭異，意味深長，給讀者深刻印象。這種介於詩歌與佛偈之間的作品，可算作另類的格言詩。

還有一種詩味很足，將佛理完全融入生活圖景中，如：

---

13 王梵志詩作均無題目，而以首句為題。以下所引不再標出。所引皆據項楚整理《王梵志詩校注》，上海古籍出版社，1991。

吾有十畝田，種在南山坡。青樹四五樹，綠豆兩三窠。

熱即池中浴，涼便岸上歌。遨遊自取足，誰能奈我何！

在一幅返樸歸真、瀟灑自得的人生畫面上，隱隱透出禪宗「平常心是道」的主張。全詩清新自然，頗有淵明風致。可惜王梵志作品中達到這一境界的並不多。他的多數詩作質木無文，所長在明白如話，所短在情味不足。

寒山、拾得與豐干同修持於天台國清寺，大致在盛唐、中唐之際，大曆年間前後。關於他們的事蹟也多帶神話色彩。傳說豐干初為寺中舂米的執役僧，人們問為何甘心於此時，便答以「隨時」二字。某日興發，乘坐一虎，口唱道歌，直入松門。僧眾方知其不凡。後游長安，為閭丘胤治病，囑其日後赴國清寺訪寒山、拾得，稱二人是文殊、普賢的化身。閭丘胤訪之，二人避入寺後岩縫，而岩縫隨之閉合無痕。再訪豐干禪房，寂無人蹤，只見滿地虎跡。而寒山則以一瘋僧面目出現，以樺皮製成高冠，穿布袍，拖破鞋，有時在寺中吟唱，有時到村落歌嘯。他與豐干論禪，全以詩句喻禪境。行事瘋瘋癲顛，往往把寺中僧眾搞得寢食難安。他還曾與著名禪師趙州從諗論禪，極盡玄奧之能事。他和拾得最為友善。拾得也是棄嬰，被豐干收養，故名為「拾得」。

三人中，以寒山詩名最盛，今存其作品三百餘首。二十世紀中後期，先後在日本、美國、港臺掀起過「寒山熱」。特別是六十年代的美國，很多青年把寒山當作崇拜的對象。寒山詩風接近於王梵志，但比王作生動一些，特別是那些描寫自我形象及僧居環境的作品。如《自樂平生道》[14]：

14 寒山詩作均無題目，而以首句為題。以下所引不再標出。所引皆據項楚整理《寒山詩注》，北京，中華書局，2000。

自樂平生道，煙蘿石洞間。野情多放曠，長伴白雲閒。
有路不通世，無心孰可攀？石床孤夜坐，圓月上寒山。

千山萬水間，中有一閒士。白日游青山，依歸岩下睡。
忽而過春秋，寂然無塵累。快哉何所依，靜若秋江水。

有些寫禪理禪境的詩作也雋永有味，如：

眾星羅列夜明深，岩點孤燈月未沉。
圓滿光華不磨瑩，掛在青天是我心。

閒自訪高僧，煙山萬萬層，師親指歸路，月掛一盞燈。

但也有直說佛理，如同押韻經論者，如：

瞋是心中火，能燒功德林。欲行菩薩道，忍辱護真心。
余勸諸稚子，急離火宅中。三車在門外，載你免飄蓬。
露地四衢坐，當天萬事空。十方無上下，來去任西東。
若得個中意，縱橫處處通。

兩首「詩」皆直接取意於《法華經》，「功德林」、「火宅」、「三車」等
都是經中的喻象。後一首更是《法華經》著名的「火宅」「三車」寓
言的翻版。不過，相比之下，寒山的這類作品是較少的。

寒山關心自己詩作的社會反映及社會效果，在詩中反覆提及這方
面的問題，如：

> 五言五百篇，七言七十九，三字二十一，都來六百首。
> 一例書岩石，自誇云「好手」。若能會我詩，真是如來母。
>
> 有個王秀才，笑我詩多失。云不識蜂腰，仍不會鶴膝。
> 平側不解壓，凡言取次出。我笑你作詩，如盲徒詠日。
>
> 有人笑我詩，我詩合典雅。不煩鄭氏箋，豈用毛公解！
> 不恨會人稀，只為知音寡。若遣趁宮商，余病莫能罷。
> 忽遇明眼人，即自流天下。

詩中充滿了自得、自信之意，同時也表明了寒山在詩歌創作中的審美追求——真率、通俗。客觀地講，寒山詩的藝術水準，遠不能與李杜諸大家相比，甚或與郊、島輩的距離也是相當大的。但是，他確實形成了自己獨特的風格。就憑這一點，他就可以在唐詩廣大的園圃中佔有穩固的一席之地。

拾得詩與寒山相類，只是說理、格言類作品所佔比例更大一些，以致時人認為他的作品實為佛家偈語，而他便作詩辯解道：

> 我詩也是詩，有人喚作偈。詩偈總一般，讀時須仔細。
> 緩緩細披尋，不得生容易。依此學修行，大有可笑事。[15]

豐干詩今僅存兩首，有「寒山特相訪，拾得常往來。論心話明月、太虛廓無礙」之語。他之得以廁身詩僧之列，實在是沾了寒山、拾得的光。

---

15 項楚：《寒山詩注》，844頁，北京，中華書局，2000。

在唐代詩僧中，更有代表性的，是辛文房提出的那八個人，而又以皎然、貫休、齊己為其中翹楚。

皎然是謝靈運的後裔，字清晝，湖州人，生活在開元至貞元之間，主要活動在大曆年間。與寒山等大致同時，但當時的名氣比寒山大得多。據《宋高僧傳》：「凡所遊歷，京師則公相敦重，諸郡則邦伯所欽。」時諺稱：「霅之晝，能清秀；越之澈，洞冰雪；杭之標，摩雲霄。」把他與靈澈、道標一起作為詩僧的代表人物。皎然有《杼山集》十卷，在唐代詩僧中是多產作家。另有《詩式》五卷，《評論》三卷，《詩議》一卷，在我國詩論史上佔有重要地位。對於皎然的詩，歷代論者多給予較高的評價。宋嚴羽在著名的《滄浪詩話》中講：「釋皎然之詩，在唐詩僧之上。」明胡震亨也認為在眾多詩僧中。「吳興晝公（皎然）能備眾體，綴六藝之精英，首冠方外。」

皎然雖為一代名僧，但在人生出處的問題上也有困惑和煩惱。一方面，他嚮往「古磬清霜下，寒山曉月中」的山林隱逸生活，自稱「跡隳世上華，心得道中精」；另一方面，又不甘寂寞，為名而周旋於顯貴之間，有時甚至曲意逢迎，如把中丞於頔比作謝靈運，稱自己的佛學修養承蒙於頔教誨方得開悟（《奉酬於中丞使君〈邯齋臥病〉見示》）。對此，他內心也時有憤懣與愧惡，在《述祖德贈湖上諸沈》一詩中，他寫道：「我祖文章有盛名，千年海內重嘉聲。……世業相承及我身，風流自謂過時人。……飽用黃金無所求。長裾曳地干王侯。一朝金盡長裾裂，吾道不行計亦拙。歲晚高歌悲苦寒，空堂危坐百憂攢。」很難相信，這竟是「清淨其志，高邁其心，浮名薄利所不能啖」（《皎然傳》）的高僧的晚年心態。

這種人生態度的矛盾，反映到他的文學活動中，也表現為相互矛盾的行為。早年留意於詩道，以康樂傳人自居。為獲詩名，不惜放棄自己所長，模仿韋應物的古體，將仿作獻給韋以求品題，韋全不稱

賞。失望之餘，再獻舊作，韋雖「大加歎詠」，卻也坦率指出其「猥希老夫之意」的輕躁過失。而到了晚年，心態一變，認為這些文字活動「擾我真性」，決心「屏息詩道」，把舊作一把火燒掉[16]。不過畢竟舊習難改，又作文記此訣別文墨之事道：「我疲爾役，爾困我愚。數十年間，了無所得。況汝是外物，何累於人哉！住既無心，去亦無我，將放汝各歸本性，使物自物，不關於予，豈不樂乎？」但當朝廷降旨，編纂他的詩文集收藏到集賢殿御書院時，「天下榮之」，他又欣然承旨，並請託相國於頓為之作序了。

皎然之詩大多語涉佛理禪義，但得禪趣者卻很少。如《答俞校書冬夜》：

> 夜閒禪用精，空界亦清迴。子真仙曹吏，好我如宗炳。
> 一宿睹幽勝，形清煩慮屏。新聲殊激楚，麗句同歌郢。
> 遺此感予懷，沉吟忘夕永。月彩散瑤碧，示君禪中境。
> 真思在杳冥，浮念寄形影。遙得四明心，何須蹈岑嶺。
> 詩情聊作用，空性唯寂靜。若許林下期，看君辭薄領。[17]

雖屢言「禪用精」、「禪中境」，卻無王維、蘇軾等人作品中深厚雋永的禪昧。論其究竟，原因之一便在於禪本不必說破，說破了便不是禪。

皎然作品中，將佛理化入詩題而不著形跡的，當推《周長史昉畫毗沙門天王歌》。詩云：

> 長史畫神獨感神，高步區中無兩人。
> 雅而逸，高且真，形生虛無忽可親。

---

16 〔宋〕贊寧：《宋高僧傳》，第29卷，728頁。
17 〔唐〕皎然：《杼山集》，第1卷，四庫全書本。

降魔大戟縮在手，倚天長劍橫諸紳。

慈威示物雖凜凜，在德無秋唯有春。

吾知真相本非色，此中妙用君心得。

苟能下筆合神造，誤點一點亦為道。

寫出霜縑可舒卷，何人應識此情遠。

秋齋清寂無外物，盥手焚香聊自展，

憶昔胡兵圍未解，感得此神天上下。

至今雲旗圖我形，為君一顧煙塵清。[18]

「真相本非色」為佛理，但在這裏與畫家略形取神之技亦相貼切，故雙關而無牽強之感。全詩寫佛門勝蹟，而著眼卻主要在藝術感受，也避免了枯躁的教義宣傳。

前人以「清弱」評皎然之詩，評貫休則與其相反，為「粗豪」二字。貫休，俗姓姜，字德隱，婺州人。少年出家於和安寺，修行之餘，便與另一小沙彌相唱和。到十五、六歲，「詩名益著，遠近皆聞」。後值唐末大亂，貫休入蜀依前蜀帝王建，獻詩云：「一瓶一缽垂垂老，萬水千山得得來。」得王建禮遇，賜號「禪月大師」。八十一歲終於蜀地。今存詩二十五卷，為《禪月集》。

唐翰林學士七吳融為《禪月集》作序，稱貫休為太白、樂天之後第一人，認為貫休詩作盡合乎「美刺」之道。踵武李、白之論，自屬溢美；而「美刺」之說，也不盡不實。一般來說，貫休詩比起皎然的題材要廣闊些，有的反映民生疾苦也比較深切，如《偶作》：

嘗聞養蠶婦，未曉上桑樹。下樹畏蠶饑，兒啼亦不顧。

---

18 〔唐〕皎然：《杼山集》，第7卷。

> 一春膏血盡，豈止應王賦。如何酷吏酷，盡為搜將去。
>
> 蠶蛾為蝶飛，偽葉空滿枝。冤梭與恨機，一見一霑衣。[19]

「下樹畏蠶饑，兒啼亦不顧」、「冤梭與恨機，一見一霑衣」，寫寒門貧婦的血淚，思路允稱獨到。但是，此類作品畢竟只占其全集很少的比例。貫休詩多為奉贈酬答之作，對象主要有兩類，一是禪門詩友，一是達官顯貴。所以，對於貫休來說，詩常常是社會交際的一種手段。如卷二十四，收七律十二首，排律三首，題目依次為《上盧使君二首》、《陪馮使君遊六首》、《賀雨上王使君二首》、《感杯寄盧給事二首》、《賀鄭使君》、《送鄭使君》、《贈楊公杜之舅》、《游金華山禪院》。除最後一首外，全是與「使君」們應酬之作。很難想像，這類作品怎麼能有「美刺之旨」與禪趣佛理。

相比之下，貫休古體詩作的內容要豐富些，也有較為鮮明的個人風格，如《酷吏詞》抨擊暴政，《陳宮詞》感歎興亡，《古交如真金》譏評世風等。茲舉《常思李太白》，以見其風格特色：

> 常思李太白，仙筆驅造化。
>
> 玄宗致之七寶床，虎殿龍樓無不可。
>
> 一朝力士脫靴後，玉上青蠅生一個。
>
> 紫皇案前五色麟，忽然掣斷黃金鎖。
>
> 五湖大浪如銀山，滿舡載酒槌鼓過。
>
> 賀老成異物，顛狂誰敢和？
>
> 寧知江邊墳，不是猶醉臥。[20]

---

19 〔唐〕貫休：《禪月集》，第5卷，四庫全書本。

20 〔唐〕貫休：《禪月集》，第2卷。

詩寫得很有氣派。「紫皇案前」四句，尤寫出李白笑傲江湖之狂態。
「猶醉臥」也頗有餘味。前人之「粗豪」說實為此類作品而發，殊不
知，貫休之作中，有生命的正在這裏邊。

貫休的詩近於世俗，很少表現他的僧侶身份。不過在為數不多的
詠禪跡佛理之作中，也表現出類似的「粗豪」風格。如《道情偈》：

> 非色非空非不空，空中真色不玲瓏。
> 可憐盧大擔柴者，拾得驪珠褁篰中。[21]

「盧大」即六祖惠能。這首詩頗帶幾分越祖分燈的狂禪味道。在皎然
的集子裏是絕對找不到的。

齊己生活在唐末至五代前期，俗姓胡，益陽人，自號衡嶽沙門。
有《白蓮集》十卷及詩論著作《風騷旨格》一卷傳世，其中收詩八百
餘首，也是多產詩人。《四庫全書總目》把他與皎然、貫休並列，而
認為「皎然清而弱，貫休豪而粗」，齊己的五言律「有大曆以還遺
意」，「非他釋子所及」。

對於一般文學愛好者來說，齊己的名子總是和「一字師」的故事
聯繫在一起的。齊己與鄭谷為文字交。一次，他把新作《早梅》送呈
鄭谷，其中有「前村深雪裏，昨夜數枝開」兩句。鄭谷指出，「數
枝」不如改作「一枝」，因為「數枝非早也」。齊己不覺拜倒說：「真
是我的『一字師』啊。」從此，「一字師」便作為推敲字句和虛心請
益的佳話廣為流傳。

同貫休相似，齊己詩中的僧侶意識也很淡薄。大多數作品看不出
作者特殊的釋子身份。他在自己詩作的基礎上，把詩歌題材歸納為四

---

21 〔唐〕貫休《禪月集》，第19卷。

十類，其中與佛教有關的只有「道情」、「眷戀」兩類。而相形之下，他的詩人意識卻過份強烈。大量的作品都或隱或顯地提到自己的吟誦生涯。此類例證不勝枚舉，如《詠懷寄知己》：

> 已得浮生到老閒，且將新句擬玄關。
> 自知清興來無盡，誰道淳風去不還。
> 三百正聲傳世後，五千真理在人間。
> 此心終待相逢說，時復登樓看暮山。[22]

佛的影子看不到，反而是儒家的詩教（「三百正聲」）和道家的真言（「五千真理」）掛在了口邊。其《寄朗陵二禪友》：

> 瀟湘曾宿話詩評，荊楚連秋阻野情。
> 金錫罷游雙鬢白，鐵盂終守一齋清。
> 篇章老欲齊高手，風月閒思到極精。
> 南望山門石何處，滄浪雲夢浸天橫。[23]

他心中的偶像是歷代詩苑大匠，而尤傾慕李白、李賀。這裏的「老欲齊高手，閒思到極精」就隱含著這樣的心理活動。而在作品裏則多次直接提到他們的成就，如《邐人卷》：

> 李白李賀遺機杼，散在人間不知處。
> 聞君收在芙蓉江，日鬥鮫人織秋浦。

---

22 〔唐〕齊己《白蓮集》，第8卷，四庫全書本。
23 〔唐〕齊己《白蓮集》，第9卷。

> 金梭軋軋文離離，吳娃越女羞上機。
> 鴛鴦浴煙鸞鳳飛，澄江曉映餘霞輝。
> 仙人手持玉刀尺，寸寸酬君珠與璧。
> 裁作霞裳何處披？紫皇殿裏深難覓。[24]

以二李擬友人，自屬最高褒獎。而他本人詩風也頗似李賀，取象、用韻、起結都有賀詩的味道。

更有趣的是，齊己某些詩作一派香豔，與僧、與佛殊不相稱。如《石竹花》：「白日當午方盛開，彤霞灼灼臨池臺。繁香濃豔如未已，粉蝶遊蜂狂欲死。」《和李書記》：「繁極全分青帝功，開時獨佔上春風。吳姬舞雪非貞豔，漢後題詩是怨紅。遠蝶戀香拋別苑，野鶯銜得出深宮。君看萬態當筵處，羞殺薔薇點碎叢。」這也可看作是他的詩人意識壓倒僧侶意識的結果。

齊己強烈的詩人意識是和他同樣強烈的好「名」之心分不開的。他之愛詩，固然有得「清興」之趣的一面，但也明顯具有為名而作的一面。對此，他毫不掩飾，在詩中多有流露。如《余懷寄高推官》：「搜新編舊與誰評？自向無聲認有聲。已覺愛來多廢道，可堪傳去更沽名。」《貽惠暹上人》：「經論功餘更業詩，又於難裏縱天機。……已得聲名先振俗，不妨風雪更探微。」《寄吳拾遺》：「新作將誰推重輕，皎然評裏見權衡。非無苦到難搜處，合有清垂不朽名。」由於好名，便少不了要與當道官吏周旋應酬，詩中也自然出現了「諸侯見重多」、「未曾將一字，容易謁諸侯」之類的俗句，頗與僧家身份不合。

對於詩與禪的矛盾關係，齊己深有體會，詩中多有自我開脫之詞。如《愛吟》：

---

24 〔唐〕齊己《白蓮集》，第10卷。

正堪凝思拼禪扃，又被詩魔惱竺卿。

偶憑窗扉從落照，不眠風雪到殘更。

皎然未必迷前習，支遁寧非悟後生。

傳寫會逢精鑑者，也應知是詠閒情。[25]

同時，他又儘量尋找詩與禪的共同之處，作自己的特殊身份——「詩僧」的立足點。他講：「道情宜如水，詩情合似冰」、「詩心何以傳，所證自同禪。」但這仍是自欺之談，因為他實在沒寫出幾首詩、禪相通的作品，而在古稀之年，他為自己設計的歸宿是：「餘生消息外，只合聽詩魔。」可見，在詩與禪的天平上，他實際是把砝碼投向了前者。

唐代以後，詩僧作為特殊的文化現象繼續存在。宋、明、清三代都有相當數量的詩僧留名於文苑。錢謙益集明詩為《列朝詩集》，其中收錄僧徒之作便有111家。

宋代詩僧當以所謂「九僧」最有影響，事蹟已見上文。「九僧」之中，又以惠崇聲名尤盛。惠崇，淮南人，生活於北宋真宗時，能詩善畫，擅長於汀渚小景與水禽翎毛。蘇東坡那首「春江水暖鴨先知」的著名絕句，便是題寫於他的一幅鴨戲圖上。惠崇自撰《句圖》百聯，摘平生得意秀句，如：「歸禽動疏竹，落果響寒塘」、「烏歸松墮雪，僧定石沉雲」、「空潭聞鹿飲，疏樹見僧行」、「磬斷蛩聲出，峰回鶴影沉」、「落潮鳴下岸，飛雨暗中峰」等，大多生動如畫，分明得益於他的美術修養。惠崇詩兼學大曆十才子與賈島，詩風清冷纖秀。他有《訪楊雲卿淮上別墅》一詩，中有「沙分岡勢斷，春人燒痕青」語，與大曆詩人劉長卿、司空曙作品意象類似，以致被人作詩相嘲，

---

25 〔唐〕齊己《白蓮集》，第7卷。

云：「河分岡勢司空曙，春人燒痕劉長卿。不是師兄多犯古，古人詩句犯師兄。」清人賀裳為其辯解，認為是「偶合」。而無論模仿還是偶合，都說明惠崇詩與中晚唐詩的嬗遞關係。

「九僧」之外，宋詩僧如惠洪、道潛等亦為一時名流。然今日觀之，作品特色均不明顯，茲不詳述。

元代詩僧較少，稍有名氣的是來復見心。但他生活在元末明初，似可歸入明代。

明初一批活躍的詩僧，不僅以詩才佛學名世，而且與政壇發生種種關係。如梵琦，作《西齋淨土詩》數百首，闡揚淨土宗的念佛三昧心得。曾三次被明太祖召見，問鬼神之理等。宗泐，有《全室外集》十卷；首列朱元璋與他的唱和之作。曾奉詔去西域取經，後胡惟庸謀反案發，被人首告為遊說西域裏應外和，定為死罪。明太祖特旨赦免，命其歸老山林：「寂寞觀明月，逍遙對白雲。汝其往哉！」可見與其特殊的密切關係。又有道衍，著《獨庵集》，初為著名詩人高啟的「北郭十友」之一，後佐命成祖，為靖難大功臣，得封榮國公，太子少師。詩僧榮寵，無過於此人。明中後期，憨山、紫柏等亦能詩，均為帝、后所尊崇，且捲入上層政治漩渦，為轟動一時的佛門人物。詩作師心橫口，有大家氣象，但留存不多。

晚明的「四大高僧」中，憨山德清既是佛教領袖，又在詩苑縱橫，同時和一批士林俊彥交往甚密。錢謙益編撰《列朝詩集》，收錄憨山詩作46首，為一時方外之最，可見對他的推重。憨山德清主張詩要「情真境實」、「心境魂融」，其作品也確實呈現出僧人生活、修行的清、冷境界，如《夜坐納涼三首》：

> 夜色喜新晴，迎秋爽氣生。雨餘林葉重，風度嶺雲輕。
> 靜慮觀無我，藏修厭有名。坐看空界月，歷歷對孤明。

萬籟寂無聲，心源似水清。爐煙通夜細，山月入窗明。

棲草蟲偏穩，眠雲鶴不驚。坐深諸想滅，忽聽曉鐘鳴。

炎熱不須辭，清涼信有時。雲飛山色墮，雷動雨聲隨。

短葛休嫌重，商飆莫怨遲。但依松下坐，自待好風吹。[26]

山居之清幽，與修行者之平靜融而為一，雖未臻「詩佛」的境地，卻也可共皎然輩相頡頏。特別是「但依松下坐，自待好風吹」之句，語雖平易，頗具禪味。

清代詩僧中，讀徹（蒼雪）、如乾、元玉（死庵）、大汕、曉青、通荷（擔當）、蒼林岫、八指頭陀等，都很有名氣。以處世態度而論，讀徹、曉青、大汕分別為三種類型的代表。讀徹，雲南人，俗姓趙，生活於萬曆至順治間，幼年落髮，精通《華嚴經》。有《南來堂》詩集四卷，深受詩壇大家吳偉業、錢謙益讚賞。其詩於興亡之事感慨殊深，如《金陵懷古》云：「抔土當年誰敢盜？一朝伐盡孝陵松。」順治帝拜僧人玉琳為師，又詔高僧二十餘人值萬善殿。他人皆以為弘法盛事，獨讀徹託詞規避。故前人稱其「遠於勢利者也」。曉青則與之相反。其師洪儲本有強烈的民族意識，始終不忘故明，並參與抗清活動。曉青卻一改乃師門風。有詩集《高雲堂集》16卷，開篇便是和御製詩百首。平日往來之達官顯貴，一一記於簡札。康熙對他優禮有加，他上表便自稱「臣僧」。其詩樸實無華，頗有反映社會現實之作，同時也表現出他的人生、政治態度。如《山舫吟》：「……好米輸官倉，餘粒償私負。十僅餘二三，糠粃相插和。……翻思古夷

---

26 〔明〕釋憨山《憨山老人夢遊集》，下冊，第48卷，432頁，北京圖書館出版社，2005。

齊，枉自存初步。食粟亦何尤，忍死空腸肚。」大汕亦康熙間詩僧，有《離六堂集》12卷。其為人好利甚於好名，曾奪他寺田莊，歲收租米七千餘石，並進行海外貿易，財雄一方。然確有詩才，有些作品寫地震、寫水災、寫兵禍相當詳盡生動，對百姓的苦難也流露深切的同情。讀其詩而察其行，使人深感人類思想行為的複雜。

進入二十世紀，在中國古典詩歌的殿軍隊伍中，有兩位名重一時的詩僧──八指頭陀與蘇曼殊。

八指頭陀，俗名黃讀山，湖南湘潭人，生活在晚清的最後六十年間。幼年家貧，為人牧牛。十八歲出家，法名敬安。發大願心以苦行事佛，在阿育王寺割臂肉燃燈，並自燒殘二指，故有「八指頭陀」的別號。他初參禪學，後兼修淨土，光緒年間已成為著名的高僧。由於秉性激烈，其領悟禪境近於臨濟的宗風，說法頗有驚世駭俗之論，如「護生須善殺，刀刀要見血。諸佛及眾生，一時俱殺絕。」1912年他在上海創立中華佛教總會，自任會長。半年後圓寂。

八指頭陀在詩界的影響不遜於宗教界。他自稱「一生心血在詩中」，而其作品亦頗受時人推許。著名詩人易順鼎曾聲稱願以「百金」買八指頭陀的一句詩。八指頭陀的詩有禪意而無禪語，加以遣詞命意造境往往出人意表，故給讀者留下深刻印象。如《夜登玲瓏岩》：

> 老僧好奇險，古洞夜探深。螺旋佛頭綠，螢飛鬼面藍。
> 披雲踏松影，掃月坐蒲龕。到此忘炎鬱，禪從冷處看。[27]

「披雲」、「掃月」有禪家宗師氣象，「鬼面」則造語譎怪，都不落於俗套。

---

27 〔清〕敬安著，梅季點輯：《八指頭陀詩文集》，394頁，長沙，嶽麓書社，1984。

　　同時而略晚的另一位詩僧曼殊，俗姓蘇，名玄瑛，母為日人，也是狂態逼人的怪才。他曾就讀於早稻田大學。在日參加反清的革命活動，後受迫害回國，披剃為僧，法號曼殊。但仍與革命黨人陳獨秀、章太炎等往來密切。辛亥革命後，憤世嫉俗，乃致力於文學，翻譯、創作小說多種，詩亦傳誦一時。三十五歲，貧病交迫而死。

　　曼殊本為至情至性的人物，無奈而入空門，故多感傷之作，如《寄調箏人》：

> 生憎花發柳含煙，東海飄零二十年。
> 懺盡情禪空色相，琵琶湖畔枕經眠。

《本事詩十章》：

> 烏舍凌波肌似雪，親提紅葉索題詩。
> 還卿一缽無情淚，恨不相逢未剃時。

《過若松町有感示仲兄》：

> 契闊死生君莫問，行雲流水一孤僧。
> 無端狂笑無端哭，縱有歡腸已似冰。[28]

以形象生動、才情橫溢而論，曼殊絕句可冠古今詩僧作品之首。他不僅善於言情，詠志亦不同凡響，如《以詩留別湯國頓》：

---

28 柳亞子編：《蘇曼殊全集》，46-51頁，北京，中國書店，1985。

蹈海魯連不帝秦，茫茫煙水著佛身。
國民孤憤英雄淚，灞上鮫綃贈故人。

海天龍戰血玄黃，披髮長歌覽大荒。
易水蕭蕭人去也，一天明月白如霜。[29]

激昂慷慨，雖云「佛身」，卻是一派志士仁人的壯懷。無怪乎章太炎講：「佛有蘇玄瑛，可謂厲高節，抗浮云者矣。」

　　詩僧現象貫串於我國詩史一千五百餘年，其間雖無震爍一代的李、杜、元、白，卻也頗有才情不凡、影響廣泛的俊彥。在佛教與文學之間，最直接的津梁便是這些「兩栖」人物。他們不僅以自己數量可觀的作品，為詩苑添一批色調特異之奇葩，而且與俗世文學家往來密切，在觀念情趣等方面互相影響，給整部詩史打上大量深淺不一的印記。

　　至於產生這一現象的原因，辛文房有相當詳細的分析：

　　累朝雅道大振，古風再作，卒皆崇衷像教，駐念津梁，龍象相望，金碧交映。雖寂寥之山阿，實威儀之淵藪。寵光優渥，無逾此時。故有顛頓文場之人，憔悴江海之客，往往裂冠裳，撥繪繳，杳然高邁，雲集蕭齋。一食自甘，方袍便足。靈臺澄皎，無事相干。三余有簡牘之期，六時分吟諷之際。青峰瞰門，綠水周舍。長廊步屧，幽徑尋真。景變序遷，蕩入冥思。凡此數者，皆達人雅士，夙所欽懷。雖則心侔跡殊，所趣無間。會稽傳孫、許之玄談，廬阜接謝、陶於白社。宜其日鍛月

---

29 柳亞子編：《蘇曼殊全集》，42頁。

煉，志彌屬而道彌精；佳句縱橫，不廢禪定；岩穴相遇，更唱
迭酬；苦於三峽猿，清同九皋鶴：不其偉歟！與夫迷津畏途，
埋玉世慮，蓄憤於心，發在篇詠者，未可同年而論矣。[30]

他指出了三個方面的原因：1. 佛教社會地位優越，吸引了一批失意文
人。2. 僧人生活悠閒，有餘暇吟詠。3. 僧人幽靜的山林生活與詩的情
趣契合。前兩方面是從類似於社會學的角度考察立論，後一方面則著
眼於佛教與詩的相通處。對於後面一點，黃宗羲也認為：「詩為至清
之物。僧中之詩，人境俱奪，能得其至清者。故可與言詩，多在僧
也」。[31]齊己則是從自己的實踐中體認到這一點，其詩云：「詩心何以
傳？所證自同禪。覓句如探虎，逢知似得仙。」此外，還有人認為僧
人作詩是宣傳佛理所需，是宗教性活動，如唐代福琳在《皎然傳》中
講：「莫非始以詩句牽勸，令入佛智，行化之意，本在乎茲。」瀏覽
詩僧現象的歷史，此說顯然是不夠全面的。以我們介紹的這些以詩名
世的僧人看，作品的主流是詠志抒情，宣傳教旨之作只是少數。當
然，也有純然以詩「行化」的和尚，如元末明初的高僧梵琦，作《西
齋淨土詩》數百首，錢謙益評為「皆於念佛三昧心中流出，歷歷與契
經合，使人讀之，恍然如遊珠網瓊林金沙玉沼間也。[32]」其作如：

佛自凡夫到果頭，親曾歷劫用功修。
淨邦豈是天然得，大道初非物外求。
先悟色空離欲海，後嚴福慧泛慈舟。

30 〔元〕辛文房：《唐才子傳》，128頁，河南，中州古籍出版社，1987。
31 〔清〕黃宗羲：《平陽鐵夫詩題辭》，見《南雷文定》，第3集，第1卷，190頁，中國
　　基本古籍庫。
32 〔清〕錢謙益：《列朝詩集》，閏集，第1卷，2882頁，中國基本古籍庫。

今來古往皆如此，度盡眾生願未休。[33]

這樣的作品不過是形象化的說理韻文，若稱為「詩」是有些勉強的。
而梵琦見重於兩朝皇帝，也不是因為詩名。所以，他與我們所論「詩
僧」尚有些區別。梵琦這種情況，在明清兩代較多見，不少僧人的
「詩」集實際是詩體偈頌集。這也是風氣使然。

辛、黃以「清」來解釋「詩」與「僧」的溝通，把握到了問題的
一面；而我們還可從上述史實中看到相反的「俗」的一面。相當多的
詩僧名利之心未泯，詩成為他們塵世交際，特別是干謁王侯的手段。
另外，佛教經典中的韻文成分，以偈頌印證佛學心得的傳統等，也與
詩僧現象有某種關聯。

說到佛門中詩歌的留痕，還有一種情況，就是「類詩」偈頌的寫
作。實際上，在歷代數以萬計的僧侶中，上述「詩僧」只占很小的比
例；而更多的能以韻文寫作者並不以「詩」得名，人們通常也不稱其
為「詩僧」──因為他們的作品在詩與非詩之間，別有專名叫作「偈
頌」。

偈頌是一種特殊的譯名，由梵語來，音譯為「偈陀」，有總括、
盡攝之意，指佛經中總結性的四句段落（也有個別超過四句的），如
《金剛經》結尾部分：

　　若有善男子、善婦人，發菩提心者，持於此經，乃至四句偈
　　等，受持讀誦，為人演說，其福勝彼。云何為人演說？不取於
　　相，如如不動。何以故？

---

33 〔明〕靈峰蕅益選：《淨土十要》，第8卷，見電子佛典《續藏經・淨土宗部》X61，
　　No1164。

一切有為法，如夢幻泡影。如露亦如電，應作如是觀。[34]

這種形式類似於中土「頌」體——前有散序，後為整齊頌文，故從類比角度亦譯作「頌」。後合二而一，徑稱「偈頌」。

漢譯佛經中的偈，由三言至八言不等，而以四字、五字為多。這類偈只在某些形式因素上近於詩，如字數整齊，間或押韻等，內容則完全說理。以辭采論，大多數偈頌質木無文，《金剛經》那首「一切有為法」偈，在佛經中已屬鳳毛麟角。該經另一首偈云：「若以色見我，以音聲求我，是人行邪道，不能見如來。」這除卻字句整齊劃一外，就是最直白的散文。其他經論大率類此，如《法華經》之偈：「諸法不牢固，常在於念中。已解見空者，一切無想念。」《般舟三昧》：「諸佛從心得解脫，心者清淨無塵垢。五道鮮潔不受色，有學此者成大道。」《中論》：「因緣所生法，我說即是空。亦名為假名，亦名中道義。」多不勝舉。嚴格地講，這些都不能算作詩，甚至也不是本文所謂「類詩」。

禪宗興起之後，主張「不立語言文字」，「教外別傳，以心印心」。但同時又重視衣缽傳承、師友切磋。這就產生了矛盾。只靠棒喝之類手段不能解決普遍的問題，也無法垂久傳遠。於是，作為一種特殊的語言形式——凝煉、形象、多義、模糊，詩便逐漸被禪師們利用起來。與印度經論的偈語比，禪宗的《壇經》（唯一的中土佛經）所載偈語已較富文采。如「心地邪花放，五葉逐根隨。共造無明業，見被業風吹」、「心是菩提樹，身為明鏡臺。明鏡本清淨，何處染塵埃」[35]。禪師們在說法時，常借助於詩化的偈頌。而學禪者則同樣借

---

34 《金剛經集注》，137-140頁，上海古籍出版社，1984。

35 此偈見於法海本《壇經》，係現存最古版本。或曰此偈係衍文，實乃臆斷之詞。此不詳辯。

助這一形式來表現內心的體悟。這種說法及表悟的偈頌與佛經的偈頌
相比，有三點不同：1. 在聲律、辭采方面向詩靠攏，有時則直接借用
現成的詩句。2. 形式較為靈活，雖仍以四句一首為多，但兩句（仿律
詩的一聯）一組的情形也不少，且出現長達264句的《證道歌》。3. 多
借助於情境描寫暗示哲理感悟，形象鮮明而喻意模糊。即以《五燈會
元》中志勤禪師一則為例：

> 福州靈雲志勤禪師，本州長谿人也。初在溈山，因見桃花悟
> 道。有偈曰：「三十年來尋劍客，幾回落葉又抽枝。自從一見
> 桃花後，直至如今更不疑。」溈覽偈，詰其所悟，與之符
> 契。……僧問：「如何得出生老病死？」師曰：「青山元不動，
> 浮雲飛去來。」……雪峰有偈送雙峰，末句云：「雷罷不停
> 聲。」師別云：「雷震不聞聲。」峰聞乃曰：「靈雲山頭古月
> 現」。雪峰問云：「古人道，前三三後三三，意旨如何？」師曰
> 「水中魚，天上鳥。」峰曰：「意作麼生？」師曰：「高可射兮
> 深可釣。」[36]

「三十年來」一首是志勤表現自己感悟所作，「青山」一首則是為徒
眾說法，而「靈雲山頭」、「高可射兮」是禪友之間切磋交流。三種情
況不同，偈頌的句數、字數也不相同，但詩化的傾向卻是一致的。第
一首以桃樹的花開葉落、根蒂長在喻指諸法無常、而神識長存；第二
首換個角度仍然闡發此理，以青山喻自身佛性，浮雲喻因緣生滅；第
三首則旨在說明隨機接引的開悟之道。在形象性，比喻手法、象徵意
味方面，三者是相似的。

---

36 〔宋〕楊億：《景德傳燈錄》，第11卷，見電子佛典《大正藏‧史傳部》，T51，No.
　2076。

　　北宋初，偈頌的詩化傾向進一步發展，出現了「頌古」的新形式。頌古與拈古有關。所謂拈古，就是拈出佛教史的某一史蹟或禪門古德的某一公案加以評說。如佛教傳說釋迦初生時，一手指天，一手指地，周行七步。目顧四方云：「天上天下唯吾獨尊。」雲門文偃禪師拈出並評說道：「老僧當時若見，一棒打煞與狗子吃。卻貴圖天下太平。」某些有詩學根底的禪師不滿足於這種評說，便融詩入偈，以韻語形式對評說內容再次概括或發揮，便稱為「頌古」。對「頌古」的起源，學術界看法不同，有認為自曹洞宗之祖本寂禪師時便已有之，有認為源自臨濟門下的汾陽善昭禪師。這前後相差近百年。嚴格地講，「頌古」成為定形的偈詩始於汾陽善昭。但善昭前已有少量「頌古」存在，也無可疑。如澍潭靈澄有《西來意頌》，乃為達摩西來一事而作。頌云：「因僧問我西來意，我語居山七八年。草履祇栽三個耳，麻衣曾補兩番肩。東庵每見西庵雪，下澗長流上澗泉。半夜白雲消散後，一輪明月到床前。」詩味很足，有寒山的風格。但後四句卻是評斷「西來」公案的隱喻語。東西、上下喻指時空，白雲指分別心，明月指佛性，意謂不起分別心，東土西天古聖今我打成一片，明心見性後即我即佛。但意思很隱蔽，若無若有，這便與直言教旨的早期偈語大異其趣了。

　　汾陽善昭的「頌古」題材較廣，如臨濟宗的三玄三要宗旨、祖師西來意、二祖得法事等。頌二祖一首云：「九年面壁待當機，立雪齊腰未展眉。恭敬願安心地決，覓心無得始無疑。」詩味較靈澄一首遠遜，但可看出「頌古」的一種文化淵源。這種以詩的形式表達對前賢古跡的緬懷、感想，分明與詩壇源遠流長的「詠史」、「懷古」傳統有某種關聯。

　　汾陽之後，雲門宗的雪竇重顯、曹洞宗的天童正覺等相繼而起，寫出大量的「頌古」之作，一時蔚成風氣。僅南宋前期所編《頌古聯

珠通集》便收有2100多首。「頌古」的宗旨正如《碧巖錄》所云：「大凡頌古，只是繞路說禪。」而由於「繞路」，便著意吸取詩的表現手法，於是產生了一批意味雋永的哲理詩。雪竇重顯堪稱這方面的代表人物。

雪竇重顯為雲門文偃的三傳法嗣，開悟後，有學士曾公會寫信薦他到靈隱見珊禪師。他到靈隱後並不出示書信，混跡於千餘僧眾中。三年後，曾學士到寺尋訪，他才從衣袖中將前信拿出。後為明州雪竇山資聖寺住持，名動一時。他有文學天才，仿善昭「頌古」之體，舉出前賢公案百則，──詠頌，便是有名的《雪竇頌古》。門人輯錄他的詩頌及語錄為《瀑泉集》、《祖英集》、《頌古集》等七種。如他的《法眼如何是佛頌》：

> 江國春風吹不起，鷓鴣啼在深花裏。
> 三級浪高魚化龍，癡人擾尿夜塘水。[37]

法眼的這則公案很簡單，有和尚慧超問法眼禪師：「如何是佛？」法眼回答：「汝是慧超。」雪竇之頌，前兩句喻示法眼的旨趣──即我即佛即世界，法身無所不在，深藏於現象界之後而不露；後兩句進一步揭示學禪門徑，謂「汝是慧超」觸機開悟，已使慧超化龍飛去，後人若執迷於文字，在知解理會方面研討不休，反失其精髓真趣。此詩全用形象描寫，語顯而意微。深得象徵手法三昧。而「魚化龍」兩句喻指認識過程中的妙悟與執迷兩種不同境界，活潑、生動，理趣盎然，實為哲理詩中的上乘之作。

中唐以迄兩宋，各類偈頌中頗多佳制。過去的詩史、文學史往往

---

37 電子佛典《大正藏‧諸宗部》T47，《大慧普覺禪師語錄》第3卷。

不屑一顧。其實，這些作品既對詩歌流變（如宋詩以理入詩）有影響，本身又具有一定的文學價值，有的還很耐咀嚼。今拈數首，以當窺豹。

宋羅大經的《鶴林玉露》中載某尼表現悟道體會之偈：「盡日尋春不見春，芒鞋踏遍隴頭雲。歸來笑拈梅花嗅，春在枝頭已十分。」禪宗講佛性在我，自足圓成，不假外求。偈中喻示此理，不著文字，無跡可求，詞淺而意深，故傳誦久遠而不衰。

《五燈會元》載禪門臨濟宗的昭覺克勤悟法偈：

> 金鴨香銷錦繡幃，笙歌叢裏醉扶歸。
> 少年一段風流事，只許佳人獨自知。[38]

偈語綺麗穠豔，風格接近於張籍、王建的豔詩。初看，與佛門宗旨格格不入，故給人留下深刻印象。

克勤禪師生活於北宋末期，師從五祖法演，開悟後住持成都昭覺寺，後為宰相張商英說法。張留住於荊州碧岩，在雪竇《頌古》上加《垂示》、《著語》和《評唱》，門人輯錄作《佛果圓悟禪師碧巖錄》（佛果、圓悟俱為克勤別號），成為禪宗要典。他初事五祖時，不投機，忿然離去。五祖贈語：「待你著一頓熱病打時，方思量我在。」不久果染傷寒，心生悔意，病癒重歸五祖門下。適逢有某提刑官來問道，五祖舉兩句豔詩「頻呼小玉元無事，只要檀郎認得聲」啟發，而提刑不悟。克勤在旁，忽覺心地朗徹，便作此偈呈五祖，五祖大為讚歎，遍示寺中長老道：「我侍者參得禪也！」

五祖舉「頻呼小玉」詩句，旨在說明法身佛性無所不在，時時透

---

38 〔宋〕普濟：《五燈會元》，第19卷，1254頁，北京，中華書局，1984。

過色界而顯現。克勤之頌，前兩句重申五祖意，象徵人在紛紜繁複之現象界中；後兩名強調因色見道悟空全在自我，開悟之妙只可意會難以言傳。

又如船子德誠的傳法偈多是圍繞自己特異的船居、垂釣生活狀態而作，故特色鮮明、形象較為生動，易於給人留下印象。這一組偈共六首，今錄其三：

> 三十年來坐釣臺，鉤頭往往得黃能。
> 金鱗不遇空努力，收取絲綸歸去來。
>
> 千尺絲綸直下垂，一波才動萬波隨。
> 夜靜水寒魚不食，滿船空載月明歸。
>
> 有一魚兮偉莫裁，混融包納信奇哉。
> 能變化，吐風雷，下線何曾釣得來。

船子和尚印心於藥山，後遨遊於山水間。至秀州華亭，泛一小舟擺渡行人，號「船子和尚」。有人問道，便豎槳回答：「棹撥清波，金鱗罕遇。」並作上述偈語[39]。三偈喻指相同，垂釣喻悟道，金鱗喻佛性，水波、風雷喻法相。悟道須破相見性，卻又不可執定於相、性之別。故垂釣見魚，而不志在必得。後世川禪師以「千尺絲綸」一首注解《金剛經》的「所言法相者……即非法相，是名法相」，便取其不黏不脫、不即不離的意味。

---

39 華東師範大學出版社1987年刊《船子和尚撥棹歌》(《上海文獻叢書》)，收有德誠《撥棹歌》39首。事並見《五燈會元》卷5。

　　宋代的偈頌還出現了與圖畫相配的形式。如形形色色的《牧牛圖頌》，圖是連環畫，一般畫黑牛通過放牧變為白牛的過程，比喻修道者逐漸開悟，自性漸次顯明；每幅圖畫再配一首偈頌，起點題作用。其中有的也較有味道，如廓庵禪師《圖頌》中的兩首，其一：

　　　茫茫撥草去追尋，水闊山遙路更深。
　　　力盡神疲無處覓，但聞楓樹晚蟬吟。

寫修道者發心之初的困難與茫然，可藉以形容一切求索者的困惑。其六：

　　　騎牛迤邐欲還家，羌笛聲聲送晚霞。
　　　一拍一歌無限意，知音何必鼓唇牙。

此偈寫大道初證後的喜悅。心明性見，一通百通，耳聞目遇之處，無不洋溢著會心的妙趣，而這一切全隱含在生動活潑的形象描寫之中。偈頌做到這一程度，名之為「詩」，可當之無愧了。

# 略說文壇佛影

　　相對而言，在文學四體中，中國散文受佛教影響要小一些。柳宗元是散文家之中最近佛門者，集中直接關乎佛教的散文近20篇，有的被後世僧徒尊為典要。但他在《答韋中立論師道書》中列舉自己文章淵源時，提到了《詩》、《書》、《穀梁》、《莊》、《老》、《國語》、《史記》等13種著作，儒、道兼有，經、史、子並存，唯獨不及佛典。這很有代表性。對於多數散文作家來說。佛教經典並不具有文章典範的意義。不過，也有相反的看法，如劉熙載在《藝概》中講：

> 文章蹊徑好尚，自《莊》《列》出而一變，佛書入中國又一
> 變，《世說新語》成書又一變。此諸書，人鮮不讀，讀鮮不
> 嗜，往往與之俱化……文家於《莊》《列》外，喜稱《楞嚴》
> 《淨名》二經……[1]

這段話不一定完全準確，如《莊》《列》並稱便不盡妥。但他談到佛教對漢地文章寫作的影響時，指出佛書的傳播與社會好尚的密切關係，指出「佛書」影響文章是在嗜好的情況下「與之俱化」，也就是並非自覺的學習模仿，而是潛移默化的過程。當然，也有較為自覺的情況，如蘇東坡，如錢謙益等，但那畢竟是個別的。

　　孫昌武先生在《佛教與中國文學》中專論佛教對中國古代散文的

---

1　〔清〕劉熙載：《藝概》，第1卷，9頁，上海古籍出版社，1978。

影響[2]，特別就說理、論辯類寫作在佛教傳入前後的明顯不同，條分縷析，很有說服力。本文不再重複，而把重點放在較為嚴格意義上文學類散文上。不過，散文的文類屬性是相當麻煩的問題，所以，「重點」也只在相對的意義上，應用類散文甚或普泛意義的散文，也不免會論及到。

佛學典籍與中國散文間的影響關係是雙向的。一方面，佛學的闡述主要須以散文為工具。中國散文的傳統既制約了佛經翻譯（早期譯文往往「牽梵就漢」如《四十二章經》句法全學《老子》），又影響到中土所撰經論的寫作。另一方面，佛經的異域風格──包括修辭、行文諸方面──也不同程度地反映於譯文，潛移默化地滲入散文寫作之中。如一些佛教詞語逐漸為人們所慣用，常見的有大千世界、不可思議、大慈大悲、真諦、剎那、覺悟，等等；又如佛經中廣設譬喻的手法被很多作家借鑑、吸取，甚至以闢佛著稱的韓愈也在這方面得到佛經的沾溉。而文章境界受到的影響，雖不易直觀察知，卻更為深刻重要。瞿式耜在《牧齋先生初學集目錄後序》中講：「（牧齋）讀《華嚴經》，益歎服子瞻之文，以為從華嚴法界上流出。……恍然悟華嚴樓閣於世諦文字中。」[3]談的就是這方面的問題。以東坡散文與同時代歐陽修、曾鞏之作相比，其天馬行空的思路、心營意造的境界、大膽誇張的筆調，都是十分突出的。在這些方面，蘇氏的確受到佛經，特別是《華嚴》（北宋中後期，《華嚴經》特別受到文人青睞）的影響。蘇子由以親身感受談到這一點：

　　嘗謂轍曰：「吾視今世學者，獨子可與我上下耳。」既而謫居於

---

2　孫昌武：《佛教與中國文學》，223-246頁，上海人民出版社，1988。
3　〔清〕錢謙益：《牧齋初學集》，53頁，上海古籍出版社，1985。

黃，杜門深居，馳騁翰墨，其文一變，如川之方至，而轍瞠然
不能及矣。後讀釋氏書，深悟實相，參之孔老，博辨無礙，浩
然不見其涯也。[4]

由此看來，人們常講的「蘇文如海」的風格特色，雖與本人的性格，
與《莊子》、《國策》等皆有淵源，卻也不能無視佛門的因緣。不過，
這種影響往往只可意會，很難指實。

　　佛教對我國古代散文創作的影響，較為易見的，還是在思想內容
方面。如佛教活動、僧徒行跡、佛教藝術等，都是散文較常見的題
材；而佛理禪機也或隱或顯地滲透到某些作品裏，甚至助成了一些傳
世的名篇。下面舉幾個典型的例子，以見一隅。

　　蘇東坡的《前赤壁賦》是我國散文史上人所共知的珍品，有「一
洗萬古」的評價（宋人唐子西語）。文章寫東坡與友人在初秋月夜泛
舟於長江，游於赤壁之下，弔古傷今，對人生價值展開了討論。先是
友人所發悲慨之論：

　　「月明星稀，烏鵲南飛」，此非曹孟德之詩乎？西望夏口，東
　　望武昌，山川相繆，鬱乎蒼蒼，此非孟德之困於周郎者乎？方
　　其破荊州，下江陵，順流而東也，舳艫千里，旌旗蔽空，釃酒
　　臨江，橫槊賦詩，固一世之雄也，而今安在哉？況吾與子漁樵
　　於江渚之上，侶魚蝦而友麋鹿；駕一葉之扁舟，舉匏樽以相
　　屬；寄蜉蝣於天地，渺滄海之一粟。哀吾生之須臾，羨長江之
　　無窮。挾飛仙以遨游，抱明月而長終。知不可乎驟得，托遺響
　　於悲風。

---

4　〔宋〕蘇轍：《亡兄子瞻端明墓誌銘》，見《欒城後集》第22卷，《四庫全書》本。

這段話的中心是面對人生之短暫脆弱，所表現出的無可奈何的傷感。為了強調人生之脆弱，論者用宇宙的永恆來反襯生命的流逝。接下去，則是主人的達觀之論：

> 蘇子曰：「客亦知夫水與月乎？逝者如斯，而未嘗往也；盈虛者如彼，而卒莫消長也。蓋將自其變者而觀之，則天地曾不能以一瞬；自其不變者而觀之，則物與我皆無盡也，而又何羨乎？且夫天地之間，物各有主；苟非吾之所有，雖一毫而莫取。惟江上之清風，與山間之明月，耳得之而為聲，目遇之而成色，取之無禁，用之不竭，是造物者之無盡藏也，而吾與子之所共適。」

這是一段哲理性很強的話，但讀來並不覺枯躁，原因就在於作者巧妙地從眼前景物生發出議論，既扣緊了上文江游的景觀描寫，又寓抽象哲理於具體形象之中。東坡以明月與江水來比喻人生，揭示出生命意蘊的兩面：一方面渺小、短暫，不可避免地衰亡；另一方面偉大、永恆，自身包含有不滅的絕對價值。通常的看法認為這是老莊哲學的翻版。就其中復歸自然、順命乘化的人生態度而言，這也是有道理的。不過，更直接的思想淵源，還是應追溯到佛門。論近源，這段話的核心觀點與禪理相通（尤其是南宗禪）；論遠源，則與《肇論》有十分密切的關係。

《肇論》為東晉僧肇所著。僧肇，俗姓張，少好老莊，出家為僧後曾跟鳩摩羅什學習佛典，與竺道生等並稱「關內四聖」。所撰《般若無知論》先後得到羅什、慧遠的高度評價。《肇論》是後人所編，包括僧肇的佛學論文七篇，如《物不遷論》、《不真空論》等。在《物不遷論》中，他探討了宇宙及人生的動靜、變化、生滅諸問題。首

先，他對現實生活中世人的一般看法進行了分析，指出：「夫生死交謝，寒暑迭遷，有物流動，人之常情。」然後，他舉出《放光般若經》、《道行般若經》及《中觀》為依據，斷定「人之常情」只是虛幻假象、而依佛法真諦觀察，事物只是每一剎那的因緣湊合，並無時間維度上的延續性，所以說：

> 旋嵐偃岳而常靜，江河競注而不流，野馬飄鼓而不動，日月曆天而不周。
>
> 四象風馳，璇璣電卷，得意毫微，雖速而不轉。[5]

「旋嵐」為梵文譯音，即風暴。「野馬」即蒸騰、漂浮於四野的雲氣。「四象」為四季，「璇璣」指北斗七星。這兩段話的意思是，無論吹倒山嶽的風暴、奔騰的江河、飄蕩的雲氣、運行於天的日月，還是不停更迭的季節、變動不居的北斗、如果以慧眼體察深微之真相，就會發現其好似移動變幻不已，實則並無運轉變動。

撇開細節，只就其基本論點比較，《肇論》為《前赤壁賦》的直接源頭之一，是顯而易見的。其理由有四點：

其一，就主旨論，《物不遷論》討論的是，表面看起來隨時間流逝的萬事萬物，換個角度則是另一番道理，另一番景象：

> 言常而不住。稱去而不遷。不遷，故雖往而常靜；不住，故雖靜而常往。雖靜而常往，故往而弗遷；雖往而常靜，故靜而弗留矣。

---

5　以下《肇論》引文，均見電子佛典《大正藏・諸宗部》T45，No.1858。

對於僧肇這一見解，後世注疏者概括為「言往不必往」，「稱去不必去」，「即遷而不遷」，「雖至遷亦不遷也」[6]。顯然，東坡所言「逝者如斯，而未嘗往也；盈虛者如彼，而卒莫消長也」，其旨趣完全相同——換言之，說《前赤壁賦》的思想核心表達的是「物不遷」的道理，也是未嘗不可的。

其二，《前赤壁賦》的主客問答結構形式也由《肇論》得到啟發。《肇論》說理，區別俗諦、真諦，很明確地提出：「談真有不遷之稱，導俗有流動之說。」立論之先設一「俗論」作為「靶子」，如「人則求古於今，謂其不住；吾則求今於古，知其不去」等等。東坡也是虛設主客問答形式，目的就是以俗見與慧識作對比，同時也表現自己由俗見超拔而徹悟的思想歷程。《物不遷論》在以「正見」駁倒了「俗見」後，自得、自信地申明：「苟得其道。復何滯哉！」「復何惑於去留。踟躕於動靜之間哉！」《前赤壁賦》結尾處的意味也相彷彿。

其三，《前赤壁賦》「客人」的困惑由兩個方面產生，一是生命的短暫，二是功業的無常。後者更是「起興」的原因：「方其破荊州，下江陵，順流而東也，舳艫千里，旌旗蔽空，釃酒臨江，橫槊賦詩，固一世之雄也，而今安在哉？」有趣的是，《物不遷論》也是如此，而且於一切事物「不遷」的話題中特別提出「功業」不朽的看法：

> 事各性住於一世。有何物而可去來。然則四象風馳。璇璣電卷。得意毫微。雖速而不轉。是以如來。功流萬世而常存。道通百劫而彌固。成山假就於始簣。修途托至於初步。果以功業不可朽故也。功業不可朽。故雖在昔而不化。不化故不遷。不遷故則湛然明矣。

---

6　釋源等：《肇論新疏》卷上，見電子佛典《大正藏・諸宗部》T45，No.1860。

其四，如前文所引，僧肇在論述自己觀點時候，一方面援引佛典，一方面又形象地用自然物象設譬作比，其中包括日月與江河。而東坡也恰恰是用江流與月亮來做比喻。

有這樣四個方面的相類，應該說二者間的血緣關係已經是無可置疑了。可是，我們還可再舉出一個旁證，就是僧肇的《不真空論》。

指《前赤壁賦》的這段核心議論有佛門淵源，還有一個直接而明顯的證據，就是「耳得之而為聲，目遇之而成色」兩句。這兩句在文學上的「前緣」，可以舉出太白的「清風朗月不用一錢買」。而且這兩句與語境融匯無間，所以讀者往往忽視了它的佛門淵源。其實，「耳得之而為聲，目遇之而成色」是佛教最基本的「根塵說」的常談。不過，除卻一般性的佛門淵源之外，這兩句還與《肇論》有一點特別的關係。《肇論》第一篇是《物不遷論》，接下來的第二篇是《不真空論》。《不真空論》開篇就討論「耳」「目」與「聲」「色」的關係：

> 是以至人通神心於無窮，窮所不能滯；極耳目於視聽，聲色所不能制者，豈不以其即萬物之自虛，故物不能累其神明者也。是以聖人乘真心而理順，則無滯而不通；審一氣以觀化，故所遇而順適。

作注者也紛紛在「耳」「目」與「聲」「色」的關係上發揮，如「目極視而色不膠。耳洞聽而聲弗制」、「雖極目觀色。無非實相。縱耳聆音，反聞自性」等[7]。另外，我們還注意到，這段議論結穴處的「審一氣以觀化，故所遇而順適」，情感基調也與東坡文中「吾與子之所共適」相類。

---

7 釋源等：《肇論新疏》，卷上，見電子佛典《大正藏・諸宗部》T45，No.1860。

　　要之，東坡的名作《前赤壁賦》與《肇論》關係甚深，特別是《物不遷論》的框架、觀點，直接啟發、影響了《前赤壁賦》的寫作。

　　但是，東坡又不是照抄僧肇之說。從觀點來說，東坡主張在人與自然的諧和中享受生命。這樣，就改變了《肇論》那種純思辨的、帶有強詞奪理味道的風格，代之以近人情的瀟灑自如面目。這一變化，體現出禪宗對他的影響。蘇東坡的這段哲理之論，最難理解的是所謂「物與我皆無盡也」，而全文的核心思想也在這一點上。這一見解的實質是肯定生命絕對價值的無限延續，與僧肇的「今物自在今」、「事各性住於一世」觀點有別，而同禪宗旨趣深相契合。禪宗認為，每個生命實體與大自然都是統一的（「物我不二」），同時又都蘊含著永恆的「真如」，這是世界與生命的本質，是萬古不磨的真實存在。修禪就是要蕩去幻象，直揭這一本源。蘇東坡立論實有見於此。而文章最後順應大化遷流的人生態度，也與禪宗提倡的「平常心是道」、「於無所住生其心」一脈相通。

　　不過，應該指出的是，《肇論》與禪宗思想並非對立，而是同一思想體系的不同發展階段，僧肇也有「天地與我並生，萬物與我為一」的講法，對禪門大德深有影響。故蘇東坡在自己的作品中很自然地把兩方面的觀點融於一爐，而絕無捏合之痕。當然，《前赤壁賦》的價值並不在於觀點比《肇論》有何增減，而在於優美的文字，情、境、理的巧妙融合。我們指出其思想、思路源於《物不遷論》，既不是抬高其價值，也不是貶低其價值，只是揭示出一個隱蔽的事實。而這對於更好地理解這一名篇，更好地瞭解蘇東坡，以及瞭解佛教對中國古代文學的影響，都是有所裨益的。

　　在化佛理入文學方面，《愛蓮說》是堪與《前赤壁賦》媲美的另一篇名作。其文曰：

> 水陸草木之花，可愛者甚蕃。晉陶淵明獨愛菊；自李唐以來，
> 世人盛愛牡丹。予獨愛蓮之出淤泥而不染，濯清漣而不妖，中
> 通外直，不蔓不枝，香遠益清，亭亭淨植，可遠觀而不可褻玩
> 焉。
>
> 予謂菊，花之隱逸者也；牡丹，花之富貴者也；蓮，花之君子
> 者也。噫！菊之愛，陶後鮮有聞。蓮之愛，同予者何人？牡丹
> 之愛，宜乎眾矣。

文章的作者周敦頤，北宋中期人，字茂叔，世稱濂溪先生，為理學的開山祖師。《愛蓮說》借花自喻，表現一種不從俗、不出世，注重自我修養的人生態度。這似乎與孔孟以來的儒者處世之道並無二致，只是表達得巧妙、生動而已。但是，細推敲起來，為何以蓮花設喻？為何強調「出淤泥而不染？」答案卻須向佛門尋覓。

原來，蓮花是佛教推崇之花，有深厚的象徵意味。最著名的當然是佛教大乘重要經典《妙法蓮華經》以「蓮華（即蓮花）」為名，另一部重要經典《維摩詰所說經》以「高原陸地不生蓮花，卑濕淤泥，乃生此花」比喻「煩惱泥中，乃有眾生起佛法耳」的道理。不過，與《愛蓮說》關係更密切的是《華嚴經探玄記》，略云：

> 大蓮華者，梁攝論中有四義。一如世蓮華，在泥不染，譬法界
> 真如，在世不為世法所污。……四如蓮花有四德：一香、二
> 淨、三柔軟、四可愛，譬真如四德，謂常樂我淨。[8]

這裏的蓮花象徵真如佛性。佛教認為世俗生活是一種污染，只有覺悟

---

8 　《華嚴經探玄記》，第3卷，見電子佛典《大正藏・經疏部》T35，No.1733。

的人才能超拔於外，了悟、保持本自清淨的佛性。而在這方面，蓮花的生態恰可作一比擬。《大般涅槃經》也講「出於泥中而不為彼淤泥所污」。至於佛、菩薩之座稱「蓮花臺」，袈裟稱「蓮花衣」，佛土稱「蓮花國」，等等，不一而足，更見出蓮花與佛門關係之密切。

周敦頤晚年卜居於廬山，在濂溪之畔築書堂，即題名「愛蓮書堂」。本文便寫於此時此地。當年，晉代高僧慧遠亦居於廬山，並與陶淵明等結「白蓮社」於此。慧遠及其信徒設誓，願往生西方淨土──「蓮花之邦」。因此，他所創立的淨土宗又別稱「蓮宗」。可見，周敦頤在廬山寫《愛蓮說》，事非偶然。前代佛門大德的流風遺韻給了他直接的啟示。而周敦頤素習佛典，有「周茂叔，窮禪客」的說法。當然，《愛蓮說》受胎於佛門，最直接的證據在本文中，「出淤泥而不染，濯清漣而不妖」、「香遠益清，亭亭淨植」幾可視為《華嚴經探玄記》的翻版。只是由於作者純作形象描寫，無一語直觸佛理，而又把佛性之喻移到人性、人格方面，故對於大多數讀者來說，已是無跡可求了。

像《前赤壁賦》與《愛蓮說》這樣將佛學融鑄於中而妙合無痕者，在中國散文史上屈指可數。大多數申說佛理的作品是採取正面直說的方式。《略說士僧交遊》中曾提到柳宗元的《東海若》，以寓言說佛理，那已算得是較好調動文學手段之文，但仍不免歸於正面直說，有「今有為佛者二人，同出於毗盧遮那之海」云云，結果使寓言成為了淺顯的比喻。當然，正面直說的文章寫得好了，也可以具有文學意味。如錢謙益的《題佛海上人卷》[9]：

> 佛海上人欲續修《傳燈錄》，謁余而請曰：「願有以教我也。」

---

9 〔清〕錢謙益：《初學集》下，第88卷，1808頁，上海古籍出版社，1985。

嗟乎！禪學蠹壞，至今日而極矣。吳中魔民橫行，鼓聲導瞽，從者如市。余辭而辟之良苦。要之，殊不難辨也。拈椎豎拂，胡喝盲棒，此醜淨之排場也；上堂下座，評唱演說，此市井之彈詞也；謬立宗祧，妄分枝派，一人曰我臨濟之嫡孫，一人曰彼臨濟之假嗣，此所謂鄭人之爭年，以先息為勝者也。古德之立言，如精金美玉，而今人如瓦礫。古德之行事，如寒冰凜霜，而今人如糞土。希聲名，結儔黨，圖利養，營窟穴，以乞兒市駔之為，而襲訶佛罵祖之跡。入地獄如箭射，鬼神皆知譴訶，而愚人如蛾之附火，死而不悟，豈不悲哉！

昔人謂贊寧為僧中之董狐，覺範為禪門之遷、固。當斯任者，必如將印在手，縱奪惟我，又如摩尼在握，胡漢俱現，然後可以勘辨機緣，發揮宗旨。不然，手眼未明，淄澠莫別，宵行之熠耀，夜然之陰火，將與蘭膏明燭爭光奪照，長夜昏途，倀倀乎莫知所適從，何傳燈之與有？續禪燈者，所以續佛命也。傳燈之指一淆，則佛命亦幾乎斷矣。可不慎哉！

上人將追走海內名山古剎，網羅放失，以葳續燈之役。新安江似孫輯本朝僧史有年矣，上人之采訪，必自似孫始也，其並以余言告之。

文中對俗禪、假禪的猛烈排擊，與柳宗元《東海若》一文如出一轍，但表現手法全然不同。錢氏全用直說。其文學魅力乃由古文技巧中產生，如用排比句法造成氣勢，用誇張言辭強化效果等。在一組排比裏，他又在整齊中故作變化，如「此醜淨之排場也」、「此市井之彈詞也」、「此所謂鄭人之爭年。以先息為勝者也。」

也有以其雄辯而生魅力的,如沈約的《難范縝神滅論》[10]:

> 若如來論,七尺之軀,神則無處非形,形則無處非神矣。刀則
> 唯刃猶利,非刃則不受「利」名;故刀是舉體之稱,利是一處
> 之目,刀之與利既不同矣,形之與神豈可妄合耶?又,昔日之
> 刀,今鑄為劍,劍利即是刀利,而刀形非劍形;於利之用弗
> 改,而質之形已移。與夫前生為甲,後生為丙,天人之道或
> 異,往識之神猶傳;與夫劍之為刀,刀之為劍,有何異哉?又
> 一刀之質,分為二刀,形已分矣,而各有其利。今取一牛之身
> 而剖之為兩,則飲齕之生即謝,任重之用不分。又何得以刀之
> 為利,譬形之與神耶?

范縝的《神滅論》是哲學史上的名篇,以刀之鋒利喻形之有神,說明
形與神是體與用的關係,形散則神滅。從思想價值來看,遠非沈作所
能企及。不過,沈約此文也有其獨到之處。他對范縝的詰難主要抓住
刀鋒的比喻。由於一切比喻都難免跛足,所以,他的詰難也就似乎捉
住了對方的破綻。同時,他的詰難是針對一點,變化角度,反覆攻
擊。即如上文,先假定刀鋒之喻可取,而推導出與范說相反的結
論——「往識之神猶傳」;再指出刀鋒之喻並不可取,范說不能據以
立論。這種「蹂踐理窟」(皎然語)的筆法,因其雄辯力而吸引讀
者。至於此類文字是否算得文學作品,寫文學史者迄今仍然見仁見
智,本書也只好存而不論了。

散文中的佛教內容,還有一個方面,就是對於僧徒形象的記述、
描寫。

---

10 〔南朝梁〕沈約:《難范縝神滅論》,見電子佛典《大正藏‧史傳部》T52,No.
   2103。

　　自魏晉以後，大和尚的傳記文字傳世頗多。從作者方面看，大體
有三種情況：一種是僧人編撰，如《高逸沙門傳》、《高僧傳》、《續高
僧傳》等；一種是史學家所作，如《釋老志》中的有關部分；一種是
文學家的手筆，如劉勰為文長於佛理，故當時名僧碑誌多出其手。比
較起來，第三種之中，近於文學的稍多一些。以唐代為例，名作家為
名僧寫碑傳是很常見的事情。禪門北宗之祖神秀的碑文為張說所作。
南宗之祖惠能的碑文先後有王維、柳宗元、劉禹錫等動筆。天台宗高
僧智顗的碑文則出於古文運動前驅梁肅之手。其中張說的《唐玉泉寺
大通禪師碑》，歷來為研究禪宗史者看重。張說仕於中宗、睿宗、玄
宗三朝，封為燕國公。他長於文辭，朝廷制誥多出其手，因而與蘇頲
一起被稱作「燕許大手筆」（蘇封許國公）。這篇碑文是他得意之作，
所記大通禪師即神秀。在武則天至玄宗的一段時期，神秀領導的北宗
禪興旺發達，影響很大。後來，隨南宗的發展，北宗漸至式微，以至
有關北宗的史料大多散佚湮沒。而張說此碑文記載了北宗思想傳承的
很多情況，故富有特殊的史料價值。茲節錄如下：

　　　　禪師尊稱大通，諱神秀，本姓李，陳留尉氏人也。心洞九漏，
　　　懸解先覺。身長八尺，秀眉大耳，應王伯之象，合聖賢之度。
　　　少為諸生，游問江表，《老》、《莊》玄旨，《書》、《易》大義，
　　　三乘經論，四分律義，說通訓詁，音參吳晉，爛乎如襲孔翠，
　　　玲然如振金玉。既而獨鑑潛發，多聞傍施。逮知天命之年，自
　　　拔人間之世。企聞蘄州有忍禪師，禪門之法嗣也。自菩提達摩
　　　天竺東來，以法傳惠可，惠可傳僧璨，僧璨傳道信，道信傳弘
　　　忍，繼明重跡，相承五光。乃不遠遐阻，翻飛謁詣，虛受與沃
　　　心懸會，高悟與真乘同徹，盡捐忘識，湛見本心，住寂滅境，
　　　行無是處。有師而成，即燃燈佛所；無依而說。是空王法門。

服勤六年，不舍晝夜。大師歎曰：「東山之法，盡在秀矣。」
命之洗足，引之並坐，於是涕辭而去，退藏於密。儀鳳中始隸
玉泉，名在僧錄。寺東七里，地坦山雄，目之曰：「此正楞伽
孤峰，度門蘭若，蔭松藉草，吾將老焉。」雲從龍，風從虎，
大道出，賢人睹。歧陽之地，就去成都。華陰之山，學來如
市，未云多也。後進得以拂三有，超四禪，升堂七十，味道三
千，不是過也。[11]

這是標準的傳記文寫法：既把生平出處交代得清清楚楚，又突出了受
法、傳法等緊要關節。文章有詞采，但文學性並不強。多數僧徒碑傳
的詞采尚不及此，只是略述事蹟梗概而已，距文學作品就更遠了。梁
肅在《台州隋故智者大師修禪道場碑銘》中自述為文緣起，稱當時天
台宗領袖湛然大師有命：「汝，吾徒也。盍紀於文言，刻諸金石，俾
千載之下，知吾道之所以然。」於是，梁肅「稽首受命，故大師之本
跡，教門之繼明，後裔之住持，皆見乎辭。」可見，此類文字的寫作
主要是為宗教服務的，其目的本不在於「文」也。

　　述僧人生平而可視為文學作品的，是一些「變格」之作，如歐陽
修的《釋秘演詩集序》[12]：

予少以進士游京師，因得盡交當世之賢豪。然猶以謂國家臣一
四海、休兵革、養息天下以無事者四十年，而智謀雄偉非常之
士，無所用其能者，往往伏而不出，山林屠販、必有老死而世
莫見者。欲從而求之不可得。曼卿為人，廓然有大志。時人不

---

11 〔唐〕張說：《唐玉泉寺大通禪師碑》，見《張燕公集》第18卷，四庫本。
12 〔宋〕歐陽修：《釋秘演詩集序》，見《文忠集》第41卷，四庫本。

能用其材，曼卿亦不屈以求合。無所放其意，則往往從布衣野老，酣嬉淋漓，顛倒而不厭。予疑所謂伏而不見者，庶幾狎而得之。故嘗喜從曼卿遊，欲因以陰求天下奇士。

浮屠秘演者，與曼卿交最久，亦能遺外世俗，以氣節自高。二人歡然無所間。曼卿隱於酒，秘演隱於浮屠，皆奇男子也。然喜為歌詩以自娛。當其極飲大醉，歌吟笑呼，以適天下之樂，何其壯也！一時賢士，皆願從其遊。予亦時至其室。十年之間。秘演北渡河，東之濟鄆，無所合，困而歸。曼卿已死，秘演亦老病。

嗟夫！二人者，予乃見其盛衰，則予亦將老矣。夫曼卿詩辭清絕，尤稱秘演之作，以為雅健有詩人之意。秘演狀貌雄杰，其胸中浩然，既習於佛，無所用，獨其詩可行於世。而懶不自惜。已老，胠其橐，尚得三四百篇，皆可喜者。曼卿死，秘演漠然無所向。聞東南多山水，其巔崖崛峍，江濤洶湧，甚可壯也。遂欲往遊焉。是以知其老而志在也。於其將行，為敘其詩，因道其盛時以悲其衰。

這篇文字不以傳記的常用體裁來作，而是借詩集之序寫其人，於是便有了騰挪變化的餘地。欲寫秘演事蹟，卻從石曼卿身上落筆，中間又插入作者自己，不僅行文曲折有致，而且加強了感歎悲慨的氛圍。文章對秘演性格的描寫不過寥寥數語，便使一個落拓不偶的奇僧躍然於紙上。從文章的形象性、抒情性來講，這是當之無愧的優秀的文學性散文。

記述、描寫僧侶事蹟的散文，還有一類寫法，即取僧侶活動的一時一事，而不及其身世生平，行文靈活，文學性較強。如東晉佚名僧

人的《廬山諸道人游石門詩序》就是一篇文采斐然的山水遊記[13]：

> 石門在精舍南十餘里，一名障山。基連大嶺，體絕眾阜。關三泉之會，並立而開流；傾岩玄映其上，蒙形表於自然，故因以為名。此雖廬山之一隅，實斯地之奇觀。皆傳之於舊俗，而未觀者眾。將由懸瀨險峻，人獸跡絕，逕回曲阜，路阻行難，故罕徑焉。
>
> 釋法師以隆安四年，仲春之月，因詠山水，遂杖錫而遊。於時交徒同趣三十餘人，咸拂衣晨征，悵然增興。雖林壑幽邃，而開塗競進；雖乘危履石，並以所悅為安。既至則援木尋葛，歷險窮崖，猿臂相引，僅乃造極。於是擁勝倚岩，詳觀其下，始知七嶺之美，蘊奇於此。雙闕對峙其前，重岩映帶其後，巒阜周回以為障，崇岩四營而開宇。其中有石臺、石池，宮館之象、觸類之形，致可樂也。清泉分流而合注，淥淵鏡淨於天池。文石發彩，煥若披面；檉松芳蘋，蔚然光目，其為神麗，亦已備矣。
>
> 斯日也，眾情奔悅，矚覽無厭。遊觀未久，而天氣屢變。霄霧塵集，則萬眾隱形；流光回照，則眾山倒影。開辟之際，狀有靈也，而不可測也。及其將登，一則翔禽拂翮，鳴猿屬響。歸雲回駕，想羽人之來儀；哀聲相和，若玄音之有寄。雖彷彿猶聞，而神以之暢；雖樂不期歡，而欣以永日。
>
> 當其沖豫自得，信有味焉，而未易言也。退而尋之，夫崖谷之間，會物無主，應不以情。而開興引人，致深若此，豈不以虛明朗其照，閒邃篤其情耶？並三復斯談，猶昧然未盡。

---

13 此文收入《四庫全書》時，以「廬山諸道人」為作者，似不確。

俄而太陽告夕，所存已往，乃悟幽人之玄覽，達恒物之大情，其為神趣，豈山木而已哉！於是徘徊崇嶺，流目四矚：九江如帶，邱阜成垤。因此而推：形有巨細，智亦宜然。乃喟然歎宇宙雖遐，古今一契；靈鷲邈矣，荒途日隔；不有哲人，風跡誰存？應深悟遠，慨焉長懷，各欣一遇之同歡，感良辰之難再，情發於中，遂共詠之云爾[14]。

文章的風格頗近於王羲之的《蘭亭集序》。但既記僧人之游，佛理感悟的內容就有別於俗諦。故由山水而返觀，悟「虛明朗其照，閒邃篤其情」之理；又由登臨而感慨，興「靈鷲邈矣，荒途日隔」之歎。文章寫遊山過程之細緻，形容山林氣象之生動，均可列於歷代遊記之中而無遜色。而林壑崇崖之間。幾十位僧徒「杖錫而遊」的景象尤顯別致，給讀者以新奇的印象。

柳宗元的《送文郁師序》則是另一種風格。其文曰：

柳氏以文雅高於前代，近歲頗乏其人，百年間無為書命者。登禮部科，數年乃一人；後學小童，以文儒自業者又益寡。

今有文郁師者，讀孔氏書，為詩歌逾百篇，其為有意乎文儒事矣，又遁而之釋。背笈篋，懷筆牘，挾海沂江，獨行山水間。翛翛然模狀物態，搜伺隱隙，登高遠望，悽愴超忽，遊其心以求勝語，若有程督之者。己則披緇艾，茹蒿芹，志終其軀。吾誠怪而譏焉。對曰：「力不任奔竟，志不任煩挐，苟以其所好，行而求之而已爾。」終不可變化。

吾思當世以文儒取名聲，為顯官，入朝受憎媚訕黜摧伏，不得

---

14 《游石門詩序》，見《釋文紀》第8卷，《四庫全書》本。

守其土者，十恒八九。若師者，其可訕而黜耶？用是不復譏其
行，返退而自譏。於其辭而去也，則書以畀之[15]。

寫文鬱的形象雖只有寥寥數筆，但已勾畫出其人超邁不俗的神情。柳
文本長於記人，如《段太尉逸事狀》即為千古名篇。此文雖屬小品，
也可見出作者的功力。不過，柳宗元此文寫文郁之外尚另有喻託，即
文中所謂「退而自譏」之意。而「自譏」是表，譏世是裏，「十恒八
九」云云已作暗示。因此，文章短小，而意旨深刻，文郁師的事蹟恰
成為作者借題發揮的材料。無怪乎寫得出「背芨篋，懷筆牘，挾海泝
江，獨行山水間」、「登高遠望，悽愴超忽」，那樣氣韻生動的句子。

記人之外，記述佛教勝蹟也是散文中較為常見的內容。

這首先表現於有關佛剎的記述描寫中。中國佛寺的興建始於東漢
明帝，至南北朝而極盛。以後各代時廢時建，規模雖有所不同，但這
類工程至近代從未停止過。很多佛教建築規模宏偉，風格別致，有的
還成為盛衰興廢的見證，從而引起了文人記述描寫的興趣。這方面的
題材在南北朝至明清的散文作品中佔有可觀的比重。

記述佛教建築的散文首推楊衒之的《洛陽伽藍記》。楊衒之，北
平（今河北盧龍一帶）人，生活於北魏末至東魏時期，任過期城太守
等中級官員。東魏孝靜帝武定五年（公元547年）他到洛陽，看到戰
亂後城市殘破，佛寺圮壞，「表裏凡有一千餘寺，今日寥廓，鐘聲罕
聞。恐後世無傳，故撰斯記。」據《廣弘明集》，他的創作動機還有
更重要的一方面，即「見寺宇壯麗，損費金碧，王公相競，侵漁百
姓，乃撰《洛陽伽藍記》，言不恤眾庶也。」全書五卷，分記洛陽城
東、西、南、北、中較為重要佛寺的興建緣起、規模結構及社會背

---

15 〔唐〕柳宗元：《送文郁師序》，見《柳宗元集》，第25卷，681頁。

景、城市環境、歷史傳說等多方面的情況。全書重點寫佛剎40座，另外提及43座。文中對北魏中後期佛教盛行時一境如狂的情景進行了批判性描述；對佛事活動及某些歷史事件的記述都具有史料價值；而對佛教建築的描寫則相當細緻、生動。如卷一的《永寧寺》：

> 中有九層浮圖一所，架木為之，舉高九十丈。上有金剎，復高十丈；合去地一千尺。去京師百里，已遙見之。初掘基至黃泉下，得金象三十二軀，太后以為信法之徵，是以營建過度也。剎上有金寶瓶，容二十五斛。寶瓶下有承露金盤一十一重，周匝皆垂金鐸。復有鐵繂四遭，引剎向浮圖四角。繂上亦有金鐸，鐸大小如一石甕子。浮圖有九級，角角皆懸金鐸。合上下有一百三十鐸。浮圖有四面，面有三戶六窗，戶皆朱漆。扉上各有五行金鈴，合有五千四百枚；復有金環鋪首。殫土木之功，窮造形之巧，佛事精妙，不可思議。繡柱金鋪，駭人心目。至於高風永夜，寶鐸和鳴，鏗鏘之聲，聞及十餘里。
>
> 浮圖北有佛殿一座，形如太極殿。中有丈八金象一軀，中長金象十軀，繡珠象三軀，金織成象五軀，玉象二軀。作工奇巧，冠於當世。僧房樓觀，一千餘間，雕梁粉壁，青璀綺疏，難得而言。栝柏椿松，扶疏簷雷，叢竹香草，布護階墀。
>
> ……
>
> 時有西域沙門菩提達摩者，波斯國胡人也。起自荒裔，來遊中土。見金盤炫目，光照雲表，寶鐸含風，響出天外；歌詠讚歎，實是神功。自云，年一百五十歲，歷涉諸國，靡不周遍，而此寺精麗，閻浮所無也。極佛境界，亦未有此！口唱南無，合掌連日。

中國古代散文中，狀物之作以《周禮．考工記》為最早的典範。此文得《考工記》的細密，而生動、形象則更有過之。文章既有靜態的說明，又有動態的描寫。如「高風永夜，寶鐸和鳴，鏗鏘之聲，聞及十餘里」等都使讀者有若目睹耳聞。作者借達摩的觀感來加深讀者印象，尤屬匠心獨具之筆。這部書基本是散體，但也偶而夾雜一、二句騈語，如「栝柏椿松，扶疏櫚霤；叢竹香草，布護階墀」、「殫土木之功，窮造形之巧」等，在文中起到渲染描寫的作用。而以散體狀物、記事，則簡捷明快。狀物之效，此文可見；而記事如《開善寺》一則，寫元琛之婢朝雲吹簾散寇事，《景興尼寺》寫隱士趙逸事等，都以較短篇幅記述了較複雜的故事，近於筆記小說的風格，簡明而生動。

用騈體記敘佛教建築的典範之作可推蕭綱的《相官寺碑》其文曰：

> 真人西滅，羅漢東遊。五明盛士，並宣北門之教；四姓小臣，稍罷南宮之學。超洙泗之濟濟，比舍衛之洋洋。是以高檐三丈，乃為祀神之舍；連閣四周，並非中官之宅。雪山忍辱之草，天宮陀樹之花，四照芬吐，五衢異色。能令扶解說法，果出妙衣。鹿苑豈殊，祇林何遠？皇太子蕭緯，自甘藩邸，便結善緣。雖銀藏蓋寡，金地多闕。有慚四事，久立五根。泗川出鼎，尚刻之罘之石；岷峨作鎮，猶銘劍壁之山。矧伊福界，寧無鑴刻？銘曰：洛陽白馬，帝釋天冠，開基紫陌，峻極雲端。實惟爽塏，樓心之地。譬若淨土，長為佛事。銀鋪曜色，玉礎金光。塔如仙掌，樓疑鳳凰。珠生月魄，鐘應秋霜。鳥依交露，幡承杏梁。窗舒意蕊，室度心香。天琴夜下，紺馬朝翔。生滅可度，離苦獲常。相續有盡。歸乎道場[16]。

---

16 〔南朝梁〕蕭綱：《相官寺碑》，見《六朝文絜箋注》，第11卷，163頁，上海古籍出版社，1982。

蕭綱，梁武帝之子，即位為簡文帝，後為侯景所殺。蕭氏父子崇信佛教，梁代江南有寺近3000座。蕭衍、蕭綱，蕭繹都有論佛理、記佛事之文。本篇同楊文相比，除了一般意義上的騈散差別外，還有一個突出的特點，就是大量使用佛學的典故，幾乎達到了句句有佛典的地步。如首兩句用了《四十二章經》之典，次二句用《天竺大論》之典。接下去，則有《浮屠經》、《涅槃經》、《無量壽經》、《維摩詰經》、《法華經》等數十種經論中的出典錯雜於文中。作為狀物、記事之文，這種寫法自然遠不及《洛陽伽藍記》的效果。不過，若考慮佛學在散文創作中的影響，本篇就堪稱一種典型了。

記敘佛教建築的散文，歷代皆有，或側重於狀物敘事，或側重於炫耀作者佛學禪理的修為，大多不脫上述兩篇的模式。但也有少量借題發揮，意不在佛剎之上的，如明末錢謙益的《瑞光寺興造記》：

> 余十五六時，從吾先君之吳門，則主瑞光寺僧藍園遠公。迄今三十餘年，先君停舟解裝與遠公逢迎笑言之狀，顯顯然在心目間。每過寺門，輒泫然回車，不忍入也。遠公居寺之後禪院，每令一小沙彌導余遊廢寺。殿堂蕭然，塔下榛蕪，不辨甃墄，廊廡漏穿，敗甓朽木，與像設相撐柱，有聲拉拉然。相與顧視，促步以反。余每思之，如宿昔之惡夢，尚為心悸。又思此寺久已頹圮，不知今日又如何也？
> 崇禎辛未，友人張異度以復寺來告曰：「寺僧竺璠實主之。」已而璠過余曰：「公知我乎？即遠公院中小沙彌也。公於此寺有宿緣，幸為我記之。」嗟乎！璠為小沙彌導余游寺時，其長與案上下耳。今乃能夙夜經營，還寺舊觀，其所成就不苟如此。余稍長於璠，束髮登朝，值兵興多壘之日，浮湛罪廢，一無以自效，其視璠為可愧也。

雖然，璠之主斯寺，二十年所矣。二十年之中，相之拜者幾
人？將之遣者幾人？督撫大吏易置者幾人？當其築堤推轂，富
貴烜赫，視夫祝髮壞服，麻鞋露肘之徒，不啻一毫毛，然其卒
能無愧之者幾人也？蓋嘗論之，浮屠之為其塔廟，猶士大夫之
謀人軍師國邑也。浮屠以其塔廟為己，而不以其塔廟為己之塔
廟。以其塔廟為己，故捍護之不啻頭目，而庀治之不惜腦髓；
不以其塔廟為己之塔廟，故一錢之入，不私其囊篋，畢世之
計，不及其子孫。二者士大夫所遠不及也，斯所以愧與？

報應因果之說，儒者所不道。然吾觀富貴烜赫者，未幾而囊金
櫝帛，棄擲道路，遺骴腐骨，狼藉烏鳶，視浮屠之四眾瞻仰，
粥魚齋鼓，安穩高閒者，所得孰多？嗚呼！士大夫之於浮屠，
不獨思愧也，豈亦可以知懼矣乎？

以璠之賢，能勞身捐軀以為其塔廟，其有取於余言也，豈徒欲
以誇大其能事邪？予故推廣其意，以告於世之君子。而予既無
用於世，粥魚齋鼓之間，他日將從璠而老，姑書是以志余之愧
焉。寺建於吳赤烏，其興廢載在郡志。璠之興造，經始於萬曆
某年，天啟甲子造七佛閣於佛殿之北，崇禎己巳修天寧塔，凡
若干級，募飯僧田若干畝。寒灰奇公自楚來駐錫，而崑山王在
公孟夙以宰官入道，皆助璠唱緣，克有終始。崇禎壬申五月，
常熟錢某為之記[17]。

本文作於崇禎六年，明王朝已是內外交困，回天乏術了。天啟元年，
後金攻陷瀋陽，至崇禎二年佔領全部關外地區，並數次南下，侵擾畿
輔，攻掠直隸、山東、山西。明先後誅殺有關督撫大臣熊廷弼、王化

---

17 〔清〕錢謙益：《瑞光寺興造記》《龍樹庵記》，並見《初學集》，第42卷，1105-1108
　　頁。

貞、袁崇煥等多人。與此同時，崇禎元年，陝北爆發大規模農民起義，高迎祥稱闖王，至四年，各路人馬已總計二十餘萬。六年，李自成、張獻忠等都別為一軍，漸具羽翼。文中「二十年」云云，正是針對這種國勢日蹙的局面而言。而在這一段時間裏，錢謙益也飽嘗宦海風波。天啟四年，魏忠賢爪牙崔呈秀作《東林黨人同志錄》，列錢為黨魁，使錢被削籍罷歸。崇禎元年，魏崔倒臺，錢謙益復起，但很快陷入新的黨爭漩渦，再被革職。寫此文時正賦閒鄉居，冷眼旁觀時政，一肚皮牢騷無從發洩，便借佛剎之題作自家之文。文中極力稱讚僧人「以其塔廟為已，而不以其塔廟為己之塔廟」的精神，正是批評執政柄者以社稷為己之社稷，而不以之為己身、為己任。對於佛教報應之理，文章婉轉地予以肯定，但目的不在於炫耀佛學知識，也不是宣揚佛理，而是藉以加強批評的力量。因此，與蕭綱之作相比，思想內容要深刻多了。文章由憶舊下筆，既引入小沙彌，便於敘述寫作緣起，又形成親切自然的氛圍，表現出晚明散文的特色。

　　錢謙益另有《龍樹庵記》一文，也同此機杼。文章借龍樹庵之興造為題，褒佛徒而貶將相：

> 吾觀佛之徒，其為說，以謂山河大地，一切如幻。而其身之所寄，瓦盂錫杖，一飯一宿，即五山十剎，亦比之於逆旅傳遞而已。然其人往往以塔廟為國土，以伽藍為金湯，而效死以守之，身可殺而不可奪，若傳（按，即僧廣傳）者，何其固也！今之為卿士大夫者，身受國家疆圉之寄，而不難以戎索與虜。一旦喪師失地，日蹙國百里，拱手瞠目，彼此相顧視，所謂敗則死之，危則亡之者，其於浮圖何如也？

比起《瑞光寺興造記》來，此文對僧人的讚揚更甚，對當政者貶斥亦

更甚。「拱手瞪目，彼此相顧視」云云，頗有傳神之妙。

如錢文這樣的借題發揮，雖意不在寫佛事，但行文活潑、議論風生，給讀者的印象十分深刻，所以僧徒之事蹟、佛剎之興廢也隨文而自然傳世。

對佛教勝蹟的記載，還包括其他造型藝術，如佛教題材的繪畫、雕塑藝術等。漢明帝時，佛教初入中土，就伴隨著有關的造型藝術。明帝曾命畫工繪釋迦像，置於清涼臺上。後又有天竺僧人畫楞嚴二十五觀圖於保福院。魏晉南北朝時期，佛教日趨興盛，佛寺大量興建，對佛教人物、故事圖畫的需求也隨之劇增，於是出現了一批技藝精湛的佛畫藝術家，如曹不興、陸探微、張僧繇、曹仲達等。曹不興有「佛畫之祖」的稱號。與之同時，石窟藝術也發達起來，彩塑、岩雕、壁畫等都達到了很高的藝術境界。入唐以後，佛教造型藝術的水準又有大幅度提高。吳道子的《維摩像》、《帝釋像》及壁畫《地獄變相》等都享有不衰的盛譽。而龍門、敦煌等石窟中的唐代石雕、彩塑佛像也都具有不同凡響的神韻。這種藝苑盛事，自然而然地反映到散文作品中，如白居易的《畫西方幀記》、《畫彌勒上生幀記》等。但此類文章多以記述緣起、闡說佛理為主，對藝術品本身的描述反而較少。而且這種描述一般比較平實，有說明文的傾向。不像同類題材詩歌那樣渲染誇張、酣暢淋漓。但也可以說，作家們自有不成文的文體分工，他們認為散文對這方面題材比較宜於介紹與說明，而把藝術性描述的任務讓與了詩歌。以《畫西方幀記》為例：

> 我本師釋迦如來說，言從是西方過十萬億佛土，有世界號極樂，以無八苦四惡道故也；其國號淨土，以無三毒五濁業故也；其佛號阿彌陀，以壽無量、願無量、功德相好、光明無量故也。諦觀此娑婆世界、微塵眾生，無賢愚、無貴賤、無幼

艾，有起心歸佛者，舉手合掌，必先向西方；有怖厄苦惱者，
開口發聲，必先念阿彌陀佛。又，范金合土，刻石織文，乃至
印水聚沙，童子戲者，莫不率以阿彌陀佛為上首，不知其然而
然。由是而觀，是彼如來有大誓願於此眾生，此眾生有大因緣
於彼國土明矣。不然者，東南北方，過去見在未來，佛多矣，
何獨如是哉？何獨如是哉？

唐中大夫、太子少傅、上柱國、馮翊縣開國侯、賜紫金魚袋白
居易，當衰暮之歲，中風痺之疾，乃舍俸錢三萬，命工人杜宗
敬按《阿彌陀》、《無量壽》二經，畫西方世界一部，高九尺，
廣丈有三尺，彌陀尊佛坐中央，觀音、勢至二大士侍左右，天
人瞻仰，眷屬圍繞，樓臺妓樂，水樹花鳥，七寶嚴飾，五彩彰
施，爛爛煌煌。功德成就，弟子居易焚香稽首，跪於佛前，起
慈悲心，發弘誓願：願此功德，回施一切眾生。一切眾生，有
如我老者，如我病者，願皆離苦得樂，斷惡修善，不越南部，
便睹西方。白毫大光，應念來感；青蓮上品，隨願往生。從現
在身，盡未來際，常得親近而供養也。欲重宣此願而偈讚云：

極樂世界清淨土，無諸惡道及眾苦。
願如老身病苦者，同生無量壽佛所[18]。

文章用一半篇幅宣傳淨土宗的教義。雖然從結構方面看，是為下文描
寫畫面作鋪墊，但畢竟枯燥乏味。全文只有描述畫面一段近於文學筆
法，其餘部分或為議論文，或為輔教應用文。若以狹義的文學體裁標
準衡量，本文恐將被劃到圈子之外了。

---

18 〔唐〕白居易：《畫西方幀記》，見《白居易集》，第71卷，1496頁。

佛門中人關於佛像的描寫文字，當以慧遠的《銘》為翹楚，洋洋灑灑五篇，其中頗有文采斐然的句子。不過，銘的文體屬性實在詩與文之間，而以慧遠此文論之，毋寧說更近於詩。他把說明緣起的內容放到了前面的序中，銘文便有了詩一般的風格：

廓矣大象，理玄無名，體神入化，落影離形。回暉層岩，凝映虛亭，在陰不昧，處暗逾明。婉步蟬蛻，朝宗百靈。應不同方，跡絕而冥。

茫茫荒宇，靡勸靡獎。淡虛寫容，拂空傳像。相具體微，中姿自朗。白毫吐曜，昏夜中爽。感徹乃應，扣誠發響。留音停岫，津悟冥賞。撫之有會，功弗由曩。

旋踵忘敬，罔慮罔識。三光掩暉，萬象一色。庭宇幽藹，歸塗莫測。悟之以靜，抱之以力。惠風雖遐，維塵攸息。匪伊玄覽，孰扇其極。

希音遠流，乃眷東顧。欣風慕道，仰規玄度。妙盡毫端，運微輕素。托采虛凝，殆映宵霧。跡以象告，理深其趣。奇興開襟，祥風引路。清氣回於軒宇，昏明交而未曙。彷彿鏡神儀，依俙若真遇。

銘之圖之，曷營曷求。神之聽之，鑑爾所修。庶茲塵軌，映彼玄流。漱情靈沼，飲和至柔。照虛應簡，智落乃周。深懷冥

托，宵想神遊。畢命一對，長謝百憂。[19]

南朝似此銘文、讚頌不一而足，風格、內容大體相同。

記述雕塑的文章也大多類此。作者的筆墨主要用於宣揚佛理及功德緣起，對雕塑本身的描寫少而空泛，一般來說，文學意味是很淡薄的。如慧遠的「晉襄陽丈六金像」頌詞，先述佛教在中土流傳的盛況，然後感歎自己「生善教末年」，「擬足逸步，玄跡已邈」，於是「命門人鑄而象焉」。再論佛像對信徒的啟示教化作用，「使懷遠者兆玄根於來葉，存近者遘重劫之厚緣」。至於佛像的狀貌、鑄造的工藝，只是簡單地幾句帶過：

> 金顏映發，奇相暉布。肅肅靈儀，峨峨神步。茫茫造物，玄運冥馳。偉哉釋迦，與化推移。靜也淵默，動也天隨。[20]

梁元帝肖繹的《荊州長沙寺阿育王像碑》，也是以主要篇幅寫阿育王「道冠萬靈，理超千聖」的法力，而對其像的描寫不過寥寥數語：「惠音八種，面門五色。組蚌生華，入青樓而吐曜；金口照采，出紫殿而相輝。」究其原因，乃由於作者視佛像為聖物，繪、塑皆為善行功德，故記述時也以同樣虔誠之心為之。既不能把佛像當作藝術品觀照，更不敢旁溢歧出有題外之語，因而只能寫成這種樣子了。

---

19 〔東晉〕慧遠：《佛影銘》，《廣弘明集》，第15卷，見電子佛典《大正藏‧史傳部》T52，No.2103。

20 〔東晉〕慧遠：《晉襄陽丈六金像贊序──因釋和上立丈六像作》，《廣弘明集》，第15卷，見電子佛典《大正藏‧史傳部》T52，No.2103。

# 略說佛道稗語

　　中國古代小說與佛、道二教的緣份相當深厚。小說史幾乎從開篇便沐浴在佛光、道風之中。而作為通俗性較強的文學式樣，小說中的宗教內容也較為通俗。特別是白話小說，所描寫的宗教人物——無論是佛、菩薩、羅漢，還是男神女仙，亦或和尚、尼姑、道士——大多染有市井氣息，有的甚至明顯世俗化變形。但這種不「純」的宗教描寫，憑藉其通俗優勢，在中下層民眾中產生了很大的影響，反轉過來又促使宗教進一步世俗化。明清兩代，佛教、道教日益入世近俗，白話小說的影響是不可忽視的因素。如羅漢堂中塑一個「濟公」，佛殿上赫然出現「鬥戰勝佛」字樣，觀音與呂祖同祀於一殿等，皆非鮮見，可作小說「反向」影響之明證。下面，我們先重點談一下佛教與小說的緣分，然後介紹一下道教與小說關係的概況。

　　佛教對於中國古代小說而言，影響的首要方面是成為了其文學想像力的助長劑。

　　一部中國小說史，幾乎各階段都留下了鮮明的「佛」字。佛教對小說的影響是多方面的。它不僅以其典籍中大量傳說故事為小說創作提供了素材，而且以其恢宏、誇誕的風格刺激了小說作者的想像力，以其豐富、深邃的理論影響了作家們的人生態度與宇宙觀（當然，這種影響兼有積極、消極成份），從而折射到作品之中，為中國古代小說添一特異色調。說佛教是中國小說藝術之助長劑，當非誇張。

　　我國小說在魏晉南北朝時粗具規模，產生了大量以「志怪」為內容的作品。對此，魯迅分析其原因道：「中國本信巫，秦漢以來，神

仙之說盛行，漢末又大暢巫風，而鬼道愈熾；會小乘佛教亦入中土，漸見流傳，凡此，皆張皇鬼神，稱道靈異，故自晉迄隋，特多鬼神志怪之書。」[1] 指出了佛教流傳與志怪繁盛之間的因果關係。

　　三國、西晉時的志怪作品中已能看到受佛教影響的痕跡，到了東晉，記述佛法、僧徒的故事明顯增多了。如荀氏《靈鬼志》的「沙門」除妖、「胡道人」（即外國僧人）治鬼的故事，陶淵明《搜神後記》中的「比丘尼」神通、「竺法師」靈異的記載等。此類故事一般不涉及佛教教理，而著眼於佛徒的神咒、術數。這一方面反映出當時民眾對佛教的印象，另一方面也是因為佛教初來中土時，傳法高僧如安世高、支婁迦讖、佛圖澄等，為堅定統治者及民眾信從之念，往往借助於某些「特異功能」以炫神奇，而有別於隋唐以後的佛門宗旨。

　　其中，有的故事直接由佛經中移植改寫而來。如《靈鬼志》中「外國道人」一則：

> 太元十二年，有道人外國來，能吞刀吐火，吐珠玉金銀。自說其所受術，即白衣，非沙門也。嘗行，見一人擔擔，上有小籠子，可受升餘。語擔人云：「吾步行疲極，欲暫寄君擔上。」擔人甚怪之，慮是狂人，便語云：「自可爾耳，君欲何所自措耶？」其答云：「若見許，正欲入籠子中。」籠不便，擔人逾怪其奇：「君能入籠中，便是神人也。」下擔入籠中，籠不更大，其亦不更小，擔之亦不覺重於先。
> 既行數十里，樹下住食，擔人呼共食，云：「我自有食。」不肯出，止住籠中，出飲食器物羅列，肴膳豐腴亦辦，反呼擔人食。未半，語擔人：「我欲與婦共食。」即復口出一女子，年

---
1　魯迅：《中國小說史略》，24頁，上海古籍出版社，1998。

二十許，衣裳容貌甚美，二人便共食。食欲竟，其夫便臥。婦語擔人：「我有外夫，欲來共食，夫覺君勿道之。」婦便口中出一年少丈夫，共食。籠中便有三人，寬急之事，亦復不異。有頃，其夫動，如欲覺，其婦便以外夫內口中。夫起，語擔人曰：「可去。」即以婦內口中，次及食器物。……[2]

在《舊雜譬喻經》中有梵志吐壺的故事：

昔有國王，持婦女急。正夫人謂太子：「我為汝母，生不見國中，欲一出，汝可白王。」如是至三。太子白王，王則聽。太子自為御車出，群臣於道路奉印為拜。夫人出其手開帳，令人得見之。太子見女人而如是，便詐腹痛而還。夫人言：「我無相甚矣！」太子自念：「我母尚如此，何況餘乎！」夜便委國去，入山中遊觀。時道邊有樹，下有好泉水，太子上樹。逢見梵志獨行來，入水池浴。出飯食，作術吐出一壺，壺中有女人。與於屏處作家室，梵志遂得臥。女人則復作術，吐出一壺，壺中有年少男子，復與共臥，已便吞壺。須臾，梵志起，復內婦著壺中，吞之已，作杖而去……[3]

兩相比較，承襲之跡灼然可見。梁代吳均又據此演為《陽羨書生》，改梵志、僧人為書生，基本情節如故，收入《續齊諧記》中，成為對後世頗有影響的傳說故事，甚至被視為小說構思想像的典範。明人袁于令在《隋史遺文序》中講：「傳奇者貴幻，……如陽羨書生，恍惚不可方物。」可見這個故事詭異奇幻給人們的深刻印象。

2　李劍國：《唐前志怪小說輯釋》，391頁，上海古籍出版社，1986。

3　《舊雜譬喻經》，電子佛典《大正藏‧本緣部》T4，No.206。

　　南北朝的志怪小說中，有關佛教的內容更多，神通異術之外，因果報應是重要主題。佛教的因果報應理論傳入中土後，是在東晉後期，經慧遠大師之手而成系統的。印度佛教中原有「業報輪迴」的觀點，而中國傳統文化也有「天道無親，福善禍淫」之說。慧遠在此基礎上，作《明報應論》、《三報論》等，提出：「業有三報：一曰現報，二曰生報，三曰後報。現報者，善惡始於此身，即此身受。生報者，來生便受。後報者，或經二生三生、百生千生，然後乃受。」[4]並對時人的懷疑、反對意見予以解釋和駁斥。慧遠的理論在南北朝流行廣遠，信從者眾多。而志怪小說多言報應，成為這一理論的形象化例證。故《法苑珠林》把此類作品同《弘明集》、《高僧傳》等佛學典籍相提並論，而魯迅在《中國小說史略》中統稱之為「釋氏輔教之書」。

　　最早的「輔教」類志怪小說，今可考知的是東晉後期謝敷的《觀世音應驗記》。謝敷本人是虔誠的佛教徒，「篤信大法，精勤不倦」。其後，劉宋時有傅亮、張演，蕭齊時有陸果，亦作《觀世音應驗記》，反映出當時士民對觀世音的特殊信仰與崇拜。至於更直接表現因果報應觀點的作品，在《隋書‧經籍志》中著錄有《宣驗記》、《冥祥記》、《冤魂志》等近10種。而到了北宋初年的《太平廣記》，收錄的小說（或「準小說」）中，歸入「報應類」的計有33卷，而「驍勇類」不過2卷，「豪俠類」不過4卷，「詼諧類」不過8卷。足見佛教的「因果報應」觀念之深入人心，以及對小說的巨大影響。

　　梁人王琰的《冥祥記》有一則趙泰的故事，說的是趙泰死而復活，講述陰間的見聞。自稱由於生平「修志念善」，在陰間得做高官，巡行地獄，眼見：

---

4　《弘明集》，第5卷，見電子佛典《大正藏‧史傳部》T52，No.2102。

所至諸獄，楚毒各殊。或針貫其舌，流血竟體；或披頭露髮，
裸形徒跣，相牽而行。有持大杖，從後催促。鐵床銅柱，燒之
洞然，驅迫此人，抱臥其上，赴即焦爛，尋復還生。或炎爐巨
鑊，焚煮罪人，身首碎墜，隨沸翻轉。有鬼持叉，倚於其側。
有三、四百人，立於一面，次當入鑊，相抱悲泣。或劍樹高
廣，不知限量，根莖枝葉，皆劍為之。人眾相訾，自登自攀，
若有欣意，而身首割截，尺寸離斷。[5]

佛教既講報應、講輪迴，就自然對地獄慘狀詳加描繪，如《法苑珠
林》卷七：「夫論地獄幽酸，特為痛切：刀林聳日，劍嶺參天，沸鑊
騰波，炎爐起焰，鐵城盡掩，銅柱夜燃。如此之中，罪人遍滿，周慞
困苦，悲號叫喚。牛頭惡眼，獄卒凶牙。長叉柱肋，肝心硾搗，猛火
逼身，肌膚淨盡。……如斯之苦，何可言念。」[6]此為先唐佛典有關
地獄描寫（如《俱舍論》等）的集大成，其中「炎爐沸鑊」、「刀林劍
嶺」云云，與《冥祥記》的描寫如出一轍。

這樣的地獄描寫自有其消極作用，如宣揚了宗教迷信，渲染了殘
酷的暴力場面等。但也為後世的小說、戲劇提供了素材。《三國志平
話》中的「司馬貌斷獄」，《梁武帝演義》中的郗后下地獄，《警世陰
陽夢》中的魏忠賢陰間受審，以及《聊齋》中著名的「席方平」故
事，《四聲猿》中曹操與彌衡對簿於陰司的情節等，由此衍生的文學
作品實在不勝枚舉，其中不乏借助地獄情節而增加了藝術魅力的小
說，如《席方平》。

因果報應的思想貫穿於《冤魂志》全書。作者顏之推是篤信佛理

---

5　李劍國：《唐前志怪小說輯釋》，566頁。
6　《法苑珠林》，第7卷，電子佛典《大正藏・事匯部》T53，No.2122。

的人物，在《顏氏家訓》中大講佛理以誡子孫，也曾以「果報」之說
示警。《冤魂志》寫的多是年代不遠的真人事蹟，而以傳說與佛理相
附會。如「徐鐵臼」一則，記劉宋時東海徐某之續妻虐死前妻之子徐
鐵臼，鐵臼索命報應事。故事的結局是續妻陳氏向冤魂懺悔，「為設
祭奠」，而冤魂終不肯饒恕。又如「孫元弼」一則，記陳超誣殺孫元
弼事，結局也是陳向元弼的冤魂「叩頭流血」，而最終仍無法逃脫報
應。這正體現了慧遠的因果報應思想。他在《三報論》中提出：「三
業殊體，自同有定報。定則時來必報，非祈禱之所移，智力之所免
也。」[7]。兩相對照，足見魯迅先生「釋氏輔教」之判定正中鵠的。

　　這種「果報」觀念在後世小說中也很常見，並有進一步的發展，
不僅作為說教內容存在於作品中，而且成為一部分作品編織情節、安
排結構的重要手段。如明末的白話長篇小說《醒世姻緣傳》，其基本
的故事框架就是兩世姻緣間的絲毫不爽的「果報」聯繫。《說岳全
傳》中的忠奸鬥爭，也皆因前世冤孽而生，等等。這當然有很多消極
的作用，且往往出現模式化的趨向。但是，也不可一概而論。《紅樓
夢》中，寶玉與黛玉的愛情悲劇也有「果報」因素在內。而作者為他
們構設的絳珠仙子與神瑛侍者間「還淚」的因果背景，無疑使這一悲
劇更增深沉雋永的無可奈何意味。

　　魏晉南北朝的「志怪」及「志人」之作，是中國小說史的序篇。
小說史的正文則由唐傳奇肇端。此後，我國古代小說呈二水分流之
態，即白話與文言。這裏且先談佛教對文言一脈的沾溉。

　　唐代文言小說習稱作「唐傳奇」。從小說觀念的角度講，唐傳奇
表現出一種文體的自覺意識。魯迅曾與志怪作品進行過比較：「傳奇
者流，源蓋出於志怪，然施之藻繪，擴其波瀾，故所成就乃特異。其

---

7　《弘明集》，第5卷，電子佛典《大正藏・史傳部》T52，No.2102。

間雖亦或託諷喻以抒牢愁，談禍福以寓懲勸，而大歸則究在文采與意想，與昔之傳鬼神明因果而外無他意者，甚異其趣矣。」[8]志怪之作，主旨在宣傳所記之事、所述之理，作者對自己的記述大多深信不疑，包括其中有關佛教的內容。因此，既可以說佛教滋養了志怪，也不妨說志怪宣揚、傳播了佛教。傳奇則不然，其主旨在敘事藝術與文章辭采，佛教的內容只是「作文」的材料而已。這樣，佛教對傳奇的關係，便不再是「雙向」、「互利」的，而主要是一種「單向」的沾溉關係。

這首先表現在啟發思路及提供素材上。唐傳奇的一大部類是武俠小說，如《聶隱娘》、《紅線》、《虬髯客傳》等，總計40餘篇。其中劍術的描寫別具一格，如《聶隱娘》：

> 「隱娘初被尼挈，不知行幾里。及明，至大石穴之嵌空，數十步，寂無居人，猿猱極多，松蘿益邃。……尼與我（即隱娘）藥一粒，兼令執寶劍一口，長二尺許，鋒利吹毛可斷。令逐二女攀緣，漸覺身輕如風。一年後，刺猿猱百無一失。後刺虎豹，皆決其首而歸。三年後能飛，使刺鷹隼無不中。劍之刃漸減五寸，飛禽遇之，不知其來也。至四年，留二女守穴，挈我於都市，不知何處也。指其人者，一一數其過，……授以羊角匕首，刃廣三寸，遂白日刺其人於都市，人莫能見。[9]

這裏有兩點值得注意：1. 傳授劍術的是一位佛門人物。在唐傳奇中，寫僧尼而擅武技的頗有幾篇，如《劍俠傳》中寫詩僧齊己「於溈山松下親遇一僧，於頭指甲下，抽出兩口劍，跳躍淩空而去」。《酉陽雜

---

8　魯迅：《中國小說史略》，44-45頁。

9　《太平廣記》，第194卷，1457頁。

俎》中寫一亦俠亦盜僧人劍術、弓矢皆出神入化，等等。2. 劍術之奇
不可思議。中國舊有劍術之談，東漢趙曄的《吳越春秋》所寫越女刺
袁公，東晉干寶《搜神記》所寫干將莫邪的雌雄神劍，三國曹丕《典
論自敘》所寫與鄧展比劍、論劍諸事皆有神乎其技的傾向，但均不及
《聶隱娘》所寫妙用無方、匪夷所思。而在《妙吉祥最勝根本大教
經》中關於劍法的描寫卻差堪比擬：

> 持明者，用花鐵作劍，長三十二指，巧妙利刃。持明者，持此
> 劍往山頂上，如前依法作大供養，及隨力作護摩。以手持劍，
> 持誦大明，至劍出光明，行人得持明天。劍有煙焰，得隱身
> 法。劍若暖熱，得降龍法，壽命一百歲。若法得成，能殺魔
> 冤，能破軍陣，能殺千人。[10]

《大教經》是密宗尊奉的經典。唐開元年間，印度密教高僧善無畏、
金剛智來華傳法，信從者甚眾，經過其弟子一行、不空等盛行弘布，
形成了漢地的佛教密宗，在中唐有較大的影響。由於密宗重咒、術，
富有神秘色彩，故對中晚唐武俠小說有一定的影響。以前面引述的
《聶隱娘》一段而言，學劍於山巔，有隱形之術，學劍而殺人除惡，
劍身別有妙處等描寫，都明顯帶有受《大教經》啟發的痕跡。而寫僧
尼擅長劍術，當也與此有關。至於後世小說中多寫僧尼之武技，且劍
術幻化無端，實皆由此一脈相傳。

描寫神怪、愛情內容的傳奇小說也從佛典中得到滋養。李朝威的
《柳毅傳》是一部著名的作品，寫儒生柳毅路遇牧羊女，得知是洞庭
龍君小女，被丈夫、公婆虐待，路途遙遠，無法與父母通信求助。柳

---

10 電子佛典《大正藏‧密教部》T21，No.1217。

毅激於義憤，為龍女寄書至洞庭。洞庭南岸有大橘樹，柳毅擊之，有武夫出水引入龍宮。龍宮中「臺閣相向，門戶千萬，奇草珍木，無所不有」，「柱以白璧，砌以青玉，床以珊瑚，簾以水精，雕琉璃於翠楣，飾琥珀於虹棟，奇秀深杳，不可殫言」。信送到之後，龍女的叔父——獲罪天庭正被囚禁的錢塘龍君去救出龍女，又殺死了負心的丈夫。錢塘君力主把龍女嫁給柳毅，柳毅不屈於威武而拒絕了婚事。錢塘君與柳毅相互欽重，反成為莫逆。柳毅辭行，龍宮贈送大量奇珍異寶。後龍女終與之結為伉儷，並同登仙班。這是融神怪、愛情、俠義於一體的動人故事，而其中某些情節便是由佛教典籍中演變而來。晉法顯譯有《摩訶僧祇律》，中有商人與龍女的故事：

> 南方國土有邑名大林，時有商人，驅八牛到北方俱哆國。復有一商人，共在澤中牧牛。時離車捕龍食之，捕得一龍女。龍女受布薩法無害心，能使人穿鼻牽行。商人見之形相端正，即起慈心。問離車言：「汝牽此欲作何等？」答言：「我欲殺啖。」商人言：「勿殺。我與汝一牛貿取，放之令去。」捕者不肯。乃至八牛，方言：「此肉多美，今為汝故，我當放之。」即取八牛，放龍女去。時商人尋復念言，此是惡人，恐復追逐更還捕取。即自隨逐看其向到池邊。龍變為人，語商人言：「天施我命。我欲報恩。可共入宮，當報天恩。」商人答言：「不能。汝等龍性卒暴，瞋恚無常，或能殺我。」答言：「不爾。前人系我，我力能殺彼。但以受布薩法故，都無殺心。何況天今施我壽命而當加害。若不去者，小住此中。我今先入拼擋宮中。」即便入去。是龍門邊，見二龍繫在一處。見已，商人問言：「汝為何事被系？」答言：「此龍女半月中三日受齋法。我弟兄守護此龍女不堅固，為離車所捕得。以是故被系。唯願天

慈語令放我。此龍女若問欲食何等食者，龍宮中有食，盡壽乃
能消者。有二十年消者，有七年消者，有閻浮提食。若索者，
當索閻浮提人間食。」龍女拼擋已，即便呼入，坐寶床褥上。
龍女白言：「天今欲食何等食？為欲食一食盡壽乃至。」答
言：「欲食閻浮提人間食。」即持種種飲食與。問龍女言：「此
何故被繫？」龍女言：「天但食，用問為？」「不爾。我要欲知
之。」為問不已。即語言：「此人有過，我欲殺之。」商人
言：「汝莫殺。」「不爾。要當殺之。」商人言：「汝放彼者，
我當食耳。」白言：「不得直爾放之，當罰六月擯置人間。」
即罰六月人間。商人見龍宮中種種寶物莊嚴宮殿。商人問言：
「汝有如是莊嚴，用受布薩為？」……便言：「我欲還歸。」
龍女即與八餅金，語言：「此是龍金，足汝父母眷屬終身用不
盡。」語言：「汝合眼。」即以神變持著本國。行伴先至語其
家言：「入龍宮去。」父母謂兒已死，眷屬宗親聚在一處悲啼
哭。時放牧者及取薪草人，見已先還語其家言：「某甲來
歸。」家人聞已，即大歡喜，出迎入家。入家已，為作生會。
作會時，以八餅金持與父母。此是龍金。截已更生。盡壽用之
不可盡也。[11]

這一段離奇的故事，情節曲折，對話細緻，本身就可以當作小說來
讀。其中「龍女受難」、「義救龍女」、「入龍宮」、「贈金送還」等情節
框架被李朝威採用，成為《柳毅傳》中愛情及俠情描寫的基礎。甚至
有些細節，也影響到《柳毅傳》，如龍宮中有犯罪被囚繫的龍，而商
人得到它的幫助，罪龍也因人的到來而最終獲釋；又如「龍性卒暴，

---

11 電子佛典《大正藏・律部》T22，No.1425。

嗔恚無常」的說法與《柳毅傳》中錢塘君「蠢然之軀，悍然之性」形象的某種關聯，等等，可以說，李朝威的創作全面受到《摩訶僧祇律》的啟發。

不僅《柳毅傳》，中國小說頗多關於龍宮的描寫，如《東遊記》、《西遊記》等。這也同樣有佛教的影響在內。中國雖舊有龍的傳說與崇拜，但未見有龍宮之說，而佛典中卻頗多，如《長阿含經》提到「大海底有沙渴羅龍王宮殿」，《雜寶藏經》有「恒河水龍宮」之說等。

佛教對唐傳奇以及後世傳奇小說之沾溉，還表現在哲理思想的影響，特別是滲透在佛教故事中的哲理。《雜寶藏經》中有「婆羅那比丘為惡生王所苦惱緣」[12]，講述了一個夢幻故事：某王子婆羅那修道不誠，向師父辭歸。師父讓他再留宿一夜。夜裏王子夢見已到家中，父王去世，他承繼大寶，發兵去討伐宿仇惡生王，不料兵敗被俘，惡生王要殺他，他恐懼中念及師父，師父即現身於面前，並向惡生王求情，而劊子手不肯等待，舉刀便砍，王子大驚怖，失聲大慟，卻是一個噩夢，於是當下徹悟人生皆如幻夢的色空之理。《大莊嚴論經》、《六度集經》等也有類似的故事，最後則同歸於「苦諦」、「集諦」之徹悟。這和《左傳》為代表的傳統「預言」、「吉凶」之類夢觀念大異其趣，哲理意味與莊子「夢蝶」說差相彷彿，但生動、具體則過之，因而在知識分子中產生了深遠的影響。唐傳奇中《枕中記》、《南柯太守傳》，《聊齋誌異》中的《續黃粱》、《畫壁》等篇的基本情節即據此而設計，並體現出類似的人生哲理。

《枕中記》寫盧生宿於邯鄲道之旅舍，遇仙人呂翁，授枕命枕之，盧生便進入夢境，盡嘗富貴滋味，醒來不過瞬間一夢。篇末點題，說明「人生之適」皆如此等「夢寐」。《南柯太守傳》寫俠士淳于

---

12 電子佛典《大正藏・本緣部》T4，No.203。

梦入大槐安國，遍歷寵辱，醒來卻是一夢，夢中的大槐安國乃是身旁的蟻穴。篇末云「貴極祿位，權傾國都，達人視此，蟻聚何殊。」兩篇都寫了富貴如同夢幻，也都寫了富貴場中的危機，這與「苦惱緣」的主旨完全相同，而且基本故事情節也相彷彿。《續黃粱》乃仿《枕中記》而作，但鋪敘描寫更為酣暢淋漓，其中增加了入夢者在幻境享盡榮華後轉世遭到報應，還有地獄慘刑的描寫，都反映了佛教思想。而導人入夢者，也由仙人改為「深目高鼻」的老僧。可見蒲松齡對這一素材的理解更溯向佛學源頭。小說最後寫身入夢境的曾某被「以酷刑定罪案，依律淩遲處死，繫赴刑所，胸中冤氣扼塞，距踴聲屈，覺九幽十八獄，無此黑暗也。正悲號間，聞同遊者呼曰：『兄夢魘耶？』豁然而寤，見老僧猶跏趺座上。」夢覺前的恐怖況味與「苦惱緣」如出於一轍。

　　文言小說的作者中，蒲松齡是受佛教影響較深者。其《聊齋自志》稱其降生之際，父親夢見一個面帶病容的瘦和尚，偏袒右肩走進門來，右胸貼一銅錢大小的圓膏藥，醒後蒲松齡正呱呱墜地，右胸恰有一個黑痣。他深信自己是僧人轉世，故云：

> 門庭之淒寂，則冷淡如僧；筆墨之耕耘，則蕭條似缽。每搔頭自念，勿亦面壁人果是吾前身耶？蓋有漏根因，未結人天之果；而隨風蕩墮，竟成藩溷之花。茫茫六道，何可謂無其理哉！[13]

面壁人，指禪宗初祖達磨，此泛指僧人；「有漏根因」、「人天之果」

---

13 〔清〕蒲松齡：《聊齋自志》，見《聊齋誌異》卷首，2頁，上海古籍出版社，1983。

云云，亦是佛學常談，此指前生修持不到，未得成佛；「藩溷之花」
云云，也是佛教史上有關因果輪迴的辯論中，范縝的著名論點，此指
自己今生的命乖運舛；「六道」則為六道輪迴之意，指佛教的報應輪
迴說。這一段短短的自述，就有如此多的佛學出典，可見蒲氏思想受
佛學浸染之深。《聊齋》中，類似《續黃粱》這樣寄寓佛學思想的篇章
為數不少，如《瞳人語》中方生因輕薄遭到報應而失明，「聞《光明
經》能解厄，持一卷，浼人教誦。初猶煩躁，久漸自安，且晚無事，
惟趺坐捻珠。持之一年，萬緣俱淨。」結果，心淨而厄解，眼得復
明。又如《畫壁》導朱孝廉出入幻境的是一高僧，而篇末云：「人有
淫心，是生褻境；人有褻心，是生怖境。菩薩點化愚蒙，千幻並作，
皆人心目動耳。老婆心切，惜不聞其言下大悟，披髮入山也。」更是
直接以佛理點明題旨，以故事證明佛理，幾乎有「輔教」之嫌了。

　　我國文言小說以唐傳奇與《聊齋》為前後兩高峰，中間宋、明之
作雖綿延不絕，但筆力殊弱，境界平淡。這些作品中，佛教的影響亦
很明顯。如宋傳奇《李師師外傳》開端：

> 汴俗，凡男女生，父母愛之，必為舍身佛寺。寅（即師師父）
> 憐其女，乃為舍身寶光寺。女時方知孩笑。一老僧目之曰：
> 「此何地，爾乃來耶？」女至是忽啼。僧為摩其頂，啼乃止。
> 寅竊喜曰：「是女真佛弟子。」為佛弟子者，俗呼為師，故名
> 曰師師。

這一段寫李師師之得名，取佛教轉世之說，給這位高級妓女蒙上一層
神秘面紗。又如明人瞿祐的《剪燈新話》中《三山福地志》一篇，始
寫元自實嗔念起而惡鬼隨，慈心生而福神從，繼寫前世因果、今生報
應，也是在故事中穿插佛理。這兩個例子都反映出宋代以後，佛教世

俗化的傾向；而後者則將儒、釋、道之形象、說教冶於一爐，還反映了我國封建社會後期三教合一的情況。

我國小說的另一系統是白話之作，亦稱之為通俗小說。過去，人們論及白話小說，一般從宋代話本開始。本世紀初，敦煌千佛洞藏經的發現，把白話小說的源頭上溯到了唐代。如同雛形文言小說──志怪一樣，早期白話小說在襁褓中也得到了佛力的「庇祐」。

六朝以來，為擴大佛學在社會上的影響，僧人汲取了儒生文士論學講問的方法，逐漸形成了自己講經的制度。針對大眾的講經稱為俗講。中晚唐時期，俗講盛極一時，據《樂府雜錄》：「長慶中（唐穆宗年號），俗講僧文漵善吟經，其聲宛揚，感動里人。」《因話錄》更記載了俗講轟動一時的情況：「有文漵僧者，公為聚眾譚說，假託經論，所言無非淫穢鄙褻之事。不逞之徒，轉相鼓扇扶樹；愚夫冶婦，樂聞其說，聽者填咽寺舍，瞻禮崇拜，呼為『和尚』。教坊效其聲調，以為歌曲。」韓愈《華山女》詩有更生動的描寫：

街東街西講佛經，撞鐘吹螺鬧宮廷。
廣張罪福資誘骨，聽眾狎恰排浮萍。

正規的俗講，內容、形式都比較固定，由專業性的化俗法師在「講院」中進行。先讀一段經文，然後用通俗的散韻相間的語句進行解釋。後來，為了吸引聽眾，內容、形式都有了變化，出現「說因緣」和演「變文」。

「說因緣」不再讀講經文，而是說唱佛教故事來宣傳佛理，如《悉達太子修道因緣》、《難陀出家緣起》、《歡喜國王緣》等。顯然，這已有了說唱文學的味道，和白話小說有了某些相通之處。《水滸傳》中，有魯智深喬裝新娘痛打小霸王的情節，花和尚曾謊稱善於

「說因緣」，可以感化周通云云。可見在宋元時，這種用故事宣傳佛理的通俗傳教形式仍然存在。

變文的情況要複雜些，某些重要問題學術界迄無定論，如「何謂變文」、「變文如何產生」等。但有兩點可以肯定：1. 變文是對聽眾演出的說唱文學的底本，故事性很強，性質接近於宋元話本。2. 變文與佛教關係密切，今存變文中與佛教有關的故事占半數以上，如《大目乾連冥間救母變文》、《大目鍵連變》、《降魔變文》、《頻婆娑羅王后宮彩女功德意供養塔生天因緣變》等；而變文演出時多配以故事性圖畫，稱之為「變相」，今存「變相」如《維摩變》、《勞度叉鬥聖變》皆為佛教故事畫。

變文對中國通俗文學的發展有極大影響，其韻文與散文相錯雜來敘述故事的文體，衍生出了諸宮調、寶卷、彈詞等講唱文學，並表現於話本及章回小說中，《西遊記》、《金瓶梅詞話》皆於散文中夾雜大量韻文，形成我國白話小說一種獨特的文體形式。中國本土的文學傳統中，亦有韻散結合的作品，如賦與詩連綴在一起（趙壹《刺世疾邪賦》、鮑照《蕪城賦》、蕭繹《採蓮賦》等皆在賦末綴以多少不等的詩句），但不是錯雜相間，亦非用來敘事。故這種通俗文體應主要溯源至變文。自變文再上溯，便會發現這與佛經的文體有關。很多佛經為韻散相間體，散文用來敘事並議論，中間或開頭、結尾穿插韻體的「偈頌」。有些經文的韻文占相當大的比重，如《本生經》、《普曜經》、《法華經》等。

除了文體方面的影響外，一些變文情節複雜變化，描寫細緻，人物也粗具形象，直可作為短篇小說觀——雖則未脫稚氣。如著名的《大目乾連冥間救母變文》，敘述佛的弟子目連得證阿羅漢果後，遍歷地獄尋覓生母青提夫人，並建盂蘭會救拔她出餓鬼道。不料，她脫離餓鬼道後轉生為黑狗。目連再運神通，救母擺脫狗身，得升天界。

文中上天入地，極其詭幻，尤其對地獄的描寫，極為慘酷而生動。此事本出於《經律異相》，經變文一番鋪演，把一個簡單的果報故事變為一篇奇幻動人、初具規模的小說，並塑造出一個頑強不屈、至情至性的目連形象，對後世說唱、戲曲都有影響。

更為生動的一篇是《降魔變文》，由《賢愚經》衍生。描寫佛的弟子舍利弗與外道六師鬥法，六師化出寶山、水牛、毒龍等，舍利弗則化為金剛、獅子、鳥王等降之，五度較量後六師終於服輸。今且看其中的兩段：

> 六師聞語，忽然化出寶山，高數由旬。欽岑碧玉，崔嵬白銀，頂侵天漢，叢竹芳薪。東西日月，南北參晨。亦有松樹參天，藤蘿萬段。頂上隱士安居，更有諸仙遊觀，駕鶴乘龍，仙歌聊亂。四眾誰不驚嗟，見者咸皆稱歎。舍利弗雖見此山，心裏都無畏難。須叟之頃，忽然化出金剛。其金剛乃作何形狀？其金剛乃頭圓像天，天圓只堪為蓋；足方萬里，大地才足為鑽。眉郁翠如青山之高崇，暇暇猶江海之廣闊。手執寶杵，杵上火焰衝天。一擬邪山，登時粉碎。山花萎悴飄零，竹木莫知所在。百僚齊歎希奇，四眾一時唱快。故云，金剛智杵破邪山處。若為：

> 六師忿怒情難止，化出寶山難可比。……手持金杵火衝天，一擬邪山便粉碎。[14]

後面的韻文部分共十六句，內容則為前文所敘的重複。六度鬥法，皆用這種形式敘述，成為駢散錯落有致的模式。又如：

---

14 王重民編：《敦煌變文集》，382-384頁，北京，人民文學出版社，1984。

六師見寶山摧倒，憤氣衝天，更發嗔心，重奏王曰：「然我神通變現，無有盡期，一般雖則不如，再現保知取勝。」勞度叉忽於眾裏，化出一頭水牛。其牛乃瑩角驚天，四蹄似龍泉之劍；垂斛曳地，雙眸猶日月之明。喊吼一聲，雷驚電吼。四眾嗟歎，咸言外道得強。舍利弗雖見此牛，神情宛然不動。忽然化出獅子，勇銳難當。其獅子乃口如谿豁，身類雪山，眼似流星，牙如霜劍，奮迅哮吼，直入場中。水牛見之，亡魂跪地。師子乃先懾項骨，後拗脊跟，未容咀嚼，形骸粉碎。帝王驚歎，官庶茫然。六師乃悚懼恐惶，太子乃不勝慶快處，若為：

六師忿怒在王前。化出水牛甚可憐。……

類似的鬥法描寫，在過去的中土文學中是沒有的。即使神話傳說中的黃帝大破蚩尤，在想像之豐富奇詭、描寫之細膩生動上也遠遜於此。這對後世的小說影響甚大。《西遊記》中的車遲國鬥法便脫胎於此，而孫悟空同二郎神、牛魔王等賭賽變化也明顯受此啟發。後來的神魔小說或其他題材作品中夾雜的神魔內容，大多有鬥法的情節，如《西洋記》，《女仙外史》等。甚至英雄傳奇之作也夾雜進一些，如《水滸傳》、《水滸後傳》等。到了二十世紀三、四十年代，還珠樓主的劍俠系列動輒百萬言，離卻鬥法便寸步難行了。

　　隨著俗講進一步走向民間，變文的內容逐漸越出佛教的範圍，民間故事、歷史傳說都成為演唱的材料，如《王昭君變文》、《孟姜女變文》、《伍子胥變文》等。演唱這類變文的也變為民間世俗的藝人。唐人吉師老有詩《看蜀女轉昭君變》，就是描寫一個「妖姬」演唱《王昭君變文》的情況。

　　另外，與變文同時，說話藝術也發展起來。唐郭湜的《高力士外

傳》記：「每日上皇與高公親看掃除庭院，芟薙草木；或講經，論議，轉變，說話，雖不近文律，終冀悅聖情。」轉變即演唱變文，與說話同為娛樂形式。而說話中，佛教題材亦占相當份量，如《廬山遠公話》，是現存的最早的話本小說，講述晉代高僧慧遠的故事，說慧遠在廬山結庵誦經，頓現百般祥瑞，驚動山神，驅神兵精怪為建寺廟，後有強盜將慧遠攜去，又轉賣給崔相公，慧遠因前世與強盜、相公間結下孽緣，故今生相償了卻因果，在崔家宣講佛經，折服道安，感化合宅，最後又回廬山終歸上界。這段故事由《高僧傳》生發，加入大量想像虛構的成份，成為了「小說家言」。但與一般的小說比，卻又有明顯的特點：1.取材於佛教典籍。2.完全站在佛教立場，宣揚其神跡法力。3.宣傳因果報應理論。4.穿插大段講解佛經的內容，如為崔夫人等講《涅槃經》兩千餘言，為崔相公講「佛學入門」千餘言，同道安辯論佛理三千餘言，占全文篇幅四分之一以上，這在中國古典小說中是僅見的。這種情況，既說明了佛教對說話藝術影響之深，也為我們解開我國小說史上一個謎團提示了線索。

自宋人耐得翁提出「說話四家」的說法後，對話本小說按「家數」分類便成通論，但「四家」的具體解釋卻言人人殊。問題的癥結之一是對「說經」的理解——一般性地演述佛經如何能夠成為說話的內容呢？現在，我們從《廬山遠公話》得到啟示：「說經」是把有關佛教的內容，包括經籍的闡釋，組織穿插到故事之中，而非乾巴巴地宣講佛經。

「說經」類話本把小說與佛教的關係拉得更緊了。就現存此類話本來看，其中《大唐三藏取經詩話》便是以小說演述佛事的典型，並在小說史上佔據了重要的位置。《詩話》講唐玄奘西行求法取經的事蹟。關於這件事，《詩話》以前的記述多為實錄，偶有神異內容也簡單少變化。《詩話》始演實錄為小說，並把故事的重點由玄奘法師移

到猴行者身上，其中的魔劫描寫頗具騰挪變化。元明之際，在此基礎上又產生了《西遊記平話》，遂為《西遊記》那部神奇的作品準備了騰飛的翅膀。

到了明清兩代，我國小說的最大成就在於白話長篇。長篇之作，由於涵攝量大，反映社會生活及社會觀念的範圍相對廣闊；而此時的佛教已充分世俗化，滲透於生活與觀念的方方面面；於是，在傳世的數百部作品中，大多數可見佛光之映像——或全部沐浴其中，或如「返景入深林」，顯斑駁數點光影。

神魔題材的作品自然佛光最盛。正面演述佛教故事的，如《西遊記》、《西遊補》、《後西遊記》、《濟公全傳》、《觀世音傳》等自不待言；即使泛寫神魔，甚至道教的故事，也同樣融有佛教的成份，如《西洋記》、《女仙外史》、《三遂平妖傳》、《封神演義》、《四遊記》等。這首先表現在人物形象方面。《封神演義》寫道教，神仙世界的秩序基本以道教經典為依據，老子、元始、南極仙翁、廣成子之類是作品主體。但書中又寫了獨立於這個神仙世界之外的另一系統，即西方的接引道人、準提道人，他們的形象、行為均標明了佛教的身份——「蓮花成體」，「七寶林下說三乘」，收降孔雀為護法等。就是書中明確作為道教弟子描寫的人物，細考察，也往往會發現佛門的「血統」。

哪吒是知名度頗高的神仙人物，而民間對他的瞭解主要來自《封神演義》。明末的《繪圖三教源流搜神大全》是一部關於民間宗教信仰的「準學術」著作。其中「哪吒」一條幾乎全取材於《封神》（以及《西遊》），稱「哪吒本是玉皇駕下大羅仙」，「托胎於托塔天王李靖」，「五日化身浴於東海」，「七日即能戰殺九龍」，「弓箭射死石磯娘娘之子」，「遂割肉刻骨還父」，「遂折荷菱為骨，藕為肉，絲為脛，葉為衣而生之」云云。玉皇是道教神祇，說哪吒是他的臣下，這源於

《西遊記》。不過，把哪吒按到道教系統裏，這卻是《封神演義》的「功勞」。《封神演義》寫哪吒師從太乙真人，乃元始天尊之徒孫，這就「正式」進入了道教系統。殊不知其真實出身卻在佛門。哪吒原名為「那羅鳩婆」，別譯作「哪吒矩蒦羅」、「哪吒俱伐羅」、「那孥天」等，亦簡稱為「哪吒」、「哪吒太子」。如《佛所行讚·第一生品》：「毗沙門天王，生那羅鳩婆，一切諸天眾，皆悉大歡喜。」《北方毗沙門天王隨軍護法儀軌》：「爾時哪吒太子……白佛言：『我護持佛法』。」而割肉析骨的情節亦見於《五燈會元》：「哪吒太子，析肉還母，析骨還父，然後現本身，運大神力，為父母說法。」這一佛教傳說成為文人慣用的典故，如南宋著名詩論家嚴羽在《答出繼叔臨安吳景仙書》中自稱：「吾論詩，若哪吒太子析骨還父，析肉還母。」此說流入民間，再由小說作者加工，便使佛教護法神改換了門庭。

《女仙外史》號稱「演述玄門奧旨」，其中有一剎魔公主，是作者別出心裁的自造形象，名不見於三教經籍。可是仔細端詳，卻可辨識出佛門人物的影子，即《普曜經》、《佛本生經》等佛典中多次出現的阿修羅的女兒，只是經過作者較大程度的加工罷了。再如陰曹地府中的閻王也是小說中釋道「通用」的形象，而查一查他的「履歷」，卻是地道「佛徒」出身，從古印度的《起世經》、《灌頂經》、《問地獄經》，到中國僧人的著作《預修十王生七經》等均有記述。雖然不同的小說中，作者給閻王摻雜了或多或少的儒、道成份，但這個形象的基本材料卻是打著佛的印記。其他像托塔天王、燃燈道人、韋護、木吒，等等，都類似於此，不勝枚舉。

佛教還為神魔小說提供了大量情節元素。《西遊記》、《封神演義》中出人意表的神奇幻化情節，很多由佛教的傳說中採擷得來。例如孫悟空降妖的重要手段是鑽入魔怪腹中——小雷音寺鑽入黃眉怪之腹，黑風山鑽入黑熊精之腹，獅駝國鑽入獅怪之腹，無底洞鑽入鼠精

之腹，而最有名的一段是在羅剎女肚子裏的一通折騰。《封神演義》中楊戩亦擅此道。梅山七怪中的朱子真是個豬精，吞吃了周營的大將，楊戩出馬復仇，「朱子真如前，復現原身，將楊戩一口吃去。」朱子真得勝回營，不料楊戩在他腹內弄神通，「在他心肝上一揸」，朱子真只得降服，現了原形。這段描寫同《西遊記》獅駝國一段頗相似。另外，楊戩同魔家四兄弟交戰，也是設法鑽入花狐貂腹內，把它弄死。這一反覆出現的情節正是由佛經中移植改造的。佛經裏出入腹中來興妖作怪的記述很多，佛、魔皆有。如關於佛弟子目連降龍的就有《增一阿含經》：「（目連）化作細身，入龍身內，從眼入耳出，耳入鼻出，鑽齧其身。」《經律異相》：「（目連）變身入龍目中，左入右出，右入左出，如是次第從耳鼻出或飛入其口。龍謂目連在其腹中矣。」

　　神魔小說中變化形象的描寫更為普遍，《西遊記》中的孫悟空、豬八戒、二郎神、觀世音、牛魔王、白骨精，等等，都有程度不同的變化「表演」。《封神演義》中則是楊戩的「專利」。還有《南遊記》中的華光、《韓湘子全傳》中的韓湘、《西洋記》中的王神姑、《後西遊記》中的孫小聖、〈狐狸緣〉中的狐精等。這種形象可以任意變化的觀念當與佛學的萬法緣起、法無自性的理論有關聯，如《般舟三昧經》云：「幻如人，人如幻」、「幻與色無異也。」就含有幻相隨心變化而與現實並無二致的意思。而眾所週知的觀音大士更是有多種面目：千手千眼觀音、十一面觀音、馬頭觀音、水月觀音、馬郎婦觀音等，或男相，或女身，或慈祥，或獰猛，自然也啟發小說作者的想像力，把幻化編織到故事情節裏。更為典型的是《維摩詰經》中一段變化的描寫：

　　　舍利弗言：「汝何以不轉女身？」天曰：「我從十二年來，求女

> 人相，了不可得。當何所轉？譬如幻師，化做幻女。若有人問
> 『何以不轉女身』，是人為正問否？」舍利弗言：「不也。幻無
> 定相，當何所轉？」天曰：「一切諸法，亦復如是，無有定
> 相。云何乃問不轉女身？」即時，天女以神通力，變舍利弗令
> 如天女。天自化身如舍利弗，而問言：「何以不轉女身？」舍
> 利弗以天女相而答言：「我今不知所轉，而變為女身。」……
> 即時，天女還攝神力，舍利弗身復還如故。[15]

這裏不僅有自身的變化，還有把他人變為自己，再施法術使其變回原
形，以及男身變女身等。如果熟悉《西遊記》的情節，讀到這裏便會
發出會心一笑。因為《西遊記》中多次出現類似的情節，如高老莊、
火焰山、波月洞等，都是以男身變女身作為故事的「核兒」；通天河
則是孫悟空施法力幫助豬八戒變化。與《維摩詰經》這一段最為接近
的是比丘國的情節。妖魔要吃唐僧的心，孫悟空便把自己變為唐僧，
把唐僧變為自己，危機過去後，他再施展神通，把唐僧變回自己的
原形。

再如分體完形的情節：《西遊記》中孫悟空與虎力大仙賭賽砍頭
還原，與鹿力大仙賭賽剖腹滌腸；《封神演義》中申公豹砍頭游空迷
惑姜子牙等，也是神魔鬥法的習見描寫。究其源，則與早期佛教徒的
苦行及幻術有關。在魏晉南北朝的志怪小說中，就可以見到類此的
「胡道人」分體完形的記述。其他諸如各種降魔法寶、分身之術等也
同樣可離析出佛教的因素。至於觀念方面的影響，在神魔小說中更幾
乎無所不在，如輪迴轉世，如靈魂不滅，如因果報應，如佛法無邊，
等等，且留待下文專門來談。

---

15 《注維摩詰所說經》，第6卷，132-133頁，上海古籍出版社，1994。

其他題材類型的小說，如世情、傳奇、歷史演義等，只要其中有較為具體的世態描寫，便很少與佛教絕緣的。世情類的巨著《金瓶梅》、《醒世姻緣傳》、《儒林外史》、《紅樓夢》、《歧路燈》，多者全書依佛理為結構框架，少者也有僧尼出現。即使那些篇幅較短，反映社會生活較窄的作品，往往也把有關佛教的內容作為社會環境描寫的組成部分，或用作安排故事情節的一種手段。如清初的《金雲翹》，寫一妓女半生顛沛磨折之苦，中間穿插了觀音閣寫《華嚴經》、招隱庵開盂蘭大會等有關佛事的情節，都與女主人公王翠翹命運的轉折有關：寫經使她有機會逃出妒婦宦氏的魔掌，寫盂蘭會使她逃難得逢徐明山，都屬於要緊的「關目」。最後又借道姑三合子之口解釋王翠翹「以何因緣，墮此惡趣」，道是：「大凡人生世間，福必德修，苦因情受。翠翹有才有色，只為情多，遂成苦境。」又道：「功德大而宿孽可消，新緣得結矣。……俟其錢塘消劫時，棹一葦作寶筏，渡之續其前盟，亦福田中一種也。」這段因果報應論雖無新意，但小說作者卻是一本正經地用來總結自己的故事，企圖藉此「深化主題」。有趣的是，這段議論明明是佛家觀點，其中的「因緣」、「苦境」、「消劫」、「一葦」、「寶筏」、「福田」等也純係佛教用語，講話人卻是個道姑，而議論中還涉及很多「忠」、「孝」、「節」、「義」的內容，是一段典型的三教合一描寫。這既反映了當時思想界三教合一的現實，又說明小說作者對佛教內容的描寫並不十分認真、準確。

歷史、傳奇類小說中有關佛教的地方也很多，如《三國演義》中關羽和普淨僧的兩度因緣，《禪真逸史》中的高僧林澹然、淫僧鍾守淨的對比描寫，《梁武帝演義》中蕭衍同釋寶誌及達摩的交往，《飛龍全傳》中曇雲長老助趙匡胤滅寇等，其中有些在全書還佔了相當大的比重。特別值得提出的是《水滸傳》。作為寫武俠為主的英雄傳奇之作，有關佛教的描寫生動細緻，給讀者留下鮮明的印象，包括各類僧

人形象——得道高僧智真長老、俠客兼狂禪的魯智深、半僧半盜的生鐵佛、淫僧裴如海等，各類佛事——坐禪修行、追薦亡靈、剃度受戒、頭陀報曉，各種寺廟——五臺山的文殊院、京城的相國寺、敗落的瓦官寺等。這些是小說的有機構成，有的僧人如魯智深的故事還是中心內容，而另一方面，如果研究元明之際的佛教，這也是彌足珍貴的材料。

以上所談是長篇小說中有形有跡的佛教影響，雖然只是掛一漏萬的舉例，卻已能感到「佛光」之眩目了。而這僅是有形有跡的內容，至於融化、滲透在作品中的佛學思想，如《紅樓夢》的「色空」、《西遊記》的「狂禪」、《老殘遊記》的「解脫」，則是更深層的表現，問題較為複雜，留待他日專論。

道教對於中國古代小說的影響與佛教相比，有同有異。相同的是作為一種宗教文化，作為社會文化的一個重要方面，自然而然地成為小說表現的對象，甚至成為一部分作品的主要題材。另外，道教方面也有以小說作為「輔教」工具的做法，使得一部分作品和道教的傳播、道教的通俗化，發生了較為密切的關係。不同的地方，首先是作為本土文化，道教不像佛教有那樣明顯的獨特的異質文化因素，其影響也就經常與其他社會文化因素混融在一起，很難單獨釐清。其次，道教借鑑佛教教理教義的地方較多（尤其是宋金以後），所以在這個層面上「原創性」的影響有時也很難判定。不過，道教畢竟是具有自己獨特品性的宗教，尤其是長生不老、白日飛升的幻想，非常符合中國人的心理要求，也很適於作為小說的情節要素，所以，寫道教的小說作品數量同樣是非常可觀的。

更值得提出的是，由於有了道教的因素，中國小說中便出現了一類有趣的題材，就是三教合一與三教爭勝。如前所述，我國古代的宗教一大特色就是「三教合一」。不過，「三教合一」並不是三教統一。

實際上，伴隨著「三教合一」的論調以及彼此滲透、混融的過程，三教之間的鬥爭、爭勝一刻也不曾停止。這種情況反映到小說中，就產生了十分有趣且富有「中國特色」的一類題材，就是「三教合一」與「三教爭勝」的並存。「合一」是儒釋道活動於同一個「平臺」，教理教義互相影響；「爭勝」是每部作品大多都有一個抑彼揚此的傾向，因此也就有了相互之間的或明或暗的鬥爭。這種題材在明清的白話長篇中相當普遍的存在，既豐富了作品的文化內涵，又增加了作品的趣味。

「合一」而不甚「爭勝」的小說，如萬曆年間兩部道教小說——署名竹溪散人鄧志謨的《咒棗記》與《鐵樹記》。二書分別記述道教仙真薩真人與許真人的得道事蹟。《鐵樹記》開卷第一幅圖畫便是「三教源流圖」，圖畫的中間是釋迦牟尼，兩邊是孔子與太上老君。圖畫配有一聯，上曰「教演於三　豈云天地分多數」，下為「道原於一　若剖藩籬即大家」。《咒棗記》中，薩真人道行圓滿未得升仙的機緣，是觀世音特意囑託葛仙翁，上奏玉帝幫了薩真人的大忙。仙真與菩薩生活於一個世界，一個「平臺」，彼此不分畛域。《西遊記》、《封神演義》看起來也是如此，如來、老君、玉帝，甚至王母，杯盞交錯，言笑晏晏，可是細究起來，作者卻是機心深隱。這一點較為複雜，我們後面當作專論。

道教的內容往往和上古的神仙信仰摻雜在一起，或者說很多是從上古神仙家言演變而來的。如東漢王充《論衡‧道虛》：「淮南王學道，招會天下有道之人，傾一國之尊，下道術之士，是以道術之士並會淮南，奇方異術，莫不爭出。王遂得道，舉家升天，畜產皆仙，犬吠於天上，雞鳴於雲中。」這便是通常所說「一人得道，雞犬升天」的由來。這裏所學「道」即為神仙家之道，與道教並無關涉。可是道教產生後，把劉安「增補」為本教的教徒，晉代葛洪的《神仙傳》：

「時人傳八公、安臨去時，餘藥器置在中庭，雞犬舐啄之，盡得升天，故雞鳴天上，犬吠雲中也。」不但把這一傳說正式納入道教典籍，而且還豐富了細節──儘管這一傳說與道教「脫屣妻孥」的宗旨相悖。由於這樣的結局與中國人深厚的家庭情結吻合（「世人都說神仙好，只有妻兒忘不了」），熊掌與魚兼收腹中，所以深受世俗歡迎，以致後世不斷編織類似的故事，加到道教人物的身上。如晉代著名道家人物許遜，早期的事蹟並無家人升天的說法，後來逐漸加入，到了明代白話小說《鐵樹記》中，舉宅飛升成了重要情節：

> 玉帝聞奏，乃對眾真曰：「許遜德果至善……拔宅上升，以昭善報。」
> 二仙復宣詔曰：「上詔學仙童子許遜，功行圓滿，已仰潛山司命官傳金丹於下界，返子身於天上。及家口廚宅一併拔之上升……其父許肅封中嶽仙官，母張氏封中嶽夫人。欽此欽遵，詔至奉行。」
> 真君上了龍車，仙眷四十二口，同時升舉……仙仗既舉，屋宇雞犬皆上升。唯鼠不潔，天兵推下地來……[16]

連老鼠的處置都顧及，其世俗化的程度令人驚訝。而這恰是道教題材在通俗文學中的典型表現。

實際上，從一開始，道教中人所做的的神仙傳記，往往就與志怪傳奇難分彼此，同一部作品，既見於《太平廣記》又見於《雲笈七籤》的例子俯拾即是。如被道教徒尊為「葛真人」的葛洪，其《神仙傳》是道教的重要經典，但其中一些篇目歷來被治志怪者視為佳作，

---

16 《明代小說輯刊》，第1輯，第4冊，924-926頁，四川，巴蜀書社，1993。

並對後世小說的情節模式產生了很大的影響。例如《壺公》寫壺公度
費長房的事蹟，其中真人隱於市井，壺中別有洞天，酒盍出酒無窮，
壺公三次考驗，長房功虧一簣等，都可以在小說史上反覆見到類似的
故事情節。唐傳奇的兩位重要作家，裴鉶與杜光庭，都與道教淵源甚
深。《雲笈七籤》收有裴鉶的《道生旨》一卷，題為「谷神子裴鉶
述」，其中自稱曾修道於洪州西山，道號谷神子。杜光庭更是晚唐五
代著名的道士，唐僖宗曾賜號「弘教大師」，後蜀更先後尊為「廣成
先生」、「傳真天師」，並封為「蔡國公」、「大學士」等崇高職銜。他
們的作品都有鋪張、宣揚道教神異奇跡，藉以影響統治者，邀寵固位
的目的[17]。動機雖有可議之處，但從另一面看，也促使其投入精力，
認真寫作。杜光庭先後撰有《神仙感遇傳》十卷，《仙傳拾遺》四十
卷，《王氏神仙傳》五卷，《墉城集仙錄》十卷等。其中多數篇目還是
文學意味寡淡的，但也有情節豐富、生動者。特別值得提出的是杜氏
的《墉城集仙錄》。此書已無全璧。據《通志略》稱共記女仙一百零
九人，現存於《道藏》與《雲笈七籤》的共計六十二人，加上其他書
中所引佚文二十二人，可得其大半。此書可稱道的地方主要有三點：
1、如此集中記述了大量「女仙」事蹟，實屬罕見。所記西王母、九
天玄女、太陰女、鮑仙姑、驪山老母等仙女事蹟，對於後世的小說、
民間信仰，都有相當大的影響。2.《墉城集仙錄敘》中繼承了先秦神
仙家的說法，把女仙系統當作與男仙系統分庭抗禮的一方：

> 一陰一陽，道之妙用。裁成品物，孕育群形……天覆地載，清
> 濁同其功；日照月臨，晝夜齊其用。假彼二象，成我三才。故

---

17 參見李劍國：《唐五代志怪傳奇敘錄》，857-859頁，1014-1016頁，天津，南開大學
出版社，1993。

> 木公主於震方，金母尊於兌澤，男真女仙之位，所治昭然。[18]

講的雖是虛無縹緲的仙界，但涉及的也是兩性間關係。這樣的平等看法，實在是難能可貴的。3.雖然標舉的是「編記古今女仙得道事實」，但有些篇章還是頗有文學色彩。如《南溟夫人傳》，寫兩位凡人遇難，終得女仙援手之事。其情節相當曲折。先寫二人遇颶風漂入大洋深處，僥倖得登孤島，闃寂無人，正悵望間，「見一巨獸出於波中，若有所察，良久而沒。」然後，又見一侍女，哀告其救助；繼而又有天尊降臨，指示其通過侍女去懇求南溟夫人，其後，巨獸得罪，仙人垂憐，等等。此文先見於裴鉶的《傳奇》，但究竟原創者是誰，尚難遽斷。不過，這並不十分重要，重要的是由此我們可以更確切地知道，道士們在講述仙真事蹟的時候，並不排斥小說家言。

如前所述，明清小說中道教一般是與佛教出現在同一個「平臺」上。從這個意義上說，「三教合一」幾乎是普遍的認識。但具體到某一部作品，卻又存在著三教之間，特別是佛道二教之間左右袒的問題。神魔小說中，明顯揚佛抑道的有《西遊記》《西洋記》《濟公全傳》等。相反，明顯站在道教立場，揚道抑佛的則有《封神演義》、《女仙外史》、《綠野仙蹤》等。其他種類小說往往有軒輊而不明顯。如英雄傳奇之作的《水滸傳》，其中九天玄女是影響故事的最高神，而表現出更多具體的神通、法力的是羅真人及公孫勝，可是他又寫了個不俗的和尚智真長老，看來「腳踩了兩隻船」。不過細品起來，卻還是對道教青目稍多。《紅樓夢》癩僧跛道同行，彷彿並無軒輊，可是佛門寫了個妙玉，道門寫了個馬道婆，作者的傾向在不經意間流露了出來。

---

18 《雲笈七籤》，第116卷，《四部叢刊》本。

　　道士來寫小說，並產生巨大社會影響的，當推《封神演義》的作者陸西星[19]。此書是典型的「借他人酒杯澆自家塊壘」。武王伐紂的故事在《武王伐紂平話》中已有相當充分的表現，對於《封神演義》來說，那只是一個框架，更重要的是裝在框架裏的東西。框架裏，作者不厭其煩地申明「三教合一」，而骨子裏卻是一心一意地辨是非、爭高低。第一層，辨的是道教內的邪正。這是作者寫作的根本動機。當看到「萬仙陣」一節，本是同門的闡教與截教大打出手，截教門徒被闡教「就如砍瓜切菜一般，俱遭殺戮」，「可憐萬仙遭難，其實難堪」之時，令讀者深感作者心中怨毒之深。第二層，辨的是道教與佛教的高低。這一層，作者的態度溫和多了，但立場卻毫不含糊。他表明道高於佛的文學手段有兩種，一是設計、安排人物關係，把原應屬於佛教的人物如觀音、普賢、文殊等，都安排為小一輩──這正是道教慣用的《老子化胡經》一類手法；二是讓本屬佛門的人物在故事中出醜丟臉，如讓黃龍真人幾次被擒，吊到旗杆上示眾等。當然，對於大多數讀者來說，作者的真實意圖是隱而不彰的。他們看到的只是熱鬧的故事，和前所未聞的複雜的神仙世界。

---

19　《封神演義》的作者問題，學術界迄無定論。筆者傾向於陸西星，此不詳述。

# 略說稗中「三寶<sup>*</sup>」

太虛法師在《中國佛學》的開篇曾提出了「中國佛學的特質」問題，論述道：

> 佛法由梵僧傳入，在通俗的農工商方面，即成為報應靈感之信仰。在士人方面，以士人思想之玄要、言語之雋樸、品行之恬逸、生活之力儉，遂形成如四十二章經、八大人覺經等簡要的佛學。……如此適於士人習俗之風尚，遂養成中國佛學在禪之特質。[1]

這番話，對於我們研究小說中的佛教影響，有兩點啟示：1. 佛教傳入中國後，適應中土固有之文化而發生了一些顯著的變化，除少數專精者外，教理在士人及一般民眾中都有簡化的趨勢。2. 同為簡化，在不同的文化層面有不同的重點，世俗民眾主要接受了輪迴業報觀點，士人則側重於禪悅。

小說中的佛理簡化趨勢更為明顯，不僅繁複的名相辨析在作品中幾乎絕跡，就是最基本的空有、顯密、宗下教下之分別，也不甚在意。偶有專論，又往往不免於郢書燕說。故小說中雖「佛光普照」，

---

* 「三寶」，佛門指佛、法、僧。《佛教大詞典》：「一切之佛陀，佛寶也，佛陀所說之教法，法寶也。隨其教法而修業者，僧寶也。」
1 太虛：《中國佛學》，10頁，中國佛教協會‧中華佛教文化研究所印行，1989。

但表現在佛理方面卻大率為簡單膚淺之說——不過，這無礙小說的藝術價值，有時反可增加別致的趣味。

從文化層面來看，中國古代小說處在特殊的結合部位：作者、編者多為下層文人，作品多在市井中流傳而定型，因而既有士人文化的因素，又有俗眾文化的成份。就融入作品的佛理而言，便兼有這兩種文化層面的內容。俗眾喜聞樂見的是因果報應、佛法無邊，士人則欣賞其中的禪意、空觀。當然，這兩種成份也非判然可分，但以大端而言是不錯的。

在《略說佛道稗語》中，我們主要從小說史的角度討論了佛教以及道教對小說發展的影響。本篇則更多地深入具體的作品，揭示其中描寫佛陀、菩薩、僧侶以及佛教義理的方式、特點等。

小說中的因果報應思想前文已經談到，這是佛理中最能被大眾理解接受的內容。我國通俗小說盛於明清，而明清佛教淨土宗獨盛。淨土宗力倡業報輪迴，是世俗化最甚的一派，這自然更助長了小說中寫因果之風。但一般地講，此時的因果報應論已非純然佛理。清代的靈巖印光法師曾以「力敦倫常，精修淨業」概括教旨，認為「善因」是「父慈子孝，兄友弟恭，夫唱婦隨，各盡己分」。這頗有代表性，反映了儒學倫理觀滲入佛教因果論的趨勢。明清小說中寫因果十之八九是儒釋混雜，以因果報應的勸誘、恐嚇力量推行儒學的倫常道德，如「三言、二拍」、《聊齋誌異》、《閱微草堂筆記》等。這種寫法，佛理顯豁直觀，但內涵稀薄，對小說藝術裨益不大。

因果觀在小說中的另一種作用表現在結構方面，即借助報應、轉世的描寫給作品以故事框架，如前文提到的《三國志平話》、《說岳全傳》之類。在一部分作品中，這種結構幾成模式。雖然多數在藝術上並不成功，但也有由此而增色的，如《紅樓夢》的絳珠仙草的還淚。

小說中談禪說空大體有三種情況：一種是在具體情節中呈露出

「空」、「禪」意味，甚至由某些「空」、「禪」之論生發為小說中的人物、情節；一種是借人物之口直接談禪論空；一種是整部作品的主題與「空」、「禪」有關，「空」、「禪」的意味瀰漫於全書。不論是哪種情況，比起宣揚因果來，有關「空」、「禪」的描寫都顯得內涵豐厚，較有哲理意味。

下文就各種情況拈取數例，雖不能面面俱到，卻也可窺見小說中佛理的大概。

因果報應的觀念影響到小說作者，於是在設計情節結構時滲透於作品，此行彼效，漸成模式。

話本小說中常見的模式是「前因——後果」，即把一個人物先後經歷的兩個（或兩個以上）事件用因果紐帶聯繫起來，從而按照時序縱向展開故事。這樣的例子俯拾即是，如：

馮夢龍《古今小說》的第一篇為《蔣興哥重會珍珠衫》，寫陳商誘姦了蔣興哥之妻王三巧，結果惡運迭降，財物被劫，重病身亡，而妻子又被迫改嫁，所嫁正是失去了髮妻的蔣興哥。前有惡因，後接惡報。另一方面，蔣興哥識破妻子姦情後，宅心仁厚，給王三巧一條生路，結果在生死關頭巧遇王氏，得其援救，並且破鏡重圓。前有善因，後接善報。作者唯恐讀者對因果聯繫察覺不出，開篇聲稱「今日聽我說《珍珠衫》這套詞話，可見果報不爽」，文中點明「一報還一報」，篇終再強調「殃祥果報無虛謬，咫尺青天莫遠求。」

《醒世恆言》的「施潤澤灘闕遇友」，前因寫施潤澤拾金不昧，後果便是運道順遂，不僅遇難呈祥，而且財源滾滾，連別人的元寶都飛到他的家中。作者也著意指出前後事件的聯繫：「種瓜得瓜，種豆得豆，一切禍福，自作自受。」

此類結構模式多寫今生的前因與後果，是從佛教報應理論的所謂「現世報」說衍生。從內容意義看，勸善說教的味道較濃；從形式作

用看，強化了情節的順向聯繫，契合於「講故事」的傳統小說觀，故很容易被接受，但畢竟失之於簡單、乏味。

長篇小說中常見的模式是「轉世」的框架。即在小說主體部分外，套上一個因果關係，說明故事中發生的一切都是前緣注定。故事中的人物是身負宿因轉世投胎的，人物之間的關係也在生前注定，而結局則完全是宿命的。例如：

《後水滸》寫楊麼起義的故事。作者把這原本獨立、完整的故事套到了一個前世因果的框架中，開端借羅真人之口交待出宋江等三十六人將轉世重聚，「以完劫數，以報奸仇」，而楊麼即為宋江轉世；篇末則寫楊麼等「脫去軀殼，各現本來面目」，業消而劫完。

《說岳全傳》所寫岳飛抗金的故事本也是獨立而完整的，作者卻也套上一個因果框架。開端寫如來佛「慧眼一觀」，見出「一段因果」，便將護法神大鵬鳥貶下東土投胎為岳飛，而大鵬的仇敵轉世為秦檜一干奸黨。結尾一回寫眾魂魄在玉帝座前聽宣示因果，然後各歸其位。

一般說來，這種框架有如下特點：1. 由佛教的「來生報」理論衍生，主要功能是為小說的主要人物、主要事件尋找「前生」的淵源。2. 大多屬於「屋上架屋、頭上安頭」，摘掉這個框架，對作品主要內容並無影響。3. 從敘述效果看，可加強故事的完整感，前有所始，後有所終，適合於民眾的審美心理。4. 為作品塗上宿命色彩，多數情況下削弱作品的思想意義，甚至產生破壞作用。如《說岳全傳》中寫岳飛之死令人不忍卒讀，但框架卻交待了一個悲劇前因：一切起於女土蝠的一個臭屁，這種自我褻瀆無疑是藝術上的失敗。

不過，襲用這一模式而出新意、見奇效的也不乏其例，最突出者當屬《紅樓夢》。

《紅樓夢》不僅採用了「轉世」的因果框架，而且別出新裁地同

時設計了兩個框架，一齊套將上去。一個框架是石頭幻形人世，歷劫以悟色空；一個則是神瑛侍者與絳珠仙子結下還淚前緣，下凡以了夙願。整個賈府興衰、木石盟金玉緣的故事便都套在這兩重框架中。神瑛、絳珠的前緣，作品是這樣寫的：

> 只因西方靈河岸上三生石畔，有絳珠草一株，時有赤瑕宮神瑛侍者，日以甘露灌溉，這絳珠草始得久延歲月。後來既受天地精華，復得雨露滋養，遂得脫卻草胎木質，得換人形，僅修成個女體，終日游於離恨天外，饑則食蜜青果為膳，渴則飲灌愁海水為湯。只因尚未酬報灌溉之德，故其五內便鬱結著一段纏綿不盡之意。恰近日這神瑛侍者凡心偶熾，乘此昌明太平朝世，意欲下凡造歷幻緣，已在警幻仙子案前掛了號。警幻亦曾問及，灌溉之情未償，趁此倒可了結的。那絳珠仙子道：「他是甘露之惠，我並無此水可還。他既下世為人，我也去下世為人，但把我一生所有的眼淚還他，也償還得過他了。」[2]

按照一般的寫法，這段對寶、黛的悲劇情緣已經做出了因果性交待，而且以澆灌之因引出「還淚」之果，極富詩意地預示了命運的悲劇性，可以說很漂亮地完成了因果框架的使命。那麼，作者又再套上一個石頭轉世的框架，豈不更屬疊床架屋之舉？

且讓我們來看看這個「石頭」框架的概略：

> 原來女媧氏煉石補天之時，於大荒山無稽崖煉成高經十二丈，方經二十四丈頑石三萬六千五百零一塊。媧皇氏只用了三萬六

---

2　〔清〕曹雪芹：《紅樓夢》，8頁，北京，人民文學出版社，1982。

千五百塊，只單單剩了一塊未用，便棄在此山青埂峰下。誰知此石自經鍛鍊之後，靈性已通，因見眾石俱得補天，獨自己無材不堪入選，遂自怨自歎，日夜悲號慚愧。

一日，正當嗟悼之時，俄見一僧一道遠遠而來……齊憨笑道：「善哉，善哉！那紅塵中有卻有些樂事，但不能永遠依恃，況又有『美中不足，好事多磨』八個字緊相連屬，瞬息間則又樂極悲生，人非物換，究竟是到頭一夢，萬境歸空，倒不如不去的好。」這石凡心已熾，哪裏聽得進這話去，乃復苦求再四……那僧又道：「若說你性靈，卻又如此質蠢，並更無奇貴之處。如此也只好踮腳而已。也罷，我如今大施佛法助你助，待劫終之日，復還本質，以了此案。你道好否？」石頭聽了，感謝不盡。那僧便念咒書符，大展幻術，將一塊大石登時變成一塊鮮明瑩潔的美玉，且又縮成扇墜大小的可佩可拿……便袖了這石，同那道人飄然而去，竟不知投奔何方何舍。

後來，又不知過了幾世幾劫，因有個空空道人訪道求仙，忽從這大荒山無稽崖青埂峰下經過，忽見一大塊石上字跡分明，編述歷歷。空空道人乃從頭一看，原來就是無材補天，幻形入世，蒙茫茫大士、渺渺真人攜入紅塵，歷盡離合悲歡炎涼世態的一段故事。後面又有一首偈云：「無材可去補蒼天，枉入紅塵若許年。此繫身前身後事，倩誰記去作奇傳？」詩後便是此石墜落之鄉，投胎之處，親自經歷的一段陳跡故事……[3]

聯繫全書來體味，這段「石頭所記」的框子有兩方面的功能。一是關乎藝術形式方面的敘事功能。有了這個框架，就給了全書以特定身份

---

3　〔清〕曹雪芹：《紅樓夢》，6-8頁。

的敘述人——石頭：書中所記為其身歷目擊，故有自傳性質；一切均從石頭眼中見出，故作品敘事為主觀性、為特定視角。二是深化全書哲理意味的象徵功能。這後一方面，意蘊深邃，有著豐厚的文化內涵。

本質是石頭，幻形為寶玉，故名為賈（假）寶玉——這正象徵了小說主人公深刻的內在矛盾。石與玉對稱，著眼點落在它的普通與無價值上。表現於成語中，有玉石俱焚、玉石雜糅之類；表現於詩文中，以石自喻，寄託憤世嫉俗、自嘲嘲世的作品歷代皆有。宋米芾「性不能與世俯仰」，愛石成癖，呼石為兄，論石崇尚「瘦」、「縐」。蘇東坡追求「市人行盡野人行」的境界，主張畫石「文而醜」。曹雪芹自己也是畫石好手，敦敏《題芹圃畫石》詩云：「傲骨如君世已奇，嶙峋更見此支離。醉餘奮掃如椽筆，寫出胸中塊壘時。」可見曹雪芹在《紅樓夢》中寫石頭幻形入世而為賈寶玉，是與其日常以畫石為寄託，象徵自己與世扞格的人品一脈相通的。

《紅樓夢》中的賈寶玉有雙重身份。作為「寶二爺」，他的身世、地位、相貌等都是世人欣羨的，如同經過僧人幻術後的美玉；作為「怡紅院濁玉」，他的「似傻如狂」、「不通世務」，則被世人詬病、鄙夷，如同未經幻術天然狀態的頑石。故作者在習見的轉世框架中加上了一筆：由石化玉，然後投胎。這便使一般的因果框架成為了小說藝術中的妙筆。這樣，通靈寶玉象徵「寶二爺」，雖高貴而為皮相、為幻；頑石象徵賈寶玉的本質，雖拙樸而為性靈、為真。石與玉二而一，正折射出賈寶玉形象的深刻內在矛盾。

另外，在這個「石頭所記」的框架中，作者還借僧道之口，一再強調「到頭一夢」，使故事還未開篇，就定下了「色空」的調子。因此，可以說，石頭的框架與絳珠的框架在意味上也是有區別、有分工的。絳珠的框架以「還淚」為神髓所在，意味凄絕，對應於作品纏綿悱惻的情緣描寫。石頭的框架以「化玉」為龍睛，意味深迥，對應於

作品冷峻超脫的哲理思考。而這兩個框架又以警幻仙子為紐帶，互相聯結，使寶玉與石頭的關係若即若離，處於煙雲模糊的狀態，產生出微妙的象徵效果。

由近乎迷信的因果觀念產生，已經模式化的結構框架，到了曹雪芹手中竟變得如此具有魅力，真令人不可思議。不過，追流溯源，就會發現曹氏之前已有些有心人在嘗試因果框架的改革了。

《金雲翹》也有兩個框架。一個是主人公王翠翹夢見妓仙劉淡仙，得知自己是「斷腸部」中人物，到人間償情孽。另一個是仙人三合子對覺緣尼昭示的因果：王翠翹因種種善行而將修來善果，最終超離「斷腸部」。前者是「來生報」，後者是「現世報」，套在一起有點「因果大全」的味道。雖然效果還可商榷，但畢竟表現出從模式中求新變的努力。另外，寫夢中見女仙，得知有「斷腸部」專收薄命女子，且吟組詩詠歎之，這對《紅樓夢》所描寫的警幻仙子「曲演《紅樓夢》」等情景是有直接影響的。

《梁武帝演義》也是因果轉世框架，主人公梁武帝與郗皇后為佛前兩株仙草──菖蒲與水仙下界，歷劫後再同歸佛前。寫仙草（且為素雅之草卉）轉世，似與《紅樓夢》絳珠之構思不無瓜葛。這部書的作者也對因果框架小有改革。他寫水仙下界投胎於母腹中時，恰逢其母「一點怒僧之念，一如火發」，結果使這佛門名卉改鑄了性格，變得嫉妒殘暴、視僧如仇。這樣，她的命運也套進了兩重因果框架：由前世的仙緣而得享富貴、受寵愛、得善報，由今世的孽緣而倒行逆施、謗僧毀佛、得惡報。雖然作者未能把這兩個框架的關係處理得很融洽，但畢竟不失為一種藝術上的嘗試。而上面所說把「孽因」（母怒）同人物的性格聯繫起來，也是有新意的安排。

可見，材料雖同，成品卻可能各異──或為鐵，或為金，運用之妙存乎一心而已。

　　小說中蘊含佛教義理的例子多多，而《西遊記》中的牛魔王形象是一個突出的典型。牛魔王頗多「不同凡妖」之處，我們至少可以列舉出四個方面：1. 所有魔怪中，與他有關的筆墨最多。「三調芭蕉扇」寫了三回且不論，早在第三回、第四回就有他與美猴王交遊的描寫，至四十一、四十二回、五十三回又反覆提及。2. 具有和凡人一樣的家庭關係、社會交往。他有妻有妾，有兄弟有兒子，妻妾間會爭風吃醋，兄弟間有書信往來，父子間講孝敬養老；又有把兄弟一起遨遊，有鄰居筵請飲酒──這在《西遊記》諸妖中沒有第二個。3. 是全書中唯一與孫悟空有恩怨糾葛，化友為敵的魔怪。4. 他從未動過吃唐僧肉的念頭，是孫悟空主動打上門來的；而他之所以招災惹禍，乃在於自身的生活方式（因兒子而生嗔，因妻妾而越陷越深）。這些都提醒我們：這不是一個簡單的「獸精」。

　　《西遊記》獨對這個牛精細雕細刻，是偶然興之所至呢，還是別有原因？這在小說的具體描寫中透露了一些消息。「三調芭蕉扇」一回，寫牛魔王兇悍難以收服，於是來了十萬「佛兵」把它圍住，北有潑法金剛，南有勝至金剛，東有大力金剛，西有永住金剛，乃「領西天大雷音寺佛老親言」，率佛兵布列天羅地網來捉牛。在《西遊記》中，未等孫悟空求救，主動來援兵，且由如來佛親自出面，由佛教最高護法神率「佛兵」動手，這是唯一的一次。牛魔王走投無路，「搖身一變，還變做一隻大白牛。」最終被眾神捉住，「牽牛徑歸佛地回繳」──把降服魔怪送交如來，這也是特例。而作者唯恐讀者不注意這一點，特作詩相證云：「牽牛歸佛休顛劣，水火相聯性自平。」

　　作者通過這樣不同尋常的處理，反覆提醒我們：這個不尋常的藝術形象與佛門有相當深的淵源。

　　《法華經‧譬喻品》講：

（有大長者）其家廣大，唯有一門，多諸人眾……欻然火起，
焚燒捨宅，長者諸子，若十、二十，或至三十，在此宅中。長
者見是大火從四面起……而諸子等於火宅內，樂著遊戲，不覺
不知，無求出意……（長者）而告之言：「羊車、鹿車、牛車，
今置門外，汝等迅取勿誤。」……諸兒聞言，踊躍爭出……長
者各賜諸子等一大車，駕以白牛，行步平正，其疾如風。[4]

關於這段譬喻的含意，《法華經》解釋道：「是諸眾生未免生老病死、
憂悲苦惱，而為三界火宅所燒。」火宅即喻現實苦難世界，而羊車、
鹿車、牛車比喻「三乘」佛法，即聲聞乘、辟支佛乘和菩薩乘。三乘
雖有高下，但都是佛超度眾生的手段，只是應機說法，故似有別。若
從實質來說，則三乘亦無二致，是「一佛乘分別說三」。大白牛車象
徵的就是這一實質性的、無分別的「一佛乘」，而大白牛在佛學著述
中就成為脫離欲界凡塵，證道歸佛的象徵物，如《壇經》：「有無俱不
計，長御白牛車。」[5]《五燈會元》記長慶大安禪師論道，自稱修持
三十年，「只看一頭水牯牛，若落路入草，便把鼻孔拽轉來，才犯人
苗稼，即鞭撻。調伏既久，可憐生受人言語，如今變作個露地白牛，
常在面前，終日露迥迥地，趁亦不去。」[6]由水牯牛變白牛，比喻修
持已成，心性已定。

　　大安禪師的比喻還有一點可注意，就是所謂「便把鼻孔拽轉
來」，喻收束心性歸於佛境。這也是佛學中慣用的比喻。《阿含經》提
到十一種牧牛的方法[7]，《大智度論》的十一種略有不同，都用來比喻

---

4　《法華經》，第6-7卷，142-155頁，上海古籍出版社，1994。
5　契嵩本《壇經》，見電子佛典《大正藏‧諸宗部》，T48，No.2008。
6　〔宋〕普濟：《五燈會元》，第4卷，191頁，北京，中華書局，1984。
7　《增一阿含經‧牧牛品》的牧牛十一法為「知色、知相，知摩刷、知護瘡，知起

不同的收心斂性的修持之道。《佛教遺經》也用這個譬喻說明成佛的方法：「譬如牧牛，執杖視之，不令縱逸，犯人苗稼。」而在中國特有的禪宗裏，以牧牛（「牽牛歸佛」）喻修行證道的公案更是常見。如石鞏慧藏未證道時在廚房執役，馬祖道一走進來問：「作甚麼？」藏回答：「牧牛。」馬祖又問：「作麼生牧？」答：「一回入草去，驀鼻拽將回。」馬祖當下首肯：「子真牧牛。」即承認了他已證道的資格。其他如百丈懷海、潙山靈祐、南泉普願等禪門大宗師也都有類似的示機開悟法門。

後來，有人繪出《牧牛圖》，以連環畫的形式形象地喻示修行途徑，並配有《牧牛圖頌》。如普明禪師的《牧牛圖頌》描寫在放牧中使一頭黑牛變白牛的過程，先頭角，後牛身，再尾巴，最終通體潔白，喻已證佛道。

這個比喻為文人所熟知。蘇東坡之好友佛印有《牧牛歌》四首。宋末文論家真德秀講：「至謂制心之道，如牧牛，如馭馬，不使縱逸。」《西遊記》中也用到這一典故，如二十回偈云：

> 法本從心生，還是從心滅。生滅盡由誰，請君自辨別。既然皆己心，何用別人說？只須下苦功，扭出鐵中血。絨繩著鼻穿，挽定虛空結。拴在無為樹，不使他顛劣。莫認賊為子，心法都忘絕。休教他瞞我，一拳先打徹。現心亦無心，現法法也輟。人牛不見時，碧天光皎潔。秋月一般圓，彼此難分別。

這段偈語是寫唐三藏初聆大乘妙法──《般若心經》時所證，是書中不甚多見的正面論佛理的段落之一。其中有兩點可注意：1.「人牛不

---

煙、知良田茂草、知所愛、知擇道行、知渡所、知止足、知時宜」，分別喻識因緣空相、去善就惡等修行順序。

見時」云云，與師遠禪師《牧牛圖頌》所畫所寫相類似。《圖頌》第八為「人牛俱忘」，云「鞭索人牛盡屬空，碧天遼闊信難通」，《西遊記》則是「與人牛不見時，碧天光皎潔」，差相彷彿。2.「絨繩著鼻穿」、「不使他顛劣」之描寫與諸神擒住牛魔王、牽牛歸佛的描寫用語十分相似。

綜上所述，牛魔王的形象與佛門有明顯的血緣關係。不過，《西遊記》成書過程相當複雜。這樣一個牛魔王進入《西遊記》，既可能有直接的佛門的影響管道，也可能是經過了「二傳手」全真道。這個問題我們將另作專論。

有趣的是，比《西遊記》稍晚的《西洋記》也寫了一個白牛精，也與佛門深有淵源，而寫法卻大不相同，效果也因之而不同。

《西洋記》是明萬曆中期的作品，略晚於《西遊記》，作者是羅懋登。小說一百回，寫鄭和下西洋的故事，而主角是為鄭和護法的金碧峰長老。作品寫他是燃燈老佛的化身，有無邊法力，一路上同三十九國作戰，降伏外道邪魔，主要靠他的佛法威力。作為陪襯，作品寫了鄭和另一護法人物──張天師，雖然道貌岸然，法力卻遠遜於金碧峰。這更明確地顯示出作者尊崇佛教的傾向。

作品以佛門人物為主角，自然多涉佛理。如第四回金碧峰剃度之初與其師討論禪機一段，寫某禪師留下個黃紙包，打開一看是羚羊角和賓鐵刀。於是師徒二人討論道：

> 雲寂道：「這個禪機，出於《金剛經》上。」弟子道：「怎見得？」雲寂道：「金剛世界之寶，其性雖堅，羚羊角能壞之。羚羊角雖堅，賓鐵能壞之。」弟子道：「這個解釋，只怕略粗淺了些。」雲寂道：「意味還不止此。」弟子道：「還有甚麼意味？」雲寂道：「金剛譬喻佛性，羚羊角譬喻煩惱，賓鐵譬喻

般若智。這是說，那佛性雖堅，煩惱能亂之，煩惱雖堅，般若
智慧破之。」……好個弟子，早已勘破了騰和尚這個機關……
道：「我做徒弟的，雖入空門，尚未披剃；雖聞至教，尚未明
心。這個羚羊角，論形境，就是徒弟的卯角；論譬喻，就是徒
弟的煩惱。卻又有個賓鐵，明明的是叫徒弟披剃去煩惱也。」[8]

這是借人物之口直接論禪的典型文例。《西洋記》中的佛理大半用這
種方式表現，而最集中的是關於金碧峰降服牛精的一段。

小說八十二回至八十四回寫銀眼國引蟾仙師阻路。這仙師卻是佛
祖蓮臺下的白牛，當年佛祖降生，佛母無乳，全靠此白牛之乳養大，
「後來白牛歸了佛道，這如今睡在佛爺爺蓮臺之下。」思凡下界，化
作了仙師，騎一頭青牛，使一支鐵笛，神通廣大。金碧峰看出了他的
本相，便現出丈六佛身，喝一聲：「畜生！你在這裏做甚麼？」於是
仙師化作了顏色純白的大牛，被牧童牽歸佛國。

有趣的是那頭青牛，本是大畫家戴嵩的藝術作品，修行了幾百
年，略有神通，卻不得正果，反被白牛怪役使，「吃許多虧苦」。做了
金碧峰的「俘虜」後，乞求長老指示脫化之境，這金長老便宣示了一
大篇佛理禪機。為與上文《西遊記》牛魔王一段比較，逐錄如下：

國師道：「初然是個未牧，未經童兒牧養之時，渾身上是玄
色：『生獰頭角怒咆哮，奔走溪山路轉遙。一片黑雲橫谷口，
誰知步步犯嘉苗。』第二就是初調，初穿鼻之時，鼻上才有些
白色：『我有芒繩驀鼻穿，一回奔競痛加鞭。從來劣性難調

---

8　〔明〕羅懋登：《三寶太監西洋記通俗演義》，第4回，48-49頁，上海古籍出版社，
　　1985。

治，猶得山童盡力牽。』第三是受割，為童兒所制，頭是白的：『漸調漸伏息奔馳，渡水穿雲步步隨。手把芒繩無少緩，牧童終日自忘疲。』……第八到相忘，牛與童兒兩下相忘，是不識不知的境界，渾身都是白色，脫化了舊時皮袋子：『白牛常在白雲中，人自無心牛亦同。月透白雲雲影白，白雲明月任西東。』第九是獨照，不知牛之所在，止剩得一個童兒：『牛兒無處牧童閒，一片孤雲碧嶂間。拍手高歌明月下，歸來猶有一重關。』第十是雙泯，牛不見人，人不見牛，彼此渾化，了無渣滓：『人牛不見了無蹤，明月光寒萬里空。若問其中端的意，野花芳草自叢叢。』」

說了十牛。國師又問道：「你可曉得麼？」青牛道：「曉得了。」「曉得」兩個字還不曾說得了，只見青牛身子猛空間是白。國師道：「你是曉得已自到了相忘的田地。」道猶未了，一聲響，一隻白牛就變做一個白衣童子，朝著老爺禮拜皈依。國師道：「再進一步就是了。」一陣清風，就不見了那個童兒。只見天上一輪月，月白風清，悠悠蕩蕩。天師道：「佛力無邊，廣度眾生。這個青牛何幸，得遇老爺超凡入聖。」[9]

金碧峰說的「十牛」，就是前文提到的各種「牧牛圖頌」中最為常見的內容；而其中九、十兩個階段的描寫與《西遊記》第二十回那段偈子——「人牛不見時，碧天光皎潔。秋月一般圓，彼此難分別」，太相似了。其實，這整段文字所蘊含的佛理，與《西遊記》牛魔王故事所要表達的也基本相同，但表現方式與藝術效果卻大不相同。

首先，羅懋登不是把佛理融化到故事中，成為故事的佐料，而是

---

9　〔明〕羅懋登：《三寶太監西洋記通俗演義》，第84回，1080-1082頁。

把故事套到佛理上，按佛理的框子、模子製造故事。青牛的脫化得道完全依《牧牛頌》喻示的順序：青牛變白牛，白牛脫牛身，最終歸空寂。其次，佛理不是在具體情節中呈露出來，而是由書中人物滔滔不絕地正面闡述。金碧峰這一番有散有韻的宏論全本於南宋普明禪師的《牧牛圖》，從小說情節的發展看，實在不需要這樣長篇大論照抄禪悟。這只能歸結於作者對佛理的愛好、炫耀佛學修養（其實僅「一知半解之悟」）的衝動，以及對小說藝術規律的認識不足。

像這樣，借人物之口談禪，而把禪學佛典直接抄入作品的，還有《梁武帝演義》。這部書共四十回，正面論佛談禪的就有五、六回。如三十四回寫達摩與梁皇見面：

> 梁主點頭，因又問道：「朕即位以來，造寺寫經，度僧講法，不可勝記，有何功德？」達摩道：「並無功德。」梁主道：「何以無功德？」達摩道：「此是人天小果，有漏之因。如隨形，形雖有非實。」梁主聽了，一時面有慍容，因又問道：「如何是功德？」達摩道：「淨智妙圓，體自空寂，如是功德，不以世求。」梁主又問道：「如何是聖諦第一義？」達摩道：「廓然無聖。」梁主不解，又問道：「對朕者是誰？」達摩道：「是佛。」[10]

這一段話初見於《壇經》，後增飾於《五燈會元》，是禪宗著名的第一公案——「達摩廓然」。《五燈會元》卷一「東土祖師」云：

> 帝問曰：「朕即位以來，造寺寫經，度僧不可勝紀，有何功

---

10 〔清〕天花藏主人：《梁武帝演義》，第34回，413頁，春風文藝出版社，1987。

德？」祖曰：「並無功德。」帝曰：「何以無功德？」祖曰：「此但人天小果，有漏之因。如影隨形，雖有非實。」帝曰：「如何是真功德？」祖曰：「淨智妙圓，體自空寂，如是功德，不以世求。」帝又問：「如何是聖諦第一義？」祖曰：「廓然無聖。」帝曰：「對朕者誰？」祖曰：「不識。」[11]

兩相比較，除了個別的語氣詞以及謄錄筆誤之外，小說幾乎一字不差地抄了佛典。尤其是對話中涉及「理論」的話語，小說家更是虔誠地照錄下來。其中只有一個實質性的改動，即最末一句：《壇經》原作「不識」。這其實是這則公案的鋒刃所在，但不好理解，尤不易解說清楚。看來小說作者考慮到了一般讀者的理解接受能力，便改作了「是佛」，以顯示達摩的自負與傲然，也為梁武帝的不滿提供了理由。不過，這一來禪味全消。由於前後文幾乎完全相同，可以肯定是照本抄錄，所以這一改動也可以肯定是作者有意為之。前面照錄，不能認為是高明的做法；這裏特意的改動，似乎也不見得高明。又要談禪，又要通俗，對於迷戀佛理的小說作者，這真是「熊掌與魚」式的難題。

雖然我國古代小說大多有佛理的滲透，但用專門的篇幅，借書中人物之口大談禪機的畢竟是少數。在這方面，《紅樓夢》顯得比較突出，因為第二十二回的題目就叫做「聽曲文寶玉悟禪機」。不過，題目雖是「寶玉悟禪機」，談禪的主角卻是兩個女性——林妹妹與寶姐姐。無獨有偶，《老殘遊記》中也有「男歡女悅證初禪」、「斗姥宮中逸雲說法」之類的回目[12]，而談禪的主角也是兩個女性——逸雲與靚

11 〔宋〕普濟：《五燈會元》，第1卷，43頁。
12 這是二集中三回、六回之回目、書中談禪的情節在第五回。舉這兩回為例是取其「禪」、「法」字樣。

雲。一般來說，禪悅是士大夫的「專利品」。這兩部小說卻描寫四位妙
齡女郎津津有味地大講這又空又玄的玩藝兒，可說別有情趣。而仔細
推敲，兩部作品的描寫同中有異，尤可引發我們研究、比較的興味。

先看《紅樓夢》。

第二十二回寫薛寶釵過生日，賈母為她擺酒唱戲。席間，寶釵點
了一出《魯智深醉鬧五臺山》，並盛讚其中《寄生草》的曲詞，道是：

> 漫搵英雄淚，相離處士家。謝慈悲剃度在蓮臺下。沒緣法轉眼
> 分離乍。赤條條來去無牽掛。哪裏討煙蓑雨笠卷單行？一任俺
> 芒鞋破鉢隨緣化！[13]

席間，黛玉和眾人鬧了彆扭。寶玉一心迴護黛玉，反惹黛玉加倍不
快。史湘雲也惱了他。這一來，弄得寶玉心灰意懶。書中寫：

> 寶玉道：「什麼是『大家彼此』！他們有『大家彼此』，我是
> 『赤條條來去無牽掛』。」談及此句，不覺淚下。襲人見此光
> 景，不肯再說。寶玉細想這句趣味，不禁大哭起來，翻身起來
> 至案，遂提筆立占一偈云：「你證我證，心證意證。是無有
> 證，斯可云證。無可云證，是立足境。」寫畢，自雖解悟，又
> 恐人看此不解，因此亦填一支《寄生草》，也寫在偈後，自己
> 又念一遍，自覺無掛礙，中心自得，便上床睡了。」……
> （《寄生草》）詞曰：「無我原非你，從他不解伊。肆行無礙憑
> 來去。茫茫著甚悲愁喜，紛紛說甚親疏密。從前碌碌卻因何，
> 到如今回頭試想真無趣！」

---

13 〔清〕曹雪芹：《紅樓夢》，303-304頁。

這一偈一曲引起了黛玉、寶釵的憂慮，唯恐寶玉因此而「移性」，真的遁入空、無，便來同他講論了一番禪理：

> 一進來，黛玉便笑道：「寶玉，我問你：至貴者是『寶』，至堅者是『玉』。爾有何貴？爾有何堅？」寶玉竟不能答。三人拍手笑道：「這樣鈍愚，還參禪呢。」黛玉又道：「你那偈末云，『無可云證，是立足境』，固然好了，只是據我看，還未盡善。我再續兩句在後。」因念云：「無立足境，是方乾淨。」寶釵道：「實在這方徹悟。當日南宗六祖惠能，初尋師至韶州，聞五祖弘忍在黃梅，他便充役火頭僧。五祖欲求法嗣，令徒弟諸僧各出一偈。上座神秀說道：『身是菩提樹，心如明鏡臺，時時勤拂拭，莫使有塵埃。』彼時惠能在廚房碓米，聽了這偈，說道：『美則美矣，了則未了。』因自念一偈曰：『菩提本非樹，明鏡亦非臺，本來無一物，何處染塵埃？』五祖便將衣缽傳他。今兒這偈語，亦同此意了。只是方才這句機鋒，尚未完全了結，這便丟開手不成？」黛玉笑道：「彼時不能答，就算輸了，這會子答上了也不為出奇。只是以後再不許談禪了。連我們兩個所知所能的，你還不知不能呢，還去參禪呢。」[14]

寶玉果然自愧弗如，便止息了參禪悟道的念頭。

小說中談禪的，當以這段文字為最「地道」。其中涉及到禪理的，主要有如下幾點：

---

14 〔清〕曹雪芹：《紅樓夢》，307-310頁。

　　1. 瀟灑自然的禪宗解脫境界──「赤條條來去無牽掛」。與佛教其他宗派不同；禪宗所提倡的解脫不是面如死灰、形如槁木、灰心滅智的青燈黃卷生活，而是斬斷葛藤，純任天然。正如馬祖道一所講：「道不用修，但莫污染。何為污染？但有生死心、造作趨向，皆是污染。若欲直會其道，平常心是道。何謂平常心？無造作、無是非、無取捨、無斷常、無凡無聖。」這種五「無」境界，便是一個赤條條本來面目的我。賈寶玉對此雖有所會心，「喜的拍膝畫圈，稱賞不已」，但又並非真悟，所以轉眼間便被感情牽纏，掉進煩惱的葛藤叢中。薛寶釵首先拈出這支曲子來欣賞，比賈寶玉懂得多一些，但能知不能行──點這齣戲的行為本身就是討好賈母的「造作」行為，故最終也難逃煩惱。

　　2. 破盡「我執」、「法執」的無差別境界──「無我原非你，從他不解伊」。佛教的基本教義是「緣起」理論，由此推論，「我」與「法」皆本質空幻而無自性，故修道者須破除「我執」與「法執」。與其他教派比起來，禪宗在這個問題上觀點更徹底一些，主張泯滅一切分別之想，視我與世界合一，同為一渾然自在之體。禪宗六祖惠能在廣州法性寺聽僧眾辯論風吹幡動的問題時，曾以截斷眾流的態度講道：「法師！自是眾人妄想動與不動，非見幡動；法本無有動與不動。」[15]動與不動沒有分別，人與我之間自然也沒有界限，於是真正達到「不二」的境界。賈寶玉的《寄生草》中「紛紛說甚親疏密」便是由此而衍生。

　　3. 徹底解脫的「如來禪」──「無立足境，是方乾淨」。禪宗有一則著名的公案，香巖智閑悟道後，仰山慧寂前來問難，香巖口吟一

---

15 這一公案各書記載不同。此據《歷代法寶記》（通常依《壇經》，其說戲劇性較強，然理路不及此條）。

頌云：「去年貧，未是貧；今年貧，始是貧。去年貧，無卓錐之地；今年貧，錐也無」。[16]仰山評價是已得「如來禪」，但又稱未得「祖師禪」。「祖師禪」之說乃自仰山創始。小說裏賈寶玉的「無可云證，是立足境」，相當於香岩的「貧無卓錐之地」境界，雖已解脫，尚未徹底。林黛玉的「無立足境，是方乾淨」則臻於「錐也無」的徹底解脫境界了。至於仰山所謂「祖師禪」，語涉玄微，歷來禪門大德尚參悟不一。曹雪芹本人恐怕不曾達到那麼「專業化」水準，即使達到也不願讓林黛玉陷入過深的禪機中，故以通俗易解的「如來禪」終止這場談禪悟道了。

4. 當下了斷的機鋒問答。黛玉問寶玉「爾有何貴」一段，是典型的禪宗機鋒。《五燈會元》中有亡名古宿的問答：「聖僧像被屋漏滴，有人問：『僧既是聖僧，為甚麼有漏？』僧無對。[17]」從名相辨析角度詰責，黛玉所問與此為同一思路。而機鋒相鬥，貴在當下了斷，如麻谷向黃檗問道，黃檗反問：「大悲千手眼，作麼生是正眼？速道！速道！」然後，「谷擬議，師便喝。」在機鋒問答中，雙方目的是證入「言語道斷，思維路絕」的禪境，故必須應機作答，當下了斷。過後擬議作答，便失去機鋒旨趣。所以林黛玉說：「彼時不能答，就算輸了」。

由這幾點看，曹雪芹於禪學確有所解，作品中的描寫也是認真的。不過，無論是賈寶玉的偈、曲，還是林妹妹、寶姐姐的高論，都不過是禪學「入門」而已。包括寶釵引經據典的五祖傳法一段，也沒有超出這一水準。

在高鶚所續的第九十一回，也有一段談禪的描寫。回目是「布疑

---

16 此頌的文字，各書也有異同。這裏從《景德傳燈錄》（如《五燈會元》中間一句作「去年貧，猶有卓錐之地」，似不如「景德」語氣較順暢）。

17 〔宋〕普濟：《五燈會元》，第6卷，364頁。

陣寶玉妄談禪」，與寶玉問答的仍為黛玉。所談雖襲取禪宗語錄的話，但得形而未得神，故近乎於隱語、猜謎。而黛玉的問答語過於直露，不僅不合於她的性格，而且全無機鋒語應有的智慧閃光。高鶚的筆力萎弱，由此也可略見一斑。

再來看《老殘遊記》。

書中大段談論佛理的有三個地方，一個是斗姥宮的尼姑逸雲為德夫人說法：

> 《金剛經》云：「無人相，無我相。」世間萬事皆壞在有人相我相。《維摩詰經》：維摩詰說法的時候，有天女散花，文殊菩薩以下諸大菩薩花不著身，只有須菩提花著其身，是何故呢？因為眾人皆不見天女是女人，所以花不著身；須菩提不能免人相我相，即不能免男相女相，所以見天女是女人，花立刻便著其身。推到極處，豈但天女不是女身，維摩詰空中那得會有天女？因須菩提心中有男女相，故維摩詰化天女身而為說法。我輩種種煩惱，無窮痛苦，都從自己知道自己是女人這一念上生出來的，若看明白了男女本無分別，這就入了西方淨土極樂世界了。[18]

另一處是逸雲和她的師妹靚雲向老殘請教：

> 靚雲遂立向老殘面前，恭恭敬敬問道：「《金剛經》云：『若人滿三千大千世界七寶以用布施，其福德多不？如以四句偈語為他人說，其福勝彼。』請問哪四句偈本經到底沒有說破。有人

---

18 〔清〕劉鶚：《老殘遊記》，第5回，257頁，北京，人民文學出版社，1982。

猜是：『一切有為法，如夢幻泡影，如露亦如電：應作是如觀。』老殘說：「問的利害！一千幾百年注《金剛經》的都注不出來，你問我，我也是不知道。」逸雲笑道：「你要哪四句，就是哪四句，只怕你不要。」靚雲說：「為什麼不要呢？」逸雲一笑不語；老殘肅然起敬的立起來，向逸雲唱了一個大肥喏，說：「領教得多了！」靚雲說：「你這話鐵老爺倒懂了，我還是不懂。為麼我不要呢？三十二分我都要，別說四句。」逸雲說：「為的你三十二分都要，所以這四句偈語就不給你了。」靚雲說：「我更不懂了。」老殘說：「逸雲師兄佛理真通達！你想，六祖只要了『因無所住，而生其心』兩句，就得了五祖的衣缽，成了活佛，所以說『只怕你不要』。真正生花妙舌！」[19]

再一處是逸雲為眾人解說：「酒肉穿腸過，佛在心中留」之類的方便禪道理：

六祖隱於四會獵人中，常吃肉邊菜，請問肉鍋裏煮的菜算葷算素？……若說吃肉，當年濟顛祖師還吃狗肉呢，也擋不住成佛……[20]

這第一段：天女散花」論破除人我相，第三段「但吃肉邊菜」闡述禪宗的戒律觀以及不斷煩惱的立場，都屬於一般性佛學常識。而第二段圍繞《金剛經》四句偈語的討論，卻是地地道道的「尖端性」問題。

---

19 〔清〕劉鶚：《老殘遊記》，第5回，263頁。
20 〔清〕劉鶚：《老殘遊記》，第6回，275頁。

　　逸雲、靚雲、老殘三人的問答中涉及的佛學理論問題既有深度，又有廣度，這裏只能略述其大概。《金剛經》是大乘佛教的重要經典，禪宗自五祖弘忍起奉為明心見性的主要法門，以至有「《金剛經》者，乃《大藏經》之骨髓」的說法。在《金剛經》中，如來屢屢提到「四句偈」，說若能傳揚者福德無比。但是，經中並沒指出是哪四句偈，於是引起後人聚訟紛紜。各種意見大致可分兩類，一類在本經中指實某四句即是，如指為「無我相」等四句，指為「一切有為法」等四句，等等；一類認為本無實在的四句，如顏丙注曰：「四句偈者，乃此經之眼目。雖經八百手注解，未聞有指示下落處。人多不悟自己分上四句，卻區區向紙上尋覓；縱饒尋得，亦只是死句，非活句也」、「四句偈者，初不假外求，而在吾心地明瞭，方真四句也。」這是典型的禪宗「不假文字，直指心性」的觀點。這個問題雖然沒有定論，但其重要性卻是公認的，所謂「四句偈者，又《金剛經》之骨髓。若人受持是經而不明白四句下落，又豈能超生脫死而成佛作祖也。」劉鶚把這樣一個尖端性佛學難題搬到作品中來，是因為他研究有素，自謂已得妙解，便借逸雲之口發之。而逸雲與靚雲的問答，實質便是上述兩類觀點的爭論。靚雲執著於經典文字，故有「三十二分都要」之說。逸雲超脫文字，主張參活句不參死句，返觀內照於自身，實現「我即是佛」的頓悟。很明顯，劉鶚是站在逸雲的（也就是禪宗的）立場之上。

　　《老殘遊記》寫佛理一是炫學，二是表達自己的人生態度。上述三個例子，炫學的成分是主要的，而表達人生態度的筆墨則相對隱蔽一些。劉鶚是通過逸雲與赤龍子的形象描寫來實現這一意圖的。他唯恐讀者不能領會，特意借逸雲之口來介紹赤龍子：

　　　若赤龍子，教人看著說不出個所以然來，嫖賭吃著，無所不

為；官商士庶，無所不交。同塵俗人處，他一樣的塵俗；同高
雅人處，他又一樣的高雅，並無一點強勉處，所以人都測不透
他。[21]

這是明顯地「克隆」一個中國版的維摩詰居士。這段文字的後面，作
者還進一步「落實」，讓這位赤龍子告訴逸雲，他在妓院中同妓女相
處時「形骸上無戒律」。從描寫態度看，這位赤龍子是作者筆下真正
的「高人」。顯然，劉鶚如此藉重佛理來虛構出這樣一個形象，很大
程度上是「夫子自道」，帶有為自己的行跡辯護的味道。

　　把《紅樓夢》與《老殘遊記》作一下比較，雖然同是妙齡少女談
禪，差異卻是十分明顯的。《紅樓夢》借禪寫人，禪如同書中的詩、
畫、酒令、燈謎，主要是用來刻畫人物形象、推進故事情節的手段，
而人才是目的。《老殘遊記》借人寫禪，逸雲那樣的人物，以及黃龍
子之流，都是作者的傳聲筒，而講禪才是目的。具體說來，兩部作品
在佛理入書上的差別表現在如下四個方面：禪理與情節的關係，禪
理與人物性格的關係，談禪的段落與全書的關係，所談禪理的內容等
方面。

　　《紅樓夢》談禪的一段是整個故事情節的有機組成部分。賈寶玉
生活在「女兒國」裏，終日處在身份有別、性格各異的姐姐妹妹之感
情糾葛中，「愛博而心勞」，於是暫借禪理而求心地寧靜。但他畢竟是
「為賦新詞強說愁」的少年，所以轉眼間又跳出禪境回到姐妹中間。
談禪只是寶、黛、釵感情糾葛之流中自自然然的一朵浪花。作者用做
生日聽戲的一句曲詞引入，用姐妹戲謔式地考較禪理跳出，把色彩較
特異的談禪段落妙合無痕地組織到整個故事中。相比之下，《老殘遊

---

21 〔清〕劉鶚：《老殘遊記》，第5回，265頁。

記》就顯得生硬了。即以談四句偈那段看，談禪的起因是德夫人告訴靚雲老殘「佛理精深」，讓她去討教，與前後情節並無有機聯繫。若把這段刪去，對故事毫無影響。

《紅樓夢》中談禪與人物性格緊密關聯。賈寶玉的性格中有冥想、反思的傾向，「時常沒人在眼前，就自哭自笑的」（第三十五回傅試家老婆子語），所以對悲涼之霧呼吸感受獨深，所以最終能懸崖撒手。談禪這段是刻畫這一傾向的有力一筆，為後來性格的發展作了鋪墊。林、薛所談也與二人性格相合。林黛玉的續偈與機鋒如同其人，悟性很高，尖利透徹。寶釵的態度與闡釋亦如其人，博學多才，溫和明白。《老殘遊記》則不然。逸雲本身就是性格失常的人物，半尼半妓，強作解人。而所談禪理是她對自己性格的解釋。也可以說，作者劉鶚正是從這些禪理中推衍出了逸雲的形象。所以儘管滿紙玄奧之談，這個人物仍然單薄沒有血肉。

從整部作品的大結構看，《紅樓夢》是從「烈火烹油、鮮花著錦」逐步寫到「茫茫大地真乾淨」的。淒清冷淡的音調間歇而又不斷地穿插到樂章中，直到最後成為「色空」的主旋律。寶玉悟禪機一段同黛玉葬花、情悟梨香院、悶制風雨詞、聯詩悲寂寞等情節一樣，都屬於這大結構中的一環，聲氣相通，形成籠罩全書的悲涼之霧。《老殘遊記》本來就有散亂之弊，二集的「解脫」與一集情節缺少有機聯繫，這幾段談禪描寫更遠離主體部分，因此看不出這樣寫的必要性。

至於談論禪理的內容，前文已經講過：《紅樓夢》是禪學入門的水準，既合乎寶、黛、釵的身份，又讓讀者一目了然；《老殘遊記》則過於「尖端化」，且不說那「四句偈」問題之複雜，就說逸雲、靚雲談話涉及的「三十二分」、老殘似不經意提到的「無所住而生其心」一類內容，就不是大多數讀者能明白的。

從以上四個方面的比較看，似乎《紅樓夢》無一不好，《老殘遊

記》一無是處，這未免有偏心之嫌。不過，若以小說藝術的尺度來衡量，結果只能是如此。如果換成所談禪理專精程度來作尺子，就另當別論了。

《西遊記》是演說佛教故事的作品中影響最大的一部，但書中正面闡揚佛理的情節並不多。無論佛、菩薩，還是聖僧、行者，其佛學修為不僅比不上逸雲女士，甚至也不如寶姐姐、林妹妹，以及膚淺的寶兄弟。作品裏一本正經、反覆再三的佛理重頭戲是圍繞《般若波羅蜜多心經》展開的，而在最基本的問題上，吳承恩卻出了常識性笑話[22]。

有關《心經》的情節分別見於第十九回、二十回、三十二回、四十三回、九十三回等，其中第十九回鳥巢禪師授經是根本。作品是這樣寫的：

> 三藏殷勤致意，再問：「路途果有多遠？」禪師道：「路途雖遠，終須有到之日，卻只是魔瘴難消。我有《多心經》一卷，凡五十四句，共計二百七十字。若遇魔瘴之處，但念此經，自無傷害。」三藏拜伏於地懇求，那禪師遂口誦傳之。經云：「《摩訶般若波羅蜜多心經》。觀自在菩薩，行深般若波羅蜜多，時照見五蘊皆空，度一切苦厄……[23]」此時唐朝法師本有根源，耳聞一遍《多心經》，即能記憶，至今傳世。此乃修真之總經，作佛之會門也……玄奘法師悟徹了《多心經》，打開了門戶。那長老常念常存，一點靈光自透。[24]

---

22 《西遊記》作者迄無定論，這裏是暫用通行之舊說。

23 此處為《心經》全文，從略不錄。

24 最後兩句見於第二十回開端，實際上是第十九回鳥巢禪師一段的延伸。

這段描寫有一定的佛學依據。《般若波羅蜜多心經》是大乘經典中最短的一部，但歷來受到重視，被看作是大乘般若思想的綱要。所以書中稱為「修真之總經，作佛之會門」。這部經前後有八種漢譯本。最早的一部為鳩摩羅什所譯，名為《摩訶般若波羅蜜大明咒經》。而最流行的一種卻是玄奘所譯《般若波羅蜜多心經》。書中稱此經為唐僧西行途中始得傳授，「即能記憶，至今傳世」，雖不十分準確，卻也算得出言有據。吳承恩鬧的笑話是關於這部經的名字。

這部經的名字應該這樣理解：「般若」為智慧，「波羅」為彼岸，「蜜多」為到達，「心」為核心、心髓；故全稱的意思是「以大智慧解脫到達彼岸之心要的經典；」。其簡稱應為《心經》。作者在這裏卻簡化成了《多心經》。這反映出他對這部經的名稱以及內容都有所誤解。首先是對「心」的理解有誤。「心」用於書名，作綱要、心髓講，在佛典中並非僅見，如《阿毗曇心》即為《阿毗曇經》的綱要。東晉高僧慧遠對此有專門的解釋：

> 阿毗曇心者，三藏之要頌，詠歌之微言，管統眾經，領其會宗，故作者以「心」為名焉。有出家開士，字曰法勝，淵識遠鑑，探深研機，龍潛赤澤，獨有其明。其人以為《阿毗曇經》源流廣大，難卒尋究，非贍智宏才，莫能畢綜。是以探其幽致，別撰斯部，始自界品，訖於問論，凡二百五十偈。以為要解，號之曰「心」。[25]

吳承恩在書中以一首偈語描寫玄奘對此經的體會，略云：「法本從心生，還是從心滅。生滅盡由誰，請君自辨別。既然皆已心，何用別人

---

25 〔東晉〕慧遠：《阿毗曇心序》，見電子佛典《大正藏・目錄部》T55，No.2145。

說……」可見他是以「萬法唯心」之「心」來理解《心經》之「心」
了，所以才會在前面加上數量定語「多」。其實，即使那樣，「多心」
也是不通的。佛教講「一心」，若「多心」豈不成了「二心攪亂大乾
坤」[26]。其次，「蜜多」之「多」乃梵文語氣詞綴，故「波羅蜜多」也
可簡作「波羅蜜」，但絕不能拆為「波羅蜜」、「多」。吳承恩錯解
「心」意，又不明此理，便鬧出了《多心經》的笑話[27]。而後文第七
十九回中「多心的和尚」的描寫，當亦與此誤解有關。

　　不過，這個錯誤並不能完全由吳承恩負責，因為他又另有所本。
《太平廣記》卷九十二「玄奘」條記取經事：

> 行至罽賓國，道險，虎豹不可過。奘不知為計，乃鎖房門而
> 坐。至夕開門，見一老僧，頭面瘡痍，身體膿血。床上獨坐，
> 莫知來由。奘乃禮拜勤求。僧口授《多心經》一卷，令奘誦
> 之，遂得山川平易，道路開闢，虎豹藏形，魔鬼潛跡。遂至佛
> 國，取經六百餘部而歸。其《多心經》至今誦之。[28]

吳承恩的承襲是很明顯的，不僅《多心經》的以訛傳訛，而且書中
「禪師遂口誦傳之」、「至今傳世」的細節，對此經驅魔威力的誇張，
俱由此而來。

　　《大唐三藏取經詩話》也把有關《心經》的情節作為重頭戲。
「入竺國度海之處第十五」寫三藏歷盡艱險求得佛經後，點檢經文，
發現美中不足——「只無《多心經》本」。接下去便是「轉至香林寺
受《心經》本第十六」，以一節文字專寫定光佛授《心經》事，略云：

---

26　此為《西遊記》，第五十八回回目，寓意正在「一心」「不二」上。
27　比這還要明顯的笑話在《西遊記》第七回，如來自稱「我是南無阿彌陀佛」。
28　《太平廣記》，第92卷，606頁。

　　雲中有一僧人，年約十五，容貌端嚴，手執金環杖，袖出《多
　　心經》，謂法師曰：「授汝《心經》歸朝，切須護惜。此經上達
　　天宮，下管地府，陰陽莫測，慎勿輕傳；薄福眾生，故難承
　　受。」<sup>29</sup>

　　從情節看，《西遊記》沒有接受《詩話》的安排。但有一點二者相
似。《詩話》雖也誤用《多心經》之名，卻又雜稱《心經》，似乎對此
持無所謂的態度。《西遊記》也是如此，在後面幾回中，既有《多心
經》之名，又有《心經》之稱，看來吳承恩的笑話不完全是學識不
足，而是還有態度方面的原因。

　　按照烏巢禪師授經時的講法，此經具有驅魔護法的實際效能，
「若遇魔瘴之處，但念此經，自無傷害。」經文中也稱：「依般若波
羅蜜多故，心無掛礙；無掛礙故，無有恐怖……能除一切苦，真實不
虛。」唐僧當然相信了這一點，於是當即記誦、悟徹，「常念常存」，
「一點靈光自透」。作品在接下去的第二十回便寫了「黃風嶺唐僧有
難」：當師徒三人路遇黃風怪手下的虎精時，八戒先去迎戰，悟空隨
後相幫，而唐僧「坐將起來，戰兢兢的，口裏念著《多心經》」。此時
他對此經的效能還是深信不疑的，連我們讀者也預期下文將有佛經降
魔的情節了。不料，虎精使了個金蟬脫殼計，騙過了悟空與八戒，
「化一陣狂風，逕回路口。路口上那師父正念《多心經》，被他一把
拿住，駕長風攝將去了。」這部降魔護法、神乎其神的聖經「初出茅
廬」，碰上一個三流的小妖精，就栽了一個大跟斗。作者嘲諷之意太
明顯了。

　　由此，我們想到貫穿《西遊記》全書的一種現象：作者對宗教，

---

29　《大唐三藏取經詩話》，《西遊記資料彙編》，54頁，河南，中州書畫社，1983。

特別是對佛教，經常表現出一種矛盾的態度。時而很虔誠，很認真，寫如來佛法無邊，通天徹地；時而嘲戲不敬，一味遊戲筆墨，寫如來是妖精娘舅，為兒孫搜刮錢財等等。實際上，在相當多的小說中都可以看到這種現象。如《禪真逸史》，一方面極力歌頌「通玄護法仁明靈聖大禪師」林澹然；另一方面借高歡之口歷數佛教禍國殃民的罪狀，判若出於二人之手。這是由於多數小說作者對佛教教義、禪理心存敬意，但又對現實中的佛教懷疑乃至不滿；而小說本屬遊戲筆墨，不必那麼嚴謹周密，正不妨信筆所之，任意表現一番。所以，我們看到吳承恩反覆寫到《心經》，不要就斷定他的虔誠；看到上述嘲諷文字，也不要就送一頂「批判宗教迷信」的桂冠。

如上所述，佛教的義理表現在小說中的時候，便失去了繁複、玄奧的本來面目。而佛教諸神在小說裏的變形則更甚，因為這要經過兩道「工序」的改造。

黑格爾在論神性與藝術的關係時指出：「無論神性的東西怎樣具有統一性和普遍性，它在本質上也是具有定性的；它既然不只是一種抽象概念，也就應具有形狀可以供人觀照。如果想像用具體形象把這有定性的神性的東西掌握住而且表現出來，它就會現出多種多樣的定性，……第一步就分化為許多獨立自足的神，例如希臘藝術中的多神觀念；就連在基督教的觀念裏，儘管神本身是純粹的心靈的統一性，他也要顯現為現實中的人，和塵世的事物直接交織在一起。」（《美學》第一卷）由抽象的、超凡的觀念變為具體的、現實的形象，進入到人世或仿人世的生活之中，這是文學藝術中「造」神的普遍規律。中國小說中的佛教神祇自然也不會例外。

但是，由宗教觀念變為藝術形象，這只是一道工序。小說的通俗屬性又決定了另一道工序：世俗化。在下層民眾中，各種宗教信仰都難免經過低品位的文化折射而有所變形。而我國古代小說既取材於民

間，又著意迎合民眾（特別是市民）的趣味，於是所刻畫的佛、菩薩
形象變形尤甚。這樣，佛教神祇在小說中的變形就具有了兩種向度：
一種受民眾的觀念、趣味影響，表現為由聖趨凡；一種體現出小說創
作的藝術需要，表現為形象化、趣味化以及象徵化等。而這兩種向度
是並行、糾結在一起的，有時完全重合，有時也可能產生矛盾。下面
選擇幾個有代表性的文例以窺一斑。

描寫佛、菩薩形象，自然首推《西遊記》。小說中，如來、觀
音，甚至彌勒的形象，都有可稱道的靈動之筆。不過，在《西遊記》
的諸神譜系中，有一個地位很重要的神祇在故事發展中卻少有提及，
那就是齊天大聖孫悟空的蒙師——須菩提。

孫悟空一生拜了兩個師傅。一個是唐僧，似乎除了會念緊箍咒外
一無所長，所以只是個空名兒的老師。另一個便是須菩提，孫悟空脫
凡登仙，七十二般變化與筋斗雲，皆拜他所賜，故是個貨真價實的師
傅。師徒分手時，這位須菩提祖師預見到自己的徒弟會鬧出大亂子，
便發佈了類似脫離關係的「宣言」，於是，後面就再也沒有出面。這
樣處理，主要可看作吳承恩的狡猾之筆，免得下文纏夾不清，旁生枝
節。不過，還有一個次要原因在這個形象自身。小說中的須菩提有一
個根本的疑點——不知這位神通廣大的祖師是佛是道。

有很多筆墨可證明他是道家仙長。孫悟空未入其洞府，便聞樵夫
作歌：「觀棋爛柯，伐木丁丁，雲邊谷口徐行。……相逢處，非仙即
道，靜坐講《黃庭》。」「觀棋爛柯」、「講《黃庭》」等都與道教有
關，所以孫悟空講：「《黃庭》乃道德真言，非神仙而何？」他初到洞
邊，見一仙童，「坐髻雙絲綰，寬袍兩袖風」，是地道的道士打扮。入
門後，這位祖師開出的「課程目錄」大半是道教貨色，如請仙扶鸞、
問卜揲蓍、休糧守谷，採陰補陽等。而最後傳授給孫悟空的「長生之
妙道」更屬純粹道教教理，所謂「道最玄，莫把金丹作等閒」、「都來

總是精氣神，謹固牢藏休漏泄」、「月藏玉兔日藏烏，自有龜蛇相盤結」都是典型的道教語言，躲避「三災」，「三十六天罡」、「七十二地煞」變化都是道教修煉之術。所以有的研究者據此而下斷語，判定孫悟空為道教出身，反天宮屬叛變教門之舉。

但是，作品裏又為這位祖師塗染上幾分佛門色彩。首先，他為猴王起的這個名字──「悟空」，是典型的和尚法號，因此孫悟空日後拜唐僧為師時免了改名之勞。其次，孫悟空得道的一回書，回目作「悟徹菩提真妙理」，「菩提」為佛學「覺悟」義。復次，書中形容祖師說法道：「天花亂墜，地湧金蓮。妙演三乘教，精微萬法全。」一派我佛靈山法會的氣象。這些還可視作細節，而這位祖師的出身來歷就更有名堂了。原來，須菩提是佛教中釋迦牟尼的十大弟子之一。歷史上實有其人，為古印度拘薩羅國舍衛城人，長者之子，屬婆羅門種姓。協助釋迦傳道，最善講解「空」義，被稱為「解空第一」。主要佛教經典中經常提到他的名字，特別是「般若」類經典。如《道行般若》中須菩提解釋「菩薩」之義：

> 佛使我說「菩薩」，「菩薩」有字便著……「菩薩」法字了無，亦不見「菩薩」，亦不見其處。[30]

又如《五燈會元》載：

> 須菩提尊者在巖中宴坐，諸天雨花讚歎。者曰：「空中雨花讚歎，復是何人？云何讚歎？」天曰：「我是梵天，敬重尊者善說《般若》。」者曰：「我於《般若》未嘗說一字，汝云何讚

---

30 電子佛典《大正藏・般若部》T8，No.224。

歟？」天曰：「如是尊者無說，我乃無聞。無說無聞，是真說
《般若》。」[31]

諸如此類，多為闡發「空空如也」的教義。看來，須菩提的「解空第
一」當非浪得虛名。

徒弟名「悟空」，師傅為「解空第一」，這似乎不可視為巧合。何
況，作者又煞費苦心地把「悟空」的命名權安排到「解空第一」的師
傅手中。《西遊記》第一回寫猴王初參菩提祖師，主要筆墨便是對命
名過程的描寫，讓須菩提對「孫悟空」三個字作長篇大論的解釋，然
後綴以讚語：「打破頑空須悟空」，著意點出「悟空」的佛理內涵。看
起來，合理的解釋只能是：當吳承恩準備敘述猴王得道經過時，自然
要為他創造出一個師父來；而舊有的材料中恰有猴王名「悟空」之
說，「悟空」觸發了他的聯想，「解空第一」的須菩提便很自然地進入
了構思。由「悟空」聯想到「解空第一」，於是便拉來須菩提做了猴
王的師父，而這樣的師父為徒弟命名「悟空」順理成章。

從小說藝術來看，吳承恩這「靈機一動」的一筆自有成功之處。
由於須菩提在一般讀者中「知名度」不高，所以使猴王的師門富有神
秘色彩；同時，下文也容易「擺脫」，避免旁生枝節，關係複雜。但
是，這一筆也帶來了麻煩。因為作者的宗教傾向與總體構想不容孫悟
空出身於佛門。

《西遊記》有明顯的揚佛抑道傾向。且不說書中佛門人物如來、
觀音、彌勒、文殊個個神通廣大，而道教從玉皇、老君到八洞神仙無
不相形見絀。就看取經途中的車遲、比丘、滅法等國昏君，都是受了
妖道的蠱惑而須聖僧救拔的種種描寫，作者對二教的不同態度是很鮮
明的。

---

31 〔宋〕普濟：《五燈會元》，第2卷，114頁。

　　作者對全書的構想是取經與成佛同步，五眾（包括龍馬）完成了取經的任務，也就同時圓滿自己的修行。五眾程度不同地都有「脫胎換骨」或「改邪歸正」的過程。而五眾之中，又以孫悟空為描寫重點，為這一構想的集中體現。如果他得道之初便已入佛門，那麼鬧天宮之類「不法」行為便不好解釋，改邪歸正的意思也難於體現。出於這樣的總體構想，孫悟空最初的神通絕不能得自佛門。而此外的唯一選擇是道教。這又和貶道揚佛的傾向一致：讓道教門徒「改邪歸正」，可以使作者的宗教傾向得到戲劇化的體現。吳承恩唯恐讀者忽略了他的意圖，在作品裏再三點明：「聞大聖棄道從釋」、「大聖，這幾年不見，前聞得你棄道歸佛」、「皈依沙門，這才叫做改邪歸正」等。

　　於是乎，一個矛盾擺在作者面前：孫悟空的師父是靈機一動由佛教「借」來的，不可避免帶有三分佛光；由於上述原因，又必須給猴子安排一個道教的出身。不可兼得，又不忍偏棄，無可奈何之下，就只有讓須菩提的宗教面目含混一些，成為個半佛半道的「祖師」。

　　《西遊記》的須菩提雖然被改造的有些面目含混，但還是一派祖師仙長的氣象。小說中有些佛道形象卻變形得更加厲害。《紅樓夢》第二十五回「紅樓夢通靈遇雙真」中，寫賈寶玉和鳳姐中了魘魔妖法，正生命垂危之際，來了兩個救星：

> 眾人舉目看時，原來是一個癩頭和尚與一個跛足道人。見那和尚是怎的模樣：「鼻如懸膽兩眉長，目似明星蓄寶光。破衲芒鞋無住跡，腌臢更有滿頭瘡。」那道人又是怎生模樣：「一足高來一足低，渾身帶水又拖泥。相逢若問家何處，卻在蓬萊弱水西。」[32]

32 〔清〕曹雪芹：《紅樓夢》，356頁。

這個癩頭和尚將賈寶玉的通靈玉擎在掌上，口誦了兩段偈語，「念畢，又摩弄一回，說了些瘋話」，便轉身沒了蹤影。而賈寶玉與鳳姐卻因此而得救。

這一僧一道在前文還出現過三次，一次在大荒山青埂峰的仙境中，一次在甄士隱夢遊的太虛幻境中，還有一次在蘇州街頭甄士隱的現實生活裏。有趣的是，他們的形象隨境而異，大不相同。第一回，青埂峰下：

> 俄見一僧一道遠遠而來，生得骨格不凡，豐神迥異，說說笑笑來至峰下，坐於石邊高談闊論。[33]

太虛幻境中，因情節與青埂峰下的描寫相銜接，故沒有對僧道的形象再做描繪。但甄士隱夢中口口聲聲稱「仙師」，實為不寫之寫，超凡的風神可想而知。而接下去，作品寫甄士隱夢醒，來到街上：

> 只見從那邊來了一僧一道：那僧則癩頭跣腳，那道則跛足蓬頭，瘋瘋癲癲，揮霍談笑而至。及至到了他門前，看著士隱抱著英蓮，那僧便大哭起來……士隱不耐煩，便抱女兒撤身要進去，那僧乃指著他大笑，口內念了四句言詞道……[34]

這癩頭和尚發了一會瘋後，也便一去「再不見個蹤影」。

和尚的身份雖沒作交待，但為菩薩、羅漢之流無疑。菩薩、羅漢「骨格不凡，豐神迥異」不足為奇，「癩頭跣腳」則奇矣；而身現兩

---

33 〔清〕曹雪芹：《紅樓夢》，2頁。

34 〔清〕曹雪芹：《紅樓夢》，10頁。

種形象，回仙境則俊爽之至，入塵世則醃髒已極，就更出人意表了。這種描寫因其反常而產生複雜的意味，也因自身反差極大，加深了癲頭和尚給讀者的醜陋印象。

如果我們把眼光放開，就會在中國小說史上為這個怪異形象找到不少「孿生」。

《西遊記》第八回「觀音奉旨上長安」中，觀音攜木叉到東土尋找取經人，「師徒們變作兩個疥癩遊僧，入長安城裏……隱遁真形」。第十二回「觀音顯象化金蟬」寫道：「菩薩變化個疥癩形容，身穿破衲，赤腳光頭……那愚僧笑道：『這兩個癩和尚是瘋子！是傻子……』」而下面便寫菩薩現出原身：「瑞靄散繽紛，祥光護法身。九霄華漢裏，現出女真人……」以疥癩之形入世，以祥瑞之相歸真，寫作手法與《紅樓夢》相似。

更為生動細緻的是《說岳全傳》中的瘋僧，其形象與癲頭和尚大同小異：「那瘋僧垢面蓬頭，鶉衣百結，口嘴歪斜，手瘸足跛，渾身污穢。」有意思的是他與秦檜的一番對話。秦檜見他形容污穢，便作詩嘲笑道：

> 「你這僧人：蓬頭不拜梁王懺，垢面何能誦佛經？受戒如來偏破戒，瘋癲也不像為僧！」瘋僧聽了，便道：「我面貌雖醜，心地卻是善良，不似你佛口蛇心。」[35]

隨後，這瘋僧將秦檜罪行淋漓盡致揭發了出來，待秦檜派人捉他時，留下四句詩而隱沒。當秦檜的差人訪拿時，發現他是地藏王菩薩的化身，「宮殿巍峨，輝煌金碧」，菩薩高坐寶殿，寶相莊嚴。

---

35 〔清〕錢彩：《說岳全傳》，622頁，北京，人民文學出版社，1982。

　　這段故事雖屬無稽，但反映出民眾的善良願望，故流傳較廣，在戲曲、曲藝舞臺上改編上演，至今而不衰。

　　比這瘋僧「知名度」更高的是濟顛和尚。和《紅樓夢》大致同時的《濟公全傳》中他的形象是：

> 臉不洗，頭不剃，醉眼乜斜睜又閉。若癡若傻若顛狂，到處詼諧好耍戲。破僧衣，不趁體，上下窟窿錢串記，絲條七斷與八結，大小疙瘩接又續，破僧鞋，只剩底，精光兩腿雙脛赤，涉水登山如平地，乾坤四海任逍遙（原文如此。似應將末兩句顛倒過來）。[36]

連他的徒弟也是一副骯髒模樣

> 來了一個和尚，也是短頭髮有二寸多長，一臉的油膩，破僧衣短袖缺領，腰繫絲條，疙裏疙瘩，光著兩隻腳，穿著兩隻草鞋，跟濟公一個樣子的打扮。[37]

可是，每當世人（包括道行低淺的僧道）以貌取人、過於不敬時，濟顛和尚便顯露金身羅漢的法相：

> 和尚摸著天靈蓋，露出佛光、金光、靈光，老仙翁一看，和尚身高丈六，頭如麥斗，面如獅蓋，身穿織綴，赤著兩隻腳，光著兩隻腿，是一位活包包的知覺羅漢。[38]

---

36　《濟公全傳》，7頁，廣東，花城出版社，1983。
37　《濟公全傳》，649頁。
38　《濟公全傳》，743頁。

在晚明刊行的話本小說《錢塘湖隱濟顛禪師語錄》中[39]，這個又瘋又髒的和尚已基本定型。但所寫重點在狂禪，有些情節全從《水滸傳》魯智深那裏薹來，特異之處在於瘋，外在形象不過是「一隻腳穿著蒲鞋，一隻手提著草鞋，口內唱著山歌」，遠不及《濟公全傳》這樣誇張。

把僧人描寫成這種怪異的樣子，其根源在中土佛典中可以發現一些蹤跡。如《五燈會元》的幾個異僧：

> 金陵寶誌禪師……發而徒跣，著錦袍，往來皖山劍水之下，以剪尺拂子拄杖頭，負之而行……帝詔畫工張僧繇寫師象，僧繇下筆輒不自定。師遂以指劙面門，分披出十二面觀音，妙相殊麗，或慈或威，僧繇竟不能寫。[40]

畫像一段從《列子》中化出，可做佛門搬運道家資財的小例。前面所寫寶誌的形象，搞怪則有，骯髒尚無。另一對知名度高於寶誌：

> 天台山寒山子……因眾僧炙茄次，將茄串向一僧背上打一下。僧回首，山呈起茄串曰：「是甚麼？」僧曰：「這瘋癲漢！」天台山拾得子……寒山槌胸曰：「蒼天，蒼天！」拾得曰：「作甚麼？」山曰：「不見道東家人死，西家人助哀。」二人作舞，笑哭而出國清寺。[41]

與寶誌那段類似，也是著眼於二人行為的怪異、瘋癲。另一位則不僅

---

39　此篇多編入宋元話本集中，然理據尚不十分充足。
40　〔宋〕普濟：《五燈會元》，第2卷，117頁。
41　〔宋〕普濟：《五燈會元》，第2卷，121頁。

行為怪異，形象也與常僧大不相同：

> 明州崇化縣布袋和尚，自稱契此，形裁腲脮，蹙額皤腹，出語
> 無定，寢臥隨處，常以杖荷一布囊並破席，凡供身之具，盡貯
> 囊中。入鄽肆聚落，見物則乞，或醯醢魚葅，才接入口，分少
> 許投囊中，時號長汀子……梁貞明三年丙子三月，師將示滅，
> 於岳林寺東廊下端坐磐石，而說偈曰：「彌勒真彌勒，分身千
> 百億。時時示時人，時人自不識。」偈畢，安然而化，其後復
> 現於他州，亦負布袋而行。四眾競圖其象。[42]

這個形象猥瑣、大肚子的窮和尚，就成了後來中土彌勒的原型。

這些人物在書中列於「西天東土應化聖賢」類，與文殊菩薩、維摩大士、那吒太子並列，顯然被看作臨凡度世的活佛。「布袋和尚」一則卒章顯志，更直接點明為彌勒菩薩化身。這些記載雖見於典籍，卻有小說味道。上文所述「癲頭和尚」之類形象的要素——行為怪異、形象醜陋、真身莊嚴等，已基本包含於其中。而由於載入典籍，就很容易被信從。如彌勒的形象，據《彌勒下生經》等印度佛經的描繪，他為釋迦佛的繼承者，原本法相莊嚴，而由於上述布袋和尚之說的影響，竟變成了大肚皮的笑和尚，赫然塑於各地寺廟，被中國人普遍接受了。

如果說，《紅樓夢》中癲頭和尚的形象一定程度反映了下層士人憤世嫉俗的心態，那麼《濟公全傳》中的濟顛形象則市民味更濃一些，曲折地反映出下層民眾自我肯定、自我欣賞的心理。同為變形的菩薩、羅漢，同屬一種人物模式，文化意味其實不同，而這也成就了人物形象的藝術個性。

---

42 〔宋〕普濟：《五燈會元》，第2卷，121-122頁。

　　如果說小說改造菩薩、羅漢已顯示出中國人特殊的宗教態度，那麼更大膽之處表現於佛陀形象中。

　　《西遊記》第九十八回為「功成行滿見真如」，寫唐僧師徒終於來到了靈山。在拜如來取真經時，有一段插曲：阿難、迦葉向唐僧索取賄賂未遂，就把「無字之經」傳給他們。孫悟空發覺後，返回大雄寶殿同如來講理。作品寫道：

> 行者嚷道：「如來！我師徒們受了萬蜇千魔，千辛萬苦，自東土拜到此處，蒙如來吩咐傳經，被阿儺，伽葉揹財不遂，通同作弊，故意將無字的白紙本兒教我們拿去。我們拿他去何用？望如來救治！」佛祖笑道：「你且休嚷。他兩個問你要人事之情，我已知矣。但只是經不可輕傳，亦不可以空取。向時眾比丘聖僧下山，曾將此經在舍衛國趙長者家與他誦了一遍，保他家生者安全，亡者超脫，只討得他三斗三升米粒黃金回來。我還說他們忒賣賤了，教後代兒孫沒錢使用。你如今空手來取，是以傳了白本。白本者，乃無字真經，倒也是好的。因你那東土眾生，愚迷不悟，只可以此傳之耳。」即叫「阿儺，伽葉，快將有字的真經，每部中各檢幾卷與他，來此報數。」[43]

這個小插曲是雙重的惡作劇：故事中的阿儺、伽葉捉弄了唐僧師徒；故事外，吳承恩捉弄了讀者，使他們產生了一系列無從索解的疑惑。前文寫如來主動造經以流傳東土，普度眾生，「乃是個山大的福緣，海深的善慶」，如何卻說「經不可輕傳」？如來法力無邊，無所不能，為何斤斤計較「米粒黃金」之多寡？佛教講寂滅，講色空，作為

---

43　《西遊記》，第99回，1239頁，北京，人民文學出版社，1985。

一教之主的如來豈能牽腸掛肚於「後代兒孫沒錢使用」？而且，如來這一番「高論」，本身就是邏輯混亂，到底「無字真經」價值如何，前後自相矛盾。全書大半篇幅寫取經，基調是讚許頌揚，何以最終突然變調，化莊嚴為滑稽，把一樁神聖的事業變成一場可笑的買賣？如是等等，都很難有完滿的答案。

這一筆看似荒誕無稽、突兀而來，實則在全書有脈絡可循，就是如來那多次皴染而成的生趣盎然的形象。

吳承恩筆下的如來極富情趣，總是饒有興味地看待各種「大事件」。孫悟空大鬧天宮，滿天神仙束手無策，「玉帝特請如來救駕」。這是何等嚴重的關頭，他卻和猴子玩起賭賽，說什麼：「你若有本事……把天宮讓你；若不能打出手掌，你還下界為妖，再修幾劫，卻來爭吵」。作者還特意讓孫悟空在他手掌撒上一泡猴尿，讓他笑罵上兩句「尿精猴子」，來增加喜劇色彩，讓這位教主離神聖而近凡俗。第五十二回唐僧失陷，各路神兵都被兕大王戰敗，孫悟空只好請如來幫忙。如來明知妖精底細，也有降伏的方法，卻藉口怕妖精到靈山吵嚷，不直接告訴悟空。裝模作樣派十八羅漢下界降妖，暗地裏留下降龍、伏虎，秘密告知備細，囑其等再次失敗後轉達孫悟空。結果先是激得悟空在靈山大吵「賣放人口」，後又惹得他埋怨：「可恨！可恨！如來卻也閃賺老孫！當時就該對我說了，卻不免教汝等遠涉？」如來此舉若論情理也無從索解。看來只能說是性格如此。似乎他很願意看到頑皮的猴子吵嚷煩躁。

作者還把如來塑造成體諒人情的長者。他困住了大鵬金翅雕，勸其皈佛。妖精道：「你那裏持齋把素，極貧極苦；我這裏吃人肉，受用無窮；你若餓壞了我，你有罪愆。」這本屬積惡難改的無理之詞，如來卻以善言勸慰：「我管四大部洲，無數眾生瞻仰，凡做好事，我教他先祭汝口。」取經事畢，唐僧師徒齊證正果，分派「職事」時，

如來特揀一「肥缺」──淨壇使者給豬八戒，照顧他的貪吃毛病，並以「乃是個有受用的品級」來勸誘他接受。口腹之欲，本為佛徒所戒。而如來反而諒解之，照顧之。這樣的教主形象自然令凡俗世人感到可親可近。

小說中，如來的個性還表現為喜談健談。每次面對孫悟空時，總要誇誇其談一番，和孫悟空那急躁、直截了當的個性形成鮮明對比。鬧天宮時，如來對孫悟空講玉皇的來歷；真假猴王鬧上靈山時，他大講「周天物類」；降大鵬雕之前，對孫悟空大談與妖怪的親緣關係等。這當然不合於佛教修持的宗旨，但是卻為如來增添了不少親和凡人的色彩。

另外，如來在小說中一出場，就沒有清淨、空寂之相，而是一個安富尊榮的長者面目。在「安天大會」上，如來高居首席。席面上是「龍肝鳳髓，玉液蟠桃」，飲酒間是「走斝傳觴，簪花鼓瑟。」又有「王母娘娘引一班仙子、仙娥、美姬、毛女，飄飄蕩蕩舞向佛前……佛祖合掌向王母謝訖，王母又著仙姬、仙子唱的唱，舞的舞。」對於眾仙的獻禮，如來皆「欣然領謝」。最後，他「向玉帝前謝宴」，而「眾各酩酊」。回靈山後，三千諸佛等來見，如來特意告知：「玉帝大開金闕瑤宮，請我坐了首席，立『安天大會』謝我，卻方辭駕而回。」頗以飲宴、「首席」、寵遇之類俗事為得意。而那三千諸佛也「聽言喜悅，極口稱揚」。

顯然，這個如來已距佛教至尊的本來面目甚遠了。但這個「假」如來卻活了起來，特別在一般民眾的心目中，很大程度取代了真釋迦。民眾能夠接受他，是因為他與民眾的生活接近，與民眾的理解水準接近，也因為他是個有血有肉、近人情、會開玩笑的「活」佛。

既然他欣賞安富尊榮的生活方式，諒解口腹之欲，辦事愛開玩笑，又擅逞口舌之才，那麼最後對阿儺「索賄案」的態度豈不十分自然嗎？

　　吳承恩這種不同一般的寫佛之筆為作品增添了生趣，也提供了把抽象的神性轉化為可觀照的個性化的神祇形象的成功範例。這首先歸功於作者的幽默感。胡適指出：

> 《西遊記》有一個特長處，就是他的滑稽意味。拉長了面孔，整日說正經話，那是聖人菩薩的行為，不是人的行為。《西遊記》所以能成世界的一部絕大神話小說，正因為《西遊記》裏種種神話都帶著一點詼諧意味，能使人開口一笑。這一笑，就把那神話『人化』過了。我們可以說，《西遊記》的神話是有『人的意味』的神話。[44]

　　《西遊記》全書因詼諧而「人化」，書中的佛、菩薩也自然包含其中，由作者的幽默中獲得人的品格。如來已如上述，觀音的情況也相類似，每當她和悟空在一起時，相互間調侃味十足的對話，儼然是慈愛的長姐與頑皮小弟在鬥口。可以說，觀音的形象也因《西遊記》而「鮮」「活」了許多。

　　比吳承恩時代略晚的李卓吾是一位小說理論家。他提出了小說創作「當以趣為第一」，這與吳氏的創作態度完全一致，是中晚明啟蒙思潮在文學領域的反映。《西遊記》的如來、觀音之所以「活」了，就是因為「情趣」二字。但「情趣」的把握是很困難的，弄不好便墮入俗趣、惡趣之境地。同為調侃式的寫佛，《南遊記》中有這樣一段：

> 卻說靈鷲山山後有一洞，洞內有一洞主獨火大王，一日自言曰：「今世尊如來，當日在雪山修行，來到我這靈山，一見我

---

44 胡適：《西遊記考證》，見《中國章回小說考證》，362頁，上海書店，1980。

> 這裏青山隱隱，綠水迢迢，便問我借與他居住。彼時立下文
> 書，議定借他住一年還我。過了一年，去問他取，說我許他住
> 十年。我當時便怒，叫他取文書來看，等他將文書看時，果是
> 個十字，無奈只得與他住十年。過了十年去取，說我寫定許他
> 住千年。我當日又叫他取文書來看，文書內又果是個千字。本
> 當共他大鬧一場，他佛法大，難以問他取，只得隨他……[45]

這獨火大王後來無奈，便到靈山強吃惡喝。如來縱容手下將其燒死，
然後再板起面孔懲誡手下。這是把市井中大無賴與小無賴的衝突照搬
到靈山，不能說無「趣」，但過實、過俗。又如《東遊記》中，如
來、老君請觀音為八仙等和解，觀音拒絕，書裏寫道：

> 觀音笑曰：「那洞賓最是輕薄。我向在洛陽造橋，被他多方調
> 戲。」老君、如來大笑曰：「今有二老在，卻不妨事也。」[46]

這種對話，似乎放到娼妓與孤老之間更合彼此身份。故同為調侃語，
比起《西遊記》中詼諧、機智的對話來，格調斯為下矣。至於塑造形
象之成敗，明眼讀者一望可知，更勿須贅論了。

　　與佛、菩薩的形象相比，小說中僧眾的變形程度較輕一些。他們
生活於塵世，多數作品中，作者是把他們放到接近現實的環境裏，主
要以寫實的筆法來刻畫。但是，受作者宗教傾向的影響，以及社會文
化多方面因素的制約，還有小說藝術規律的支配，我國古典小說中的
僧眾形象仍不免被塗上一些聖光或俗氣，而很少有真正現實主義的
產物。

---

45 〔明〕余象斗：《南遊記》，見《四遊記》，56頁，上海古籍出版社，1986。
46 〔明〕吳元泰：《東遊記》，見《四遊記》，52頁，上海古籍出版社，1986。

　　俗氣往往表現為對市民階層情感、趣味的迎合，且大多混合有對佛教的一定程度的不滿。聖光則更多體現了作者的主體色彩，如寄託個人的胸中塊壘、表現某種宗教見解等。《水滸傳》中的魯智深就是後者的典型。

　　《水滸傳》中佛教的描寫大半與魯智深有關。作為僧人，魯智深是個十分特異的形象。初上五臺剃度時，智真長老與他摩頂受戒道：「五戒者：一不要殺生，二不要偷盜，三不要淫邪，四不要貪酒，五不要妄語。」而未經幾時，除了「淫邪」一條外，諸戒皆破，成了殺人放火的酒肉和尚（這只是相對於戒律而言，無貶意）。這樣一個佛門的異端、叛逆，智真長老反預言他將成正果，而那些謹守戒律虔心修行的僧人卻「皆不及他」。這位智真長老因寬容、庇護魯智深，也得作者分外青睞，被描寫成全書唯一的有道高僧。

　　作品借智真長老之口，兩次申說佛門戒條。一次是魯智深初上五臺時，「長老用手與他摩頂受記道：『一要皈依佛性，二要歸奉正法，三要歸敬師友，此是三歸。五戒者：一不要殺生，二不要偷盜，三不要邪淫，四不要貪酒，五不要妄語。』智深不曉得禪宗答應能否兩字，卻便道：『洒家記得。』眾僧都笑。」二次是魯智深鬧酒後，「長老道：『智深雖是個武夫出身，今來趙員外檀越剃度了你，我與你摩頂受記，教你一不可殺生，二不可偷盜，三不可邪淫，四不可貪酒，五不可妄語。此五戒乃僧家常理。出家人第一不可貪酒，你如何夜來吃得大醉……』」論情節的需要，實在不必如此詳盡且重複地寫這些戒條。施耐庵也絕不會用這種方式來宣揚佛門戒律。如果聯繫上下文來看，詳寫戒條的目的是作反面鋪墊，為魯智深的逐條破戒作準備。

　　大鬧五臺山是破戒之始。從形跡看，主要寫破酒戒，但體現出的精神卻是對佛門戒律、偶像的全面蔑棄。如最為人們稱道的「醉打山門」一段：

門子聽得半山裏響，高處看時，只見魯智深一步一顛，搶上山來。兩個門子叫道：「苦也！這畜生今番又醉得不小，可便把山門關上，把栓拴了。」只在門縫裏張時，見智深搶到山門下，見關了門，把拳頭擂鼓也似敲門，兩個門子那裏敢開。智深敲了一回，扭過身來，看了左邊的金剛，喝一聲道：「你這個鳥大漢，不替俺敲門，卻拿著拳頭嚇洒家，俺須不怕你。」跳上臺基，把柵刺子只一扳，卻似掘蔥般扳開了；拿起一根折木頭，去那金剛腿上便打，簌簌地泥和顏色都脫下來。門子張見道：「苦也！」只得報知長老。智深等了一會，調轉身來，看著右邊金剛，喝一聲道：「你這廝張開大口，也來笑洒家。」便跳過右邊臺基上，把那金剛腳上打了兩下，只聽得一聲震天價響，那尊金剛從臺基上倒撞下來，智深提著折木頭大笑。兩個門子去報長老，長老道：「休要惹他，你們自去。」只見這首座、監寺、都寺，並一應職事僧人，都到方丈稟說：「這野貓今日醉得不好，把半山亭子，山門下金剛，都打壞了，如何是好？」長老道：「自古天子尚且避醉漢，何況老僧乎？若是打壞了金剛，請他的施主趙員外自來塑新的；倒了亭子，也要他修蓋。這個且由他。」眾僧道：「金剛乃是山門之主，如何把來換過？」長老道：「休說壞了金剛，便是打壞了殿上三世佛，也沒奈何，只可迴避他。你們見前日的行兇麼？」[47]

魯智深的行為和智真長老的態度，使我們聯想到一個著名的禪門人物──丹霞天然。《五燈會元》卷五有他的事蹟：

---

47 《水滸全傳》，57-58頁，上海人民出版社，1975。

鄧州丹霞天然禪師……忽一日，石頭告眾曰：「來日剗佛殿前草。」至來日，大眾諸童行各備鍬钁剗草，獨師以盆盛水，沐頭於石頭前，胡跪。頭見而笑之，便與剃髮，又為說戒。師乃掩耳而出。再往江西謁馬祖。未參禮，便入僧堂內，騎聖僧頸而坐。時大眾驚愕，遽報馬祖。祖躬入堂，視之曰：「我子天然。」師即下地禮拜曰：「謝師賜法號。」……後於慧林寺遇天大寒，取木佛燒火向，院主訶曰：「何得燒我木佛？」師以杖子撥灰曰：「吾燒取舍利。」主曰：「木佛何有舍利？」師曰：「既無舍利，更取兩尊燒。」……元和三年，於天津橋橫臥，會留守鄭公出，呵之不起。……長慶四年六月，告門人曰：「備湯沐浴，吾欲行矣。」乃戴笠策杖受屨，垂一足未及地而化。[48]

熟悉《水滸傳》的讀者一定會發現，描寫魯智深的很多情節元素，都可以在這裏發現，如：毀佛像卻得長老賞識，落髮時的隱語「剗佛殿前草」，《水滸傳》則有落髮偈語「寸草不留」；圓寂前「備湯沐浴」云云，《水滸傳》則有：「……洒家今已必當圓寂。煩與俺燒桶湯來，洒家沐浴。」雖不能斷言天然是魯智深的原型，但可以肯定作者是熟悉有關天然的這些掌故的，其創作時心中出現過天然的影子。

魯智深的破戒並沒有到此為止。他被迫離開五臺山後，路過桃花莊，得知周通搶親事，便口稱善說因緣，騙過了劉太公，演出銷金帳打周通一幕鬧劇。破了「妄語」之戒。緊接著，他上了桃花山，因瞧不起李忠的鄙吝，故將其金銀酒器「都踏扁了，拴在包裏」，不辭而別，又破了「偷盜」戒。下山不久便到了瓦官寺，殺死生鐵佛崔道

---

48 〔宋〕普濟：《五燈會元》，第5卷，261-264頁。

成，破了「殺生」戒。在這些情節中，妄語、偷盜都不是必有之筆，可以看作是針對「五戒」的有意安排。「五戒」之中，只有「淫邪」一條未犯。這是因為《水滸》有一獨特的道德標準：好漢不能親近女色。作品通過宋江之口宣佈了這一標準：「但凡好漢犯了『溜骨髓』三個字的，好生惹人恥笑。」故作者便讓魯智深免破此戒了。

可見，作者在塑造魯智深除暴安良義俠形象的同時，也有意描寫了他突破佛門戒律的種種行為。而與此形成鮮明對照的，是對他「終成正果」的渲染。這在作品裏也有多處。

先是魯智深上山之初，眾僧因其「形容醜惡」而反對剃度。智真為除眾人疑心，「焚起一炷信香，盤膝而坐，口誦咒語，入定去了」。回來後，預言「此人上應天星」，「久後卻得清淨，證果非凡，汝等皆不及他。」再是魯智深醉鬧後，智真又以「雖是如今眼下有些羅唣，後來卻成得正果」，來堵住僧眾埋怨之口。待魯智深離寺之前，他二次入定，更具體地證實了魯的「正果」，並贈其四句偈語，「終身受用」。後文破遼時，魯智深上五臺拜謁本師，智真再贈一偈，且告之「與汝前程永別，正果將臨」。最後，作者以大段篇幅寫魯智深的坐化：地處「江山秀麗，景物非常」的杭州六和塔，時當「月白風清，水天共碧」的良夜，魯智深成就大功之後，豁然覺悟，從從容容洗浴更衣，焚香而逝。坐化前寫下一篇頌子：「平生不修善果，只愛殺人放火。忽地頓開金繩，這裏扯斷玉鎖。咦！錢塘江上潮信來，今日方知我是我。」又有高僧大惠禪師為道法語云：「咄！解使滿空飛白玉，能令大地作黃金。」遍觀全書一百零八將，這樣輝煌的生命終結，此外並無第二人。這是作者對前文「證果非凡」的照應，也是與前文種種破戒描寫的呼應之筆。在這種奇特的呼應中，作者表達了禪門特有的戒律觀。

在契嵩本的《壇經》中，記述惠能得弘忍傳法後，避難於獵人隊

中，「每至飯時，以菜寄煮肉鍋。或問，則對曰：『但吃肉邊菜。』」這是一個很著名的禪宗典故，標誌著新的戒律觀的形成。在傳統佛學中，戒律是修行的起點。有《羯摩》、《四分律》等專門著作，規定了五戒、八戒、九戒、十戒，乃至二百五十戒、三百五十戒等相當繁複的條規。雖然有具體規定的差異，但基本精神卻是一致的：以外在的權威來強制性地規範自我的行為。自惠能而始的南禪，強調「即我即心即佛」，出現了蔑棄外在權威的傾向。與此相應，守戒成為了自覺的選擇。因此，重視戒律的精神，不拘守於具體條規；重視主體的覺悟，不看重外在的行為方式。肉邊之菜已屬葷腥，依傳統戒律食之為破戒，但惠能心中無肉，便不妨食之。這種戒律觀到了五宗七派的時期更趨極端，甚至出現了以故意破戒為真覺悟的做法，即所謂「狂禪」。嵩岳元珪禪師曾講：「若能無心於萬物，則羅欲不為淫，福淫禍善不為盜，濫誤疑混不為殺，先後違天不為妄，惛荒顛倒不為醉，是謂無心。無心則無戒，無戒則無心。」到了仰山慧寂，便講得更乾脆：「滔滔不持戒，兀兀不坐禪。釅茶三兩碗，意在钁頭邊。」勘破戒律、坐禪這些外在形式，自我才能顯現出來。再往後發展，便是丹霞天然那種驚世駭俗的行為和「掩耳而出」的抵制戒律態度。

這種極端化的戒律觀，從積極方面理解，是對主體自然心性的肯定，馬祖的「我子天然」便含有這層意思。魯智深的法號也有些特殊的意味。這個名字在宋代說話藝術中已有，但他師父與師叔的法號卻是施耐庵的創造物。二人一名「智真」，一名「智清」，與「智深」成了兄弟班行。既然作者能注意到「智真」，「智清」的同輩名號排行，同時又專門寫了魯達的賜名情景，那麼，這一名號的輩份混亂恐怕不能簡單看作無意的疏漏。這一疏漏實際上產生了隱義：魯智深並無師承，一切只是自我的天機自露而已。這種隱義與破戒不妨正果的描寫是一致的，都是「狂禪」精神的體現。

「狂禪」是一種複雜的宗教現象，褒貶是非不可遽定。但有一點可以肯定，「狂禪」是佛教的異端。從歷史上看，「狂禪」中人物都是率情任性，蔑視戒律，鄙夷成說，行事張狂者。他們既對佛學作出了獨特的貢獻，又對佛教本身產生破壞的力量。施耐庵公然為「強盜」立傳頌德，屬於儒生中的異端人物。他在小說中花費如許筆墨，在刻畫魯智深俠僧形象的同時，又為之塗染上一定的「狂禪」色彩，大寫其「證果非凡」，乃是其本人思想傾向的折光。

明後期，禪宗復興，狂禪亦盛。居士如李卓吾，僧人如紫柏，都表現出狂禪的作風，從而名動天下。李卓吾以思想界領袖的身份批點《水滸傳》並為之作序，大大提高了《水滸傳》的社會聲望，使其由大眾文化層面進入了士人文化層面。很有意思的是，對《水滸》的一百餘位好漢，李卓吾最推崇的就是魯智深。他在批語中講：

> 此回文字（指大鬧五臺山）分明是個成佛作祖圖。若是那班閉眼合掌的和尚，絕無成佛之理。何也？外面模樣盡好看，佛性反無一些。如魯智深吃酒打人，無所不為，無所不做，佛性反是完全的，所以到底成了正果。算來外面模樣，看不得人，濟不得事。此假道學之所以可惡也與？此假道學之所以可惡也與？[49]

這可算得是一篇「狂禪宣言」。他把魯智深這個形象的潛在內涵充分揭示出來：破除外在戒律，掙脫外部束縛，便可以「成佛作祖」；率情任性便是真佛，吃酒打人不妨菩提之路。同時，李卓吾又由此生

---

49 〔明〕李贄評點：《忠義水滸傳》，見《明容與堂刻水滸傳》，第4卷，21頁，上海人民出版社，1973。

發，認為這個形象還具有批判道學的意義。這後一種說法雖有些牽強，但適逢當時思想文化領域的反禮教啟蒙思潮興起，故頗易產生共鳴。其後的《水滸》評論者如金聖歎輩，都從「狂禪」的角度讚美魯智深的形象。李卓吾在芝佛院中的侍者——沙彌常志抄寫李評《水滸》後，極為仰慕魯智深，也狂放起來，「時時欲學智深行徑」，最後搞得李卓吾本人也消受不起，只好學那智真長老，請他「另謀高就」了。至於到了曹雪芹的時代，在《紅樓夢》中讓寶玉、寶釵借魯智深而興談禪之念，就更明確地揭示出「赤條條來去無牽掛」的禪味了。

從佛教的角度看，魯智深是一個「畸人」形象，自身具有矛盾的結構：身在佛門而不守佛門規條，不守佛門規條反能證果成佛。這只能看作是一種異端，而無法為正宗佛教所接受。但從小說藝術的角度看，這種內在的矛盾結構使魯智深的形象具有了豐厚的內涵與極為特異的形象表徵：既有表層的義俠好漢涵義，又有深層的縱情任性、掙脫束縛的涵義。從而，在我國小說眾多的僧人形象中，成為最富意味的一個。

《水滸傳》寫了多種類型的和尚。魯智深這種俠僧之外，還有淫僧，如裴如海；盜僧，如生鐵佛；高僧，如智真長老；凡僧，如文殊院、相國寺一干僧眾。由於《水滸傳》的典範地位，這幾種類型便成為明清小說僧侶形象的基本模式。而其中以裴如海的模式影響最大。

小說第四十五回寫了裴如海與潘巧雲通姦的故事。裴如海本是裴家絨線鋪裏小官人，出家在報恩寺，法名海公。作品寫他的形象是：

> 一個青旋旋光頭新剃，把麝香松子勻搭；一領黃烘烘直裰初縫，使沉速栴檀香染。山根鞋履·是福州染到深青；九縷絲條，係西地買來真紫。光溜溜一雙賊眼，只睃趁施主嬌娘；美

> 甘甘滿口甜言，專說誘喪家少婦。[50]

寫他的僧房是：

> 一個小小閣兒裏，琴光黑漆春臺，排幾幅名人書畫，小桌兒上
> 焚一爐妙香。[51]

從衣著、居室到神情舉止，都是落了髮的花花公子。他與潘巧雲勾搭
成奸後，又買通胡道人，安排了長久之計。不料被石秀看破，經過一
番周折，裴、潘皆死於非命。

　　作品插入這個故事，主要有兩方面的作用。一方面在情節發展中
起引線作用，石秀等殺裴、潘後投奔梁山，從而引出了三打祝家莊的
重頭戲。另一方面是刻畫石秀精明、重義而又狠辣的形象的重要一
筆。但是，若作者目的僅止於此，上述寫裴如海的筆墨便有些多餘
了。實際上，這段姦情故事還有其獨立的自身價值。作者用十分細膩
的筆法描寫裴如海對潘巧雲的引誘：

> 海和尚卻請：「乾爺和賢妹去小僧房裏拜茶。」一邀把這婦人
> 引到僧房裏深處，預先都預備下了，叫聲：「師哥拿茶來。」
> 只見兩個侍者捧出茶來，白雪錠器盞內，朱紅托子，絕細好
> 茶。吃罷，放下盞子，「請賢妹裏面坐一坐。」又引到一個小
> 小閣兒裏……那婦人道：「師兄端的是好個出家人去處，清幽
> 靜樂。」海闍黎道：「妹子休笑話，怎生比得貴宅上。」潘公

---

50　《水滸全傳》，563頁。
51　《水滸全傳》，569頁。

道：「生受了師兄一日，我們回去。」那和尚那裏肯，便道：
「難得乾爺在此，又不是外人，今日齋食已是賢妹做施主，如
何不吃箸面了去？師哥快搬來！」說言未了，卻早托兩盤進
來，都是日常裏藏下的希奇果子，異樣菜蔬，並諸般素饌之
物，擺滿春臺。那婦人便道：「師兄何必治酒，反來打攪。」
和尚笑道：「不成禮數，微表薄情而已。」師哥將酒來斟在杯
中。和尚道：「幹爺多時不來，試嘗這酒。」老兒飲罷道：「好
酒，端的味重。」和尚道：「前日一個施主家傳得此法，做了
三五石米，明日送幾瓶來與令婿吃。」老兒道：「甚麼道
理？」和尚又勸道：「無物相酬賢妹娘子，胡亂告飲一杯。」
兩個小師哥兒輪流篩酒，迎兒也吃勸了幾杯。那婦人道：「酒
住，吃不去了。」和尚道：「難得賢妹到此，再告飲幾
杯。」……那婦人三杯酒落肚，便覺有些朦朦朧朧上來，口裏
嘈道：「師兄，你只顧央我吃酒做什麼？」和尚扯著口嘻嘻的
笑道：「只是敬重娘子。」那婦人道：「我吃不得了。」和尚
道：「請娘子去小僧房裏看佛牙。」那婦人便道：「我正要看佛
牙則個。」這和尚把那婦人一引，引到一處樓上，卻是海闍黎
的臥房，鋪設得十分整齊。那婦人看了，先自五分歡喜，便
道：「你端的好個臥房，乾乾淨淨。」和尚笑道：「只是少一個
娘子。」那婦人也笑道：「你便討一個不得？」和尚道：「那裏
得這般施主。」婦人道：「你且教我看佛牙則個。」和尚道：
「你叫迎兒下去了，我便取出來。」那婦人道：「迎兒，你且
下去看老爺醒也未。」迎兒自下得樓來去看潘公，和尚把樓門
關上。[52]

---

52 《水滸全傳》，569-571頁。

在《水滸傳》大刀闊斧的粗線條文字中，這段描寫顯得比較特殊。如果說，魯智深大鬧五臺山那樣粗獷、簡潔的筆墨，恰合於塑造傳奇中的俠僧；那麼，作者在這裏的細膩筆法，便是適應於所刻畫的現實生活中的僧人形象。作者活靈活現地描畫出一個被情慾纏擾的青年僧人，是如何利用他的財勢、發揮他的口才、費盡他的聰明，來達到誘姦目的的。然後，唯恐讀者不理解自己的用心，便直接在作品中露面，大談和尚與性的問題：

> 看官聽說，原來但凡世上的人，惟有和尚色情最緊。為何說這句話？且如俗人出家人，都是一般父精母血所生，緣何見得和尚家色情最緊？惟有和尚家第一閒。一日三餐，吃了檀越施主的好齋好供，住了那高堂大殿僧房，又無俗事所煩，房裏好床好鋪睡著，沒得尋思，只是想著此一件事。假如譬喻說一個財主家，雖然十相俱足，一日有多少閒事惱心，夜間又被錢物掛念，到三更二更才睡，總有嬌妻美妾，同床共枕，那得情趣！又有那一等小百姓們，一日價辛辛苦苦掙扎，早晨巴不到晚，起的是五更，睡的是半夜。到晚來，未上床，先去摸一摸米甕看，到底沒顆米，明日又無錢，總然妻子有些顏色，也無些甚麼意興。因此上輸與這和尚們一心閒靜，專一理會這等勾當。那時古人評論到此去處，說這和尚們真個利害，因此蘇東坡學士道：「不禿不毒，不毒不禿，轉禿轉毒，轉毒轉禿。」和尚們還有四句言語，道是：「一個字便是僧，兩個字是和尚，三個字鬼樂官，四字色中餓鬼。」[53]

---

53 《水滸全傳》，565-566頁。

這是站在世俗的立場上，對出家人性心理的揣測。其中有一定的合理成份，也不乏事實可作例證，但畢竟是以己度人，所以又反映出自家的心理狀態。

在儒家為主體的傳統文化中，性欲是最敏感的話題。正人君子們遵循「非禮勿言」的聖訓，是絕不肯公開談論的；正統的文學式樣——詩文中，也是絕不能正面表現的。到了道學家的時代，更進一步提出了「存天理，滅人欲」的主張，性欲幾乎成為犯罪的同義語。但是，人類的本能是不可能消除的，壓抑與禁錮只會造成旁溢歧出的局面。於是，通俗小說便成為談論情慾的方便處所。純粹的穢褻之作數量已相當可觀，若再把夾有或多或少穢筆的作品加上去，在全部小說中的比例將是很驚人的。在現實生活中，由於在性問題下的絕對禁欲，僧尼的心理與行為自然引起俗眾的好奇。對於這方面的破戒行為，俗眾的憤怒也是加倍的。十六世紀，意大利的歷史學家圭奇阿爾狄尼在他的《格言集》裏說：「沒有人比我再憎惡那些教士們的野心、貪婪和放縱生活的了。這不僅是因為每一種惡行本身是可恨的，而是因為每一種惡行和所有的惡行在那些宣稱自己是和上帝有特殊關係的人們的身上是最不合適的。」在差不多相同的時代，出於同樣的心理，中國的僧尼也遭到類似的抨擊。俗眾或許能夠原諒自己的放蕩行為，而不肯放棄嘲罵破戒僧尼的機會——因為他們屬於和佛有「特殊關係」而又與眾不同的社會群體。通俗小說中，有關僧尼姦淫的描寫，既滿足了人們談論違禁話題的欲求，滿足了人們對異己的社會群體的好奇心理，又宣洩了這種嘲罵的衝動。金聖歎在讀了裴如海一段後寫道：「佛滅度後，諸惡比丘於佛事中，廣行非法，破壞象教，起大疑謗，殄滅佛法，不盡不止。我欲說之，久不得便，今因讀此而寄辯之⋯⋯欲護我法，必先驅逐如是惡僧。」[54]顯然，是從小說裏感到

---

54 《第五才子書施耐庵水滸傳》，730-731頁，河南，中州古籍出版社，1985。

了共鳴。

由於這種先人為主的情感偏向，小說中的裴如海模式，便同時具有了兩種相反的品性。一種是寫實的品性。此種模式描寫的是出家人在現實人生的欲海中的陷溺，寫的是人之常情，世之常事，故自然而具有寫實的品性。前引裴如海誘姦一段便是典型文例。另一種是誇張的品性。出於上述偏見，此種模式往往誇大僧尼的性衝動，用近褻的筆調描寫其心理與行為。即如裴如海的故事中，裴如海在寺院中為所欲為的描寫與其實際身份（年輕僧人，絨線鋪小官人出家）便殊不相稱。

應該說明，小說中出現裴如海模式，並不能代表作品整體的宗教傾向。有研究者據此證明《水滸傳》具有反對佛教的傾向，但那樣無法解釋智真長老以及魯智深的形象內涵。《禪真逸史》也是如此。其中的鍾守淨是典型的裴如海式人物。作品寫他是一個「飄飄俊逸美丰姿」的「少年俊秀沙門」，開講佛法時瞥見了黎賽玉，「自此以後，恰似著鬼迷的一般」，「自言自語，如醉如癡，廢寢忘食，沒情沒緒，把那一片念佛心撇在九霄雲外，生平修持道行，一旦齊休。合著眼便見那美人的聲容舉止，精神恍惚，懨懨憔悴，不覺染了一種沉疴，常是心疼不止。」後設計將黎賽玉騙來做佛事，再設詞誆入內室。內室擺設精潔非常。黎見他「少年聰俊」，「是個富貴有勢力的和尚」，便也動了心。二人勾搭成奸後，作惡多端，被劍山眾好漢殺死。這個形象脫胎於裴如海，而劣跡則遠過之。這部作品還在開篇寫梁武帝「酷信佛教」，「朝政廢弛」，魏主反而「暗暗稱羨」，下旨建寺廣行法事。於是，引起了大將軍高歡的一番切諫，列舉了佛教的三大罪狀，洋洋千言，可作一篇「滅佛論」讀。顯然，高歡之言即作者之意。在作品卷首，還有託名唐太史令傅奕的題詞。傅奕是唐初闢佛健將，曾上書極詆佛法，又編有闢佛專著《高識集》。作者託名此人，全書大旨可

見。不過，與前代范縝、傅奕、韓愈等人闢佛言論相比，高歡所論明顯世俗化了。哲理、倫理已不是議論的要點，僧人的情慾成為抨擊的重要目標，道是：

> 雖然披緇削髮，而男女之欲，人孰無之？不能遂其所願，輕則欲火煎熬，憂思病死，甚且窬牆窺隙，貪淫犯法，而不之顧。至於佛會之說，其惡尤著……陽為拜佛看經，暗裏偷情壞法，傷風敗俗，紊亂綱常，莫此為甚。[55]

可以說，鍾守淨的形象乃是作者對高歡所論的證明。據此，這部小說似乎應屬於反佛之作。而通觀全書，卻又並不盡然。

此書名曰《禪真逸史》，並以半佛半仙的林澹然貫串全篇。所寫林澹然被唐高祖敕封為「通玄護法仁明靈聖大禪師」，行俠仗義，除暴安良，且精通佛法，甚有威靈。這從根本上肯定了佛教。可見，僅憑作品中裴如海模式的存在，就斷言全書具有如何的宗教傾向，是靠不大住的。

這種對待佛教的矛盾態度，在社會上普遍存在。錢謙益給黃梨洲的信中講：「邇來則開堂和尚，到處充塞，竹篦拄杖，假借縉紳之寵靈，以招搖簧鼓。士大夫掛名參禪者無不入其牢籠……第不可因此輩可笑可鄙，遂哆口謗佛謗僧。譬如一輩假道學大頭巾，豈可歸罪於孔夫子乎？」（《黃梨洲文集》附錄）金聖歎主張對「惡僧」「可以刀劍而砍刺之」，「以弓箭而射殺之」，深惡痛絕到了極點，但他目的卻是「真正護法」，「是則名為愛戀如來，是則名為最勝供養」。[56]對生活

---

55 〔明〕清水道人：《禪真逸史》，4頁，黑龍江人民出版社，1986。
56 《第五才子書施耐庵水滸傳》，731頁。

在現實世界中的和尚，對和俗人具有相同思想感情的和尚，則站在世俗的立場上指責之、嘲罵之；而對玄奧的佛學，對莊嚴而飄渺的佛，則敬而遠之，存而不論，或汲引以為談資。類似情況在同時期的歐洲也存在。瑞士學者布克哈特的《意大利文藝復興時期的文化》中指出：「在文藝復興達到高潮時期，意大利上層和中層階級對於教會的感情裏混合有：極端蔑視的反感、對於日常生活中的表面的宗教習慣的默認和一種信賴聖禮和聖典的意識。」看來，這種對待宗教的矛盾態度具有一定的普遍性，是在特定的信仰動搖的歷史時期，社會心態的一個重要側面。

對於陷溺欲海的僧尼，大多數小說皆持盡情嘲罵的嚴厲態度。但是，也有少數作品有所不同。話本《五戒禪師私紅蓮記》寫得道高僧五戒禪師，「一時差訛了念頭」，見色起意，與養女紅蓮發生了性關係，後且愧且悔，自行坐化而去。師弟明悟禪師恐其迷失本來面目，隨之圓寂。於是，二僧同時轉世，五戒即蘇東坡，明悟即佛印。二人交好，蘇乃「省悟前因」，「自稱為東坡居士」，「敬佛禮僧」。最後，「二人俱得善道」，蘇為大羅天仙，佛印成至尊古佛。

兩位高僧同時轉世，了卻因果，這也是白話小說的一種情節模式，如《金光洞主談舊跡玉虛尊者悟前身》、《月明和尚度柳翠》、《明悟禪師趕五戒》等。其中，《明悟禪師趕五戒》係據這篇《私紅蓮記》改寫，而《月明和尚》也很可能與此同源異流。又有《佛印師四調琴娘》，乃由《明悟禪師》衍生而成，也是同一系統中的作品。這些作品對待高僧「一時差訛了念頭」的犯戒行為，無論性質輕重（輕者如玉虛尊者，只是稍動凡心；重者如五戒禪師，姦污養女），一律給予諒解。《私紅蓮記》寫五戒禪師悔悟後，寫下八句辭世頌，曰：「吾年四十七，萬法本歸一。只為念頭差，今朝去得急。傳與悟和尚，何勞苦相逼？幻身如雷電，依舊蒼天碧。」一派大徹悟、大智慧

的氣象。至於讓他轉世為蘇東坡，再進而成大羅天仙，更是「惡有善報」，反成無上正果。

拿《私紅蓮記》同《水滸傳》，《禪真逸史》類作品比較，在對和尚犯淫戒的態度上顯然差別很大。不過，細加分析，《私紅蓮記》對和尚的性行為也是否定的，這與《水滸》等並無二致。差別在於對和尚特殊身份的看法。《水滸》等書因這種特殊身份而加倍憎惡，極盡嘲諷謾罵之能事，在裴如海死後，有兩支曲子：「堪笑報恩和尚，撞著前生冤障；將善男瞞了，信女勾來，要他喜舍肉身，慈悲歡暢。怎極樂觀音方才接引，早血盆地獄塑來出相？想『色空空色，空色色空』，他全不記多心經上。到如今，徒弟度生回，連長老涅槃街巷……只道目連救母上西天，從不見這賊禿為娘身喪！」「淫戒破時招殺報，因緣不爽分毫。本來面目忒蹺蹊，一絲真不掛，立地放屠刀！大和尚今朝圓寂了，小和尚昨夜狂騷。頭陀刎頸見相交，為爭同穴死，誓願不相饒。」這兩支曲在百回本、百二十回本中文字多有異同，但格調完全一致。這裏所錄其實是金聖歎改寫的。金聖歎為此頗費了一番心力，然後自作自讚，連批了22個「妙」字、4個「絕倒」，意猶未足，又兩次批上「真正絕妙好辭」。儘管金聖歎批點的風格有語氣誇張的特點，但短短的一小節文字裏加如此多的讚譽，也是絕無僅有的事情。可見當時對裴如海因奸被殺情節高度興趣，以及寫出這段文字時的興奮之態。作者與金聖歎這種惡意的幸災樂禍心態，表現出十足的市井氣。《私紅蓮記》中的五戒卻因身為得道高僧，「禪宗釋教，如法了得」，而受到作者的格外「照顧」。不僅未受世間的懲罰，而且轉世得為東坡先生，反獲善報。因此，筆者認為，裴如海模式的故事是佛教外的作者所創作，故主要反映了一般民眾的態度；而《私紅蓮記》等幾篇作品很可能起源於「說因緣」之類的俗講，故一定程度站到了維護佛教的立場上。

在和尚的形象系列中，魯智深是理想的英雄，裴如海是現實的凡人，而《西遊記》的唐三藏則介於其間，是一個半俗半聖的形象。

唐三藏形象中並存著三種成份：完成了艱巨的取經使命的聖僧，十世修行後轉世的金蟬長老，六根不淨的受考驗的凡夫。這三種成份在作品裏的表現方式不同，作用亦不同。

聖僧成份來源於歷史，這是唐三藏的基本身份。在早期的取經記述中，人們關心的是事實，唐三藏是當然的主角，完全以真實的聖僧的身份出現。隨著故事的廣泛流傳，人們的興趣逐漸轉移到伴生的傳說上。由於僧侶及民間藝人的渲染附會，故事的神奇色彩越來越濃，取經的本事反而淡化了。相應地，承當神奇傳說的猴行者「喧賓奪主」，唐三藏反倒退居於陪襯地位。這種顛倒狀況在《取經詩話》中已基本形成，到《西遊記》則更甚。這樣，在小說的大部分情節中，並沒有對「聖僧」的描寫，「聖僧」應有的堅韌、博學、有識等品質只間或描畫淡淡的一筆。可以說，在《西遊記》中，聖僧是唐三藏的基本身份，這是由歷史事實承襲而來的，也是整個故事賴以展開的基點，但在具體描寫中，這方面虛多實少，作者並無意表現唐三藏之「聖」，甚至有意無意間剝奪了原本屬於他的很多光榮。

在早期的取經故事中，並沒有轉世的情節。轉世是與唐三藏出身的故事聯繫在一起的。現在所見出身故事，最早當屬宋元戲文，但無轉世之說。由於這些戲文只是輯佚的片斷，故原本之有無尚不能斷定。至明人楊景賢的《西遊記雜劇》中，始見有關轉世的描寫，即第一齣觀音所云：「見今西天竺有大藏金經五千四十八卷，欲傳東土，爭奈無個肉身幻軀的真人闡揚。如今諸佛議論，著西天毗盧伽尊者託化於中國海州弘農縣陳光蕊家為子，長大出家為僧，往西天取經闡教。」吳承恩從戲劇中吸取了這一情節，但進行了三個方面的改造：1. 改毗盧伽為金蟬子，名稱中國化。2. 金蟬子轉世並非自覺臨凡承擔

取經任務，而是「只為無心聽佛講，轉託塵凡苦受磨」。3.增添了妖魔因其高貴的前生而謀害的描寫，男妖欲食之長生不老，女妖欲婚配而「盜取元陽」。這樣，唐僧就具有了第二種身份，使他有別於凡人。但這種身份對唐僧的具體形象並無多大影響。吳承恩並沒有因此為其增添聖光。真正有意義的，反是上述第三方面改動。吳承恩別出心裁，使金蟬子這一身份成為唐僧魔障的根源，從而解決了作品整體性的情節難題：為什麼諸多魔怪一再襲擾取經？怎樣使魔怪襲擾的目的與方式有所變化？統觀全書，因食肉長生或婚配長生而干擾取經的魔怪，差不多占魔怪總數的一半。因此，我們不妨認為，吳承恩從戲劇中吸取轉世情節的主要目的乃在於此，而唐僧所具金蟬子轉世這一身份的主要意義也在於此。

在西行的大多數時間、場合中，唐三藏都是作為受考驗的凡夫來被描寫的。考驗包含戒、定、慧三個方面的內容。作者把他刻畫成謹守戒律，但定力不夠，慧識更差的僧人。每當遇到險阻時，唐三藏總是「魂飛魄散，戰兢兢坐不穩雕鞍」，「撲的跌下馬來，掙挫不動，睡在草裏哼哩。」定力是如此，慧識更差。作者把他同孫悟空對比來寫：孫悟空有火眼金睛，善識妖魔真相；而唐三藏則凡胎肉眼，一次又一次受騙上當。如第八十回過黑松林一段：

卻說三藏坐在林中，明心見性，誦念那《摩訶般若波羅密多心經》，忽聽得嚶嚶的叫聲「救人」。……只見那大樹上綁著一個女子，上半截使葛藤綁在樹上，下半截埋在土裏。長老立定腳，問他一句道：「女菩薩，你有甚事，綁在此間？」咦！分明這廝是個妖怪，長老肉眼凡胎，卻不能認得……行者笑道：「兄弟，莫解他，他是個妖怪，弄喧兒，騙我們哩。」三藏喝道：「你這潑猴，又來胡說了！怎麼這等一個女子，就認得他

是個妖怪！」行者道：「師父原來不知。這都是老孫幹過的買賣，想人肉吃的法兒。你哪裏認得！」……行者笑道：「師父要善將起來，就沒藥醫。你想你離了東土，一路西來，卻也過了幾重山場，遇著許多妖怪，常把你拿將進洞，老孫來救你，使鐵棒，常打死千千萬萬；今日一個妖精的性命，捨不得，要去救他？」唐僧道：「徒弟呀，古人云：『勿以善小而不為，勿以惡小而為之。』還去救他救罷。」行者道：「師父既然如此，只是這個擔兒，老孫卻擔不起。你要救他，我也不敢苦勸你：勸一會，你又惱了。任你去救。」唐僧道：「猴頭莫多話！你坐著，等我和八戒救他去。」

讀到這裏，我們真要為孫悟空難過：跟上這樣一個愚蠢、固執、迂闊的師父，一切只能徒喚奈何了。而如果想到，類似的情景已在白骨精處、平頂山、號山出現過多次，每次唐三藏都因自己的愚蠢大吃苦頭，那就越發為他的執迷不悟、毫無長進而驚訝了。無怪乎到了二十世紀的最後幾年，當代大學生們熱捧的《大話西遊》裏，要把唐三藏惡搞成那樣的不堪。

但這還只是在淺顯層面上的描寫，作者對唐三藏凡俗成分的刻畫還有更深的表現。

在上述引文的開頭，有唐僧誦《心經》的描寫。這看似閒文的一筆其實大有深意。前面已談到，佛授《心經》是取經傳說中的重要情節，《太平廣記》、《取經詩話》都有這方面描寫。吳承恩承襲了這一情節，加以改寫，用來表現唐僧的凡夫面目。《心經》云：

觀自在菩薩，行深般若波羅蜜多時，[57] 照見五蘊皆空，度一切

---

57 人民文學出版社《西遊記》此處標點為「多，時」，誤。

苦厄。舍利子，色不異空，空不異色；色即是空，空即是色。
受想行識，亦復如是。舍利子，是諸法空相，不生不滅，不垢
不淨，不增不減。是故空中無色，無受想行識，無眼耳鼻舌身
意，無色聲香味觸法，無眼界，乃至無意識界，無無明……無
掛礙故，無有恐怖；遠離顛倒夢想，究竟涅槃。

此經為般若類經典的要義概說，核心就是論一個「空」字，指出如果
徹悟了「諸法空相」之理，那就可以心地徹底寧靜，「無恐怖」、「無
掛礙」、「度一切苦厄」，而達到涅槃之境。在取經傳說中，此經之所
以成為主要經典，成為唐僧西行的精神支柱，原因之一是經中有「度
一切苦厄」等語。但吳承恩並沒有在這方面展開描寫，甚至還屢寫
「苦厄」臨頭時誦經無效的情景。通過此經的有關描寫，主要效果昭
示了唐僧六根不淨的凡夫素質。

　　唐僧初收悟空時，路遇六個強賊，分別是眼見喜、耳聽怒、鼻嗅
愛、舌嘗思、意見欲、身本憂，擋住西行之路。那唐僧「魂飛魄散，
跌下馬來，不能言語」。孫悟空則毫不遲疑，盡皆打死。師徒倆為此
意見不和，導致行者第一次棄師而去。這是佛理意味很濃的一段。佛
經中有六根、六塵之說，六根為眼根、耳根、鼻根、舌根、身根和意
根，六塵為色塵、聲塵、香塵、味塵、觸塵和法塵。而六根、六塵又
常稱作「六賊」，如《大佛頂如來萬行首楞嚴經》：「汝現前眼耳鼻舌
及與身心，六為賊媒，自劫家寶。」[58]《雜阿含經》：「內有六賊，隨
逐伺汝，得便當殺，汝當防護。……六內賊者，譬六愛欲。」[59]意思
是，眼、耳等感官發揮功能時，會干擾清淨的禪心，認空為有，如同

---

58 電子佛典《大正藏・密教部》，T19，No.945。
59 電子佛典《大正藏・阿含部》，T2，No99。

強盜般劫掠修行所得。孫悟空將六賊一棒打殺，而唐僧傷感不已，正隱含唐僧六根不淨之意。

《心經》有「空中無色，無受想行識，無眼耳鼻舌身意，無色聲想味觸法」一段，也講的是徹悟「空」理，以斷絕六根與六塵。唐僧雖口不停誦，而心卻不能斷絕。所以，一事當前，總是心地不能清淨，毫無超脫之意。作品不斷寫他「耳熱眼跳，身心不安」、「魂飛魄散，戰兢兢坐不穩雕鞍」、「止不住眼中流淚」、「放聲大哭」，正是要表現這一點。

更直接表現作者這一意圖的，是唐僧與悟空關於《心經》的兩次討論。一次在第三十二回：

> 師徒們正行賞間，又見一山擋路。唐僧道：「徒弟們仔細。前遇山高，恐有虎狼阻擋。」行者道：「師父，出家人莫說在家話。你記得那烏巢和尚的《心經》云『心無掛礙；無掛礙，方無恐怖，遠離顛倒夢想』之言？但只是『掃除心上垢，洗淨耳邊塵。不受苦中苦，難為人上人。』你莫生憂慮，但有老孫，就是塌下天來，可保無事。怕甚麼虎狼！」長老勒回馬道：「我當年奉旨出長安，只憶西來拜佛顏。舍利國中金象彩，浮屠塔裏玉毫斑。尋窮天下無名水，歷遍人間不到山。逐逐煙波重迭迭，幾時能殼此身閒？」行者聞說，笑呵呵道：「師要身閒，有何難事？若功成之後，萬緣都罷，諸法皆空。那時節，自然而然，卻不是身閒也？」長老聞言，只得樂以忘憂。[60]

另一次在第九十三回：

---

60 《西遊記》，第32回，405-406頁，北京，人民文學出版社，1985。

忽一日，見座高山，唐僧又悚懼道：「徒弟，那前面山嶺峻
峭，是必小心！」……行者道：「師父，你好是又把烏巢禪師
《心經》忘記了也？」三藏道：「《般若心經》是我隨身衣缽。
自那烏巢禪師教後，那一日不念，那一時得忘？顛倒也念得
來，怎會忘得！」行者道：「師父只是念得，不曾求那師父解
得。」三藏說：「猴頭！怎又說我不曾解得！你解得麼？」行
者道：「我解得，我解得。」自此，三藏、行者再不作
聲。……三藏道：「悟能、悟淨，休要亂說。悟空解得是無言
語文字，乃是真解。」[61]

從不參禪念經的孫悟空解得經義，口不停誦的三藏法師反須徒弟不時
提撕。而且，師徒間的討論都是在唐僧「悚懼」、「憂慮」之時，越發
顯出他並未解得《心經》三昧，從而六根未淨，六賊不時襲擾。

吳承恩寫唐僧的六根不淨，除掉恐懼、猜疑、多慮等方面外，還
著重在他淺薄的愛心、同情心。平頂山銀角大王變作個跌折腿的道
士、號山紅孩妖變作個被害的兒童、無底洞的老鼠精變作個受難的女
子，唐僧眼觀其情，耳聞其聲，便心生同情之念，終於上了圈套。孫
悟空則千方百計遮住他的耳目，但皆終歸無效。由耳目而動心，由心
動而召致魔障，正表現出唐僧未能徹悟《心經》「無眼耳鼻舌身意，
無色聲香味觸法」之空理。

從史實角度看，吳承恩筆下的唐三藏嚴重失「真」；而從文學角
度看，這半人半聖的形象卻自有其價值。由於「六根不淨」，使他在
多數場合的表現無異於一個普通人，為這部神魔題材的作品增添了人
間煙火氣，從而讓讀者感到親切可信。由於他的肉眼凡胎，給妖魔一

---

61 《西遊記》，第93回，1172-1173頁。

次又一次可乘之機，有利於情節的發展。另外，他的愚蠢表現還成為
孫悟空的反襯，二者之間有相反相成的作用——對這些，如果體會不
夠分明，不妨設想把唐僧形象改寫作睿智卓識、膽略過人、深通佛法
的純然「聖」僧，且看那時小說的味道如何。

# 略說佛道戲曲

中國古典戲劇在其形成、發展的過程中，也受到佛教的多方面影響。如唐五代的佛寺俗講經過分化演變，產生了市井的說唱藝術，成為戲曲的一個直接源頭。又如，早期戲曲音樂的曲牌有《哪吒令》、《好觀音》、《閱金經》之類，分明與佛教音樂有一定的淵源。而在祀佛、還願之類活動中，往往伴隨著戲曲演出，自然也促進了戲劇藝術的普及與發展。至於戲劇文學的「佛緣」，可說是「非淺非非淺」。一方面，或多或少涉及佛教內容的劇本為數可觀，是謂「非淺」；另一方面，認真、細緻表現佛教題材──闡揚佛理、刻畫僧徒形象的作品卻不多，故曰「非非淺」。

中國古代戲曲是世界戲劇史上四大古典劇種之一，在其形成發展過程中，廣泛吸收了多民族文化的成份，如伴奏樂器，便是大半來自中亞。而從戲劇文學的角度看，則與印度文化──主要指佛教文化──淵源更深一些。在題材、觀念、結構等方面皆有血脈相通之處。下面，就用比較的方法，對這種淵源關係作一些具體的考察、分析。

對於中國戲曲的起源，學術界歧見紛紜。其中，最引起爭議的一種觀點是鄭振鐸先生的「梭康特拉影響」說。

《梭康特拉》是印度戲劇家卡里臺莎的作品，描寫梭康特拉與丈夫杜希揚太之間的恩怨糾葛，其中有梭康特拉千里尋夫，而杜希揚太負心忘義，將其遺棄的情節。二十世紀三十年代初，在天台山國清寺發現了很古老的梵文鈔本《梭康特拉》。由於天台山距我國早期戲劇──溫州戲文的發源地很近，便激發了鄭先生探尋二者關係的念

頭。經過比較研究，他認為，《梭康特拉》等劇本是印度商人或僧人由海路帶入中國的，中國戲劇是在印度戲劇影響下成形的[1]。他的理由有三點：

1. 溫州戲文與印度戲曲結構形式十分相似，如都由「唱」、「念」、「做」三種元素構成，開場都有定場詩、開場白一類的套子，結束都有下場詩、結束語，表演行當也基本相同。

2. 現在所知最早的戲文是《趙貞女蔡二郎》與《王魁負桂英》，現存的早期戲文為《張協狀元》，題材皆為「癡情女子負心漢」，而這恰是《梭康特拉》的中心內容。

3. 唐宋兩代，中印間海上交通很便利，有材料表明，文化交流的速度是很快的。

對鄭先生的這一假說，特別是中國戲劇完全由印度輸入的觀點，學術界多持否定態度。近年來，又有人從所謂「美狄亞母題」的角度再次論證其說的偏頗。《美狄亞》是古希臘劇作家歐里庇得斯的作品，寫美狄亞屢次幫助伊阿宋，但二人結合後，伊阿宋另覓新歡。美狄亞便施辣手冷酷無情地報復了伊阿宋。研究者認為，這種棄婦報復負心丈夫的故事具有「全人類的意義」，因為表現的是普遍存在的「破碎的婦女心靈的悲劇」。在不同文化背景的國家或地區，類似題材的文學作品反覆出現，所以有了「美狄亞母題」之說。按此說分析，《趙貞女蔡二郎》、《王魁負桂英》與《梭康特拉》之間的關係是平行性再現，而非影響性承襲。

這兩種見解涉及到比較文學研究的一些根本性方法分歧，這裏自然不能細加剖斷。但二說都富有啟發性，可以使我們研究中國戲劇起源時眼界更為開闊些。

---

1 鄭振鐸：《戲文的起來》，見《鄭振鐸說俗文學》，236-242頁，上海古籍出版社，2000。

　　說中國戲劇完全由印度輸入，是不合於史實的。但指出其所受印度文化的影響則是完全必要的。印度戲劇早於中國戲劇，中印間以佛教為契機的文化交流十分頻繁，而中印戲劇又確有內容、形式上的若干相似點，因此，中國戲劇在成形過程中受到印度戲劇的啟發、影響是完全可能的，但這需要我們拿出更切實的證據來。在沒有直接證據的情況下，認為二者主要是平行發展的關係，而不排除在某些具體問題上承襲的可能性，則較為穩妥些。

　　中國戲劇一定程度上受到印度文化的沾溉，更確鑿的證據在於對佛教故事的移植編演。有的劇碼直接演出印度佛教傳說，如明代傳奇《目連救母》。有的則雜取佛教故事改編而成，如元人李好古的《沙門島張生煮海》。劇中寫書生張羽寄住於東海之濱的石佛寺，夜晚彈琴自娛，龍女出海潛聽，心搖情動，便與他約為夫妻，並定於八月十五日相見。張生日後相訪，人海相隔，仙蹤難覓。有仙姑特地贈他三件法寶：銀鍋一個、金錢一文、鐵勺一把。張生持寶到沙門島，支起銀鍋，投入金錢，以鐵勺將海水舀入鍋內煮沸。鍋內水減一分，海中水去十丈。最後迫使龍王應許了婚事。請石佛寺長老為媒，舉行婚禮。這時，東華仙趕到，指明張生、龍女乃金童、玉女下界，有宿世因緣，便帶二人上天同歸仙位。

　　龍王居龍宮，有龍女，這和《柳毅傳書》同一機抒，這受到《摩訶僧祗律》等佛典的啟發影響。至於以鐵勺等法寶煎乾海水來降伏龍王的情節，則與《生經》有些血緣關係。《生經》的《佛說墮珠著海中經》講菩薩為濟世度人而入海尋得寶珠，返回的路上被龍王搶去。菩薩便取出勺子，決心將海水舀乾，最後迫使龍王送出了寶珠[2]。很顯然，《張生煮海》的基本故事骨架乃由此襲取。大的改動有兩處：

---

2　見電子佛典《大正藏・諸宗部》T3，No.154。

一處是將寶珠改為龍女，這很可能受《柳毅傳書》的啟發，而且較適
合於觀眾的口味；另一處是既設置石佛寺長老來保留佛教氣息，又寫
東華仙、金童、玉女來增添道教氛圍，這間接反映了當時三教合一的
思想趨勢。

　　另一個襲取佛教題材的典型例子是元雜劇《龐居士誤放來生
債》，講居士龐蘊虔心禮佛，廣行善舉，其妻女亦共同修持，與禪門
大德馬祖道一、石頭希遷，百丈懷海屢有印證。後其女靈兆借賣笊籬
之機，點化了禪師丹霞天然，舉家白日升天，共成正果。這一題材主
要取自《五燈會元》。《五燈會元》卷一「馬祖道一法嗣」下列有「龐
蘊居士」的事蹟，說他以馬祖、石頭為師，與丹霞為友，舉家向佛。
其女靈照「鬻竹漉籬供朝夕」，在賣笊籬時得以徹悟，與其父先後坐
化。劇本將因果報應思想摻到龐居士事蹟中，更加強了佛教的宣傳氣
息。對《五燈會元》所記的龐蘊事蹟，劇作者大體照搬，甚至把龐蘊
的偈語也抄作臺詞如第一折中：「斷絕貪嗔癡妄想，堅持戒定慧圓
明。自從滅了無明火，煉得身輕似鶴形。」[3]劇中馬祖、丹霞的臺
詞，也大多由禪門燈錄中攝取。

　　也有的劇本題材雖與佛門有緣，但屬間接關係。如《牡丹亭》的
故事來自話本小說《杜麗娘慕色還魂》。不過湯顯祖在《牡丹亭題
詞》中講：「傳杜太守事者，彷彿晉武都守李仲文，廣州守馮孝將兒
女事，予稍為更而演之。」可見他在創作時還參考了李、馮二事。李
事出於《搜神後記》，馮事出於《異苑》。冥合還魂之事，《太平廣
記》等書中頗有一些。今湯顯祖獨拈出李、馮二事，實事出有因。這
兩則異聞同收入唐代佛教類書《法苑珠林》，湯氏乃由此中取材。所
以，說湯顯祖《牡丹亭》的題材與佛教有些瓜葛，也不算牽強。

---

3　見《元曲選》，295頁，中華書局，1979。

　　類似的例子還可以舉出一些，但總體來說，數量並不算多。這恐怕是因為佛教故事大多畢竟不適合於舞臺吧——像《龐居士誤放來生債》那些的劇本，演出效果不會太好，而《張生煮海》較受歡迎的原因恰在於增加了婚戀的非佛教因素。我們舉出上述幾例，只不過是要說明，中國戲劇如同其他文學體裁一樣，也確實受到了來自印度的佛教文化的影響而已。

　　除了題材方面的影響之外，劇本中的佛教內容主要還表現為佛理的宣傳及僧徒的形象。在這兩方面，略有涉及的作品並不少，而正面著意描寫的卻不多。下文就其中有代表性的作一些簡要的介紹。

　　現存元雜劇中，正面宣揚佛理的只有《東坡夢》、《冤家債主》、《忍字記》、《度柳翠》、《來生債》等數種而已。《東坡夢》寫蘇軾與佛印相調笑事，東坡指使妓女白牡丹引誘佛印破戒，結果白牡丹反被佛印度化做了尼姑。作品雖寫了東坡與佛印參禪問答的情節，但著眼點不在於此，故所寫佛理只是「人相我相眾生相」、「色即是空，空即是色」一類空泛話頭，並無認真之意。《冤家債主》是宣揚因果報應的，劇中寫張善友的妻子昧了某僧銀錢，僧便投生其家破敗其產業，最後因果昭彰。佛理主要通過劇情來表現，正面宣講之處並不多。比起來，《忍字記》、《度柳翠》闡揚佛理較為直接。《度柳翠》下文再講，這裏看一看《忍字記》。

　　《忍字記》是鄭廷玉的作品。他是元代前期的重要劇作家。作品存目二十三種，今存六種，包括《冤家債主》、《忍字記》、《看錢奴》等。《忍》劇寫如來座下第十三尊羅漢謫下凡塵後為劉均佐，其人慳吝不堪，於是有彌勒、伏虎禪師、定慧長老分別入世點化。彌勒在他手上寫一「忍」字，助成了修行，使其終於認清本來面目。劇中既有通過故事情節說法處，也有直說佛理處，如第三折定慧長老白：

> 想我佛西來傳二十八祖、初祖達磨禪師，二祖慧可大師，三祖
> 僧璨大師，四祖道信大師，五祖弘忍大師，六祖惠能大師。佛
> 門中傳三十六祖五宗五教正法。是哪五宗？是臨濟宗、雲門
> 宗、曹溪宗、法眼宗、潙山宗。五教者，乃南山教、慈恩教、
> 天台教、玄授教、秘密教。此乃五宗五教之正法也。
> ……[4]

可以看出，作者對佛理並無高深修養，故所云似是而非。統觀全劇，
類似不準確的地方還可指出一些，如開端介紹主人公，稱「上方貪狼
星乃是第十三尊羅漢」；第一折描寫彌勒化身為「布袋和尚」，竟隨身
帶「嬰兒姹女」，都是把道教與佛教強扭到一起。雖則如此，作者闡
述佛理的態度是認真的，宣揚佛教宗旨的目的也十分明確，這在元代
劇壇上是並不多見的。

《忍字記》關於彌勒化身的一段描寫有一定的史料價值。劇中借
劉天佐之口描寫彌勒的形象道：

> 他腰圍有簸箕來粗，肚皮有三尺高。便有那駱駝、白象、青獅、
> 豹，敢可也被你壓折腰。[5]

彌勒在印度佛經中的原初形象是：「時有迦波利婆羅門子，名彌勒，
軀體金色，三十二相，八十種好，放銀光明，黃金校飾，如白銀山威
光無量。來至佛所。爾時世尊。與千二百五十比丘經行林中，又有結
髮梵志五百人等，遙見彌勒，威儀庠序，相好清淨，五體投地。[6]」

---

4　見《元曲選》，1072頁。

5　見《元曲選》，1062頁。

6　《一切智光明僊人慈心因緣不食肉經》，見電子佛典《大正藏·本緣部》T3，No.
　　183。

「有婆羅門家生一男兒，字曰彌勒，身色紫金，三十二相，眾好畢滿，光明殊赫。出家學道，成最正覺。」[7]這樣的形象與釋迦佛並無二致。各種經籍中類似的描寫多多，可以說是「定型」的標準形象。而傳入中土後卻漸生變化。五代以來，出現布袋和尚的傳說，並把他與彌勒聯繫起來宋代塑彌勒像，據說已有參照布袋和尚形象操作了的。《忍》劇這段描寫可以證明至晚到元初，「大肚」彌勒「笑和尚」的形象已經定型。

劇中闡發佛理的，無過於湯顯祖的《南柯記》。湯是我國古代最偉大的劇作家之一，江西臨川人，生活在明後期（主要活動於萬曆年間）。他的代表作是《紫釵記》、《牡丹亭》、《南柯記》、《邯鄲夢》，因其中都以夢境為重要關目，故被統稱作「臨川四夢」。「四夢」中都有濃厚的佛教氣息，而《南柯記》尤甚。

湯顯祖對佛教，特別是禪宗深感興趣。明末有所謂四大高僧，湯與其中兩位——紫柏、憨山——均有往來，而與紫柏的交誼相當親密。湯顯祖有佛門別號曰「寸虛」，即紫柏所命。紫柏稱與湯「有大宿因」，故「以最上等人」相期。晚年，湯還組織「棲賢蓮社」，招納同道共參佛理；並為《五燈會元》作序。詩文中禪理禪趣更是所在多有。至於劇本，以「夢」為關目，本身就反映了「色空無二」、「夢幻空華，何勞把捉」的佛教人生觀。湯顯祖有《夢覺篇》，記夢紫柏來信而感悟的情形，略云「似言空有真，並究色無始」、「如癡復如覺，覽竟似驚起」[8]，有意識地把「色空」、「覺悟」同夢境聯繫起來。

《南柯記》作於湯顯祖的晚年。劇本取唐傳奇《南柯太守傳》的基本情節加以改編。《南柯太守傳》講的是淳于棼夢入蟻穴，被招為

---

7　《賢愚經》，第12卷，見電子佛典《大正藏・諸宗部》T4，No.202。

8　〔明〕湯顯祖：《湯顯祖詩文集》，535頁，上海，上海古籍出版社，1982。

駙馬，享盡富貴榮華，後失勢被送回人間，醒來卻是一夢。然躡跡尋蹤，大槐樹下蟻穴與夢境無殊。湯顯祖把這個故事套到一個因果報應的框架中，道是契玄法師前生無意中傷害了一些螞蟻，故此生借說法之機促成淳于棼與螞蟻公主的姻緣，而借淳于棼的力量超渡眾蟻升天。對這個框架，湯氏用重筆濃墨進行渲染，從而使劇本在原作的人生如夢、富貴無常的主題之外，又產生了因果報應、佛法無邊的第二主題。為加重這一主題的份量，劇本的《禪請》、《情著》等出還刻意設置了講說佛理的場面。如《情著》一出，寫淳于棼與蟻國的女官見面，被彼相中，地點是在孝感寺。按說孝感寺只是一個故事的環境，其佛教性質可以略有表現，也可不表現。而湯顯祖卻大寫契玄說法的具體情景，先是由契玄把《五燈會元》中的「兔角龜毛」、「金鉤垂釣」之類的話頭演說一番，然後分別由首座、某老僧與淳于棼先後問禪，提供機會，再讓契玄反覆宣講。而這都是和戲劇情節全不相干的內容。茲略加節錄，以窺一斑：

> 淨（即契玄）：大眾，若有那門居士，禪苑高僧，參學未明，法有疑礙，今日少伸問答。有麼？
>
> 外扮老僧上：有，有，有，敢問我師如何是佛？
>
> 淨：人間玉嶺青霄月，天上銀河白晝風。
>
> 外：如何是法？
>
> 淨：綠蓑衣下攜詩卷，黃篾樓中掛酒篘。
>
> 外：如何是僧？
>
> 淨：數莖白髮坐浮世，一盞寒燈和故人。
>
> 外：多謝我師，今日且歸林下，來日問禪。
>
> （下）
>
> ……

生（淳于棻）上：〔謁金門前〕閒生活，中酒嗔花如昨。待近爐煙依法座，聽千偈瀾翻個。

小生淳于棻，來此參禪。想起來落拓無聊，終朝煩惱，有何禪機問對？就把煩惱因果，動問禪師。（見介）小生淳于棻，稽首，特來問禪。如何是根本煩惱？

淨：秋槐落盡空宮裏，凝碧池邊奏管絃。

生：如何是隨緣煩惱？

淨：雙翅一開千萬里，止因棲隱戀喬柯。

生：如何破除這煩惱？

淨：唯有夢魂南去日，故鄉山月路依稀。

（生沉吟）

淨（背介）：老僧以慧眼觀看，此人外相雖癡，到可立地成佛。

……

貼（蟻仙）（響唱介）：《妙法蓮花經·觀世音菩薩普門品》。

淨：六萬餘言七軸裝，無邊妙義廣含藏。白玉齒邊流舍利，紅蓮舌上放毫光。喉中玉露涓涓潤，口內醍醐滴滴涼，假饒造罪過山嶽，不須妙法兩三行。〔梁州新郎〕人天金界，普門開覺，無盡意參承佛座。以何因果，得名觀世音那？佛告眾生遇苦，但唱其名，即時顯現無空過。貪嗔癡應念，總銷磨。求男求女智福多。（合）如是等，威慈大，是名觀世音菩薩。齊頂禮，妙蓮花。

……9


以上所錄尚不足此出宣講佛理部分的一半。湯劇中有關佛理的描

9　〔明〕湯顯祖：《湯顯祖戲曲集》，536-538頁，上海，上海古籍出版社，1978。

寫不僅篇幅長，而且極嚴肅認真。和吳承恩《西遊記》、徐文長《翠
鄉夢》、《歌代嘯》相比，湯的突出特點就在於態度虔誠，無一分玩
笑態。

《南柯記》中表現的「夢幻空華」觀念，與憨山、紫柏的影響似
有直接的關係。憨山給湯顯祖的信中有「種種幻化之緣，皆屬空華佛
事耳」的告誡。紫柏更是長篇大論地向湯灌輸，以期「接引寸虛了此
大事」。他在信中抄毗舍浮佛的傳法偈：「假借四大以為身，心本無生
因境有。前境若無心亦無，罪福如幻起亦滅。」希望能以此「接引」
湯氏入佛門。又講：

> 若相續假以因成，錯過本來面目，便將錯就錯。不惟不知因成
> 之前，心本獨立，初非附麗；即其照無中邊之光，初不夢見，
> 彼照而應物；偶然忘照，流入因成。以不知是因成，復流入相
> 續，相續流入相待。相待是何義？謂物我對待，兀然角立也。
> 嗚呼！相待不覺，則三毒五陰，亦不明而迷矣。[10]

觀《南柯記》中淳于棼的夢幻經歷，不正是由「忘照」而「因成」，
然後因緣「相續」，終至於「兀然角立」「不明而迷」嗎？

《南柯記》中佛理的闡發集中而明顯。實際上，就是《牡丹亭》
也有佛教潛在的影響。《牡丹亭》的核心內容是肯定、讚揚人的天生
情慾。湯顯祖在《牡丹亭題詞》中講：「情不知所起，一往而深，生
者可以死，死可以生。」這種觀點與王學後勁——泰州學派的「百姓
日用是道」、「制欲非體仁」、「人情之外別無天理」主張分明相通。而
眾所週知，泰州的主張與禪宗的「平常心是道」、「作用見性」說血脈

---

10 〔明〕紫柏：《與湯義仍》，見《紫柏老人集》，608頁，北京圖書館出版社，2005。

相通。當然，並不是說《牡丹亭》全由佛理衍生，而是說佛教對劇中流露的某些觀點有一定的影響而已。

劇中演說佛理，一般不會有好的效果，即使才華如湯顯祖。但劇中出現僧人形象，如果處理得宜，卻可令舞臺生輝。

元雜劇舞臺上，給人印象最深的和尚當屬《西廂記》普救寺中的幾位，特別是那個惠明。劇本寫叛將孫飛虎率五千人馬圍住普救寺，欲強娶崔鶯鶯。張生修書請白馬將軍解救，須有人突圍送信，這時惠明挺身而出，且看他的幾段唱詞：

> （惠明上云）我敢去！
> 〔正宮〕〔端正好〕不念《法華經》，不禮《梁皇懺》。颭了僧伽帽，袒下我這偏衫，殺人心逗起英雄膽，兩隻手將烏龍尾鋼椽搦。
> 〔滾繡球〕非是我貪，不是我敢，知道他怎生喚作打參？大踏步直殺出虎窟龍潭。
> ……
> 〔滾繡球〕我經文也不會談，逃禪也懶去參，戒刀頭近新來鋼蘸，鐵棒上無半星兒土漬塵緘。別的都僧不僧，俗不俗，女不女，男不男，則會齋的飽也則向那僧房中胡淨，那裏怕焚燒了兜率伽藍？則為那善文能武人千里，憑著這濟困扶危書一緘，有勇無慚。
> （末云）他倘不放你過去，如何？（惠云）他不放我呵，你放心。
> 〔白鶴子〕……
> 〔二〕遠的破開步將鐵棒颭，近的順著手把戒刀鈔。有小的提起來將腳尖撞，有大的扳過來把骷髏勘。

〔一〕我瞅一瞅古都都翻了海波，滉一滉廝琅琅振動山岩。腳踏得赤力力地軸搖，手扳得忽剌剌天關撼。

……

〔耍孩兒〕我從來欺硬怕軟，吃苦不甘，你休只因親事胡撲俺。若是杜將軍不把干戈退，張解元干將風月擔。我將不志誠的言辭賺。倘或紕繆，倒大羞慚。

（惠雲）將書來，你等回音者。

〔收尾〕恁與我助威風擂幾聲鼓，仗佛力吶一聲喊。繡幡下遙見英雄俺，我教那半萬賊兵唬破膽！[11]

豪俠、勇武，氣吞萬里，在中國文學史的畫廊中，只有《水滸傳》的魯智深可與這個莽和尚媲美。而事實上，魯智深很可能是在惠明形象啟發下塑造出來的。理由有二：1. 元雜劇幾齣「水滸戲」中的魯智深形象都比小說《水滸傳》的魯智深差得多，而所差正在這種豪俠，勇武的光彩。2.《水滸傳》中魯智深破酒肉戒，在寺中尋人打鬧，類似《西廂記》惠明的行徑；武松在快活林的自我表白「演說」，全脫胎惠明「欺硬怕軟」的一段唱。因此，說施耐庵「偷勢」於《西廂記》的惠明，當非誣妄；說《西廂記》為中國文學史塑造了一個莽和尚的不朽典型，亦非過譽。

像惠明這樣的「英雄」和尚，雖然也表現出佛門異端──「狂禪」的某些特色，卻畢竟不是僧侶的「當行本色」，劇本寫這樣的形象，也並無宣揚佛理的意思。

雜劇舞臺上，更多的是無甚特色的配角和尚，如《合汗衫》中的相國寺住持長老、《冤家債主》中的化緣僧、《薦福碑》中的薦福寺長

---

11 〔元〕王實甫：《西廂記》，76-78頁，北京，人民文學出版社，1995。

老等。這些舞臺形象接近於生活真實，但本身沒有「戲」，只是為發展情節而存在，性格既無特色，又與義理無關，所以很難給觀眾留下什麼印象。

元雜劇中，既以僧人為主角，又以宣揚佛理為宗旨的劇碼首推《月明和尚度柳翠》。劇本作者不詳[12]。故事大意為：觀音淨瓶中楊柳枝偶然污染，被罰入塵世，投胎作了妓女，名喚柳翠。柳翠宿債償滿後，月明尊者下界點化度脫她。經過幾次反覆，終於使柳翠了悟本來面目，斬斷塵緣，坐化歸西。劇本中的月明和尚是一個典型的狂禪形象，飲酒吃肉，瘋瘋癲癲，但徹悟佛法，神通廣大。且看這樣一段對白：

> 行者：我叫你做好事（指為柳翠家做法事）。
>
> 正末（即月明）：你幾曾做那好事來。我問你，那裏有酒麼？
>
> 行者：人家做好事，哪得有酒？
>
> 正末：有酒我便去，無酒我不去。
>
> 行者：有酒，有酒。
>
> 正末：那裏有肉麼？
>
> 行者：我說道做好事，哪得肉來？
>
> 正末：有肉我便去，無肉我不去。
>
> 行者：有肉有肉。
>
> 正末：是誰家做好事？
>
> 行者：是柳翠家。
>
> 正末：哦，是那好女孩兒的柳翠麼？
>
> 行者：你問她怎的？

---

12 此劇作者佚名。或稱李壽卿作，未有定論。

正末：是別人家我不去，是柳翠家我便去。

行者：偏怎生他家你便去？

正末：我若不去呵，怎生成就俺那姻緣大事？

行者：正是瘋魔和尚！你和他成就姻緣，他怎生肯哩。

正末：你先行者，我隨後便來也。（背云）他哪裏知道，貧僧
乃是西天第十六尊羅漢月明尊者。因為杭州抱鑑營街積妓牆下
有一風塵妓女柳翠，此女子本是如來法身，恐怕他迷卻正道，
特著貧僧引度此女子，只索走一遭去。想初祖達摩西至東土，
不立文字，教外別傳，直指人心，見性成佛。此個道理，你世
上人怎生知道也呵。[13]

這裏月明的插科打諢之處，絕類《濟顛語錄》中的道濟，而且二者同
為羅漢下界，似乎是同源異流的兩個形象。劇本中雖用了不少篇幅渲
染月明和尚的瘋癲，但最終卻把他塑造成一個有道高僧。為此，不僅
設計了月明和尚指揮閻王的情節，還安排了他多次說法談禪的場面，
讓他在舞臺上大講「般若波羅蜜」、「人相我相眾生相」。這在其他劇
作中也是很難見到的。

除了宣揚禪理之外，這個劇本也表現了因果、轉世等佛教觀念。
由於把柳翠寫成妓女，便有意無意中體現出「『一闡提』皆有佛性，
皆可成佛」的思想。不過，若嚴格衡量起來，這個劇本所講述的佛理
頗有欠準確處。看來作者也同吳承恩之類的小說作者相似，對佛教雖
有興趣，卻只停留在「票友」的水平。

這個劇本到了明代，與《五戒禪師私紅蓮記》的故事摻和到了一
起。於是，小說方面，出現了《西湖遊覽志》中新的「度柳翠」故

---

13 見《元曲選》，1337頁。

事，及《古今小說》中《月明和尚度柳翠》，還有《西洋記》中插入
的「柳翠因果[14]」；戲劇方面，則有徐渭的新作《玉禪師翠鄉一夢》。

徐渭的戲劇理論與創作都有很高的成就。所作劇本有《四聲猿》
及《歌代嘯》。《四聲猿》為四種短劇，《翠鄉夢》是其中之一。與
《度柳翠》相比，徐作的改動主要有兩點：1. 柳翠的前生不是淨瓶柳
枝，而是高僧玉通。玉通得罪了柳府尹，柳命營妓紅蓮設計引誘玉通
破了色戒。玉通羞憤之下坐化，一靈不昧，投生到柳家為女，是為柳
翠。故做娼妓敗壞府尹門風，對其進行報復。2. 月明和尚與玉通禪師
為同修好友，深知前因後果。他度脫柳翠的方法是扮演當年的故事，
引發柳翠的前世記憶。在舞臺表現上頗收新鮮效果。

這樣一改，故事的主角就由月明變為了柳翠，而玉通破戒的情節
成了全劇的緊要關目所在。作品的主題也發生了相應的變化。一位有
道高僧，二十年修持，「欲河堤不通一線」，卻輕易為妓女破戒，「被
一個小螻蟻穿漏了黃河堤」。這只能說明佛法不足恃，情慾不可滅。
劇本中借月明和尚之口講出：「俺法門像什麼？……像荷葉下淤泥藕
節，又不要齷齪，又要些齷齪。」也是反對矯強不近人情的「修
為」。

把和尚放到最敏感的問題——性欲前面來考驗，使其破戒出醜，
這在明清小說中屢見不鮮；而在劇作中，《翠鄉夢》則是典型的一
種。徐文長這樣處理，一則受社會潮流的影響，二則與他自己的思想
傾向有關。徐文長與李卓吾、湯顯祖、袁宏道同為中晚明啟蒙思潮中
的人物。袁有《徐文長傳》，對其人其文備加讚賞。袁之友人陶望齡
亦有《徐文長傳》，指出他的思想傾向近於王學，且近於禪。我們知
道，近王近禪正是李、湯、袁等共同的思想特色。而這批人物雖然都

---

14 見《三寶太監西洋記通俗演義》第九十二回「國師勘透閻羅書」。

對佛教深感興趣，但又充分肯定人的情慾，因而對佛門之清規戒律有程度不同的譏彈。徐文長對柳翠故事的改造，便體現出這一傾向。而在他的另一劇本《歌代嘯》中，這種傾向尤為明顯。

《歌代嘯》是一部風格奇特的諷刺性鬧劇，通過對張、李二僧的種種荒誕際遇，揭露了那個時代世風日下、混亂顛倒的社會現狀，同時也諷刺了僧人在財、色誘惑下的醜態。且看劇本開端的一段：

> （扮張和尚僧帽僧衣上）誰說僧家不用錢，卻將何物買偏衫？
> 我佛生在西方國，也要黃金布祇園。小僧本州三清觀張和尚是
> 也。緊自人說，我等出家人，父親多在寺裏，母親多在庵裏。
> 今我等兒孫又送在觀裏，何等苦惱！師弟喚作李和尚，頗頗機
> 巧，只是色念太濃。這是他從幼出家，未得飽嘗此味，所以如
> 此。但此事若犯，未免體面有傷；不如小僧利心略重，還不十
> 分大犯清規。一向口挪肚減，積下些私房，已將師父先年典去
> 的菜園，暗自贖回，未曾說與李和尚知道。昨見他衣衫上帶些
> 脂粉氣，不知這貓兒又在何處吃腥。
> ……（李和尚僧衣光頭應上）來了。自從披剃入空門，獨擁狐
> 衾直到今。咳！我的佛，你也忒狠心！若依愚見看來，佛爺
> 爺，你若不稍寬些子戒，哪裏再有佛子與佛孫。[15]

這種描寫是漫畫式的醜化，但作者的態度是善意的玩笑。他所嘲諷的主要對象是不切人情實際的佛門清規。而漫畫了的破戒和尚形象，又是戲劇觀眾──包括市民與農民──歡迎的笑料。筆者曾在嘉峪關，看到關前的戲臺兩側有清代的壁畫，一側是破戒的尼姑生下怪胎，另

---

15 〔明〕徐渭：《歌代嘯》，見《徐渭集》，1233頁，北京，中華書局，1983。

一側是一群小和尚遙相張望，很能代表俗眾這種惡作劇式的欣賞心理。而清代傳奇劇《僧尼相會》則是更直接迎合這種心理了。

不過，應該說明的是，徐渭對佛學畢竟有一定的修養，對禪宗尤有好感，故《歌代嘯》雖基本屬於諷刺性鬧劇，但暗用佛典、暗寓佛理之處也不可忽視。如劇中的「李和尚通姦，張和尚被捉」，「丈母娘牙痛，灸女婿足跟」這一主要情節即由佛典衍生。華嚴始祖法順曾有《法身頌》：「青州牛吃草，益州馬腹脹，天下覓醫人，灸豬左膊上。」徐作襲用其意至為明顯。

明清兩代舞臺上，還出現過一些有特色的和尚形象。如《雷峰塔》中的法海，成為封建禮教、封建秩序的化身；《千鍾祿》中的建文帝，遜位後出家為僧，表現了亂世士人共同的淒涼幻滅感。劇中《慘睹》一折膾炙人口：

> （小生上，生挑擔各色蒲團上）徒弟走。
> （生）大師請。
> 〔傾盃玉芙蓉〕（合）收拾起大地山河一擔裝，四大皆空相。歷盡了渺渺程途，漠漠平林，壘壘高山，滾滾長江。但見那愁雲慘霧和愁織，受不盡苦雨淒風帶怨長！這雄壯，看江山無恙，誰識我一瓢一笠到襄陽！

這段曲詞將亡國之君的感受與行腳僧人的身份巧妙地融合到一起，語工意切，在清初傳唱頗廣，以致有「家家『收拾起』」的俗諺。

# 略說佛助文心

　　佛教與中國古代文學的關係還表現在理論批評上，無論是詩論、文論，還是小說理論，佛學的影響都是相當深厚的。特別是在創作論方面，佛學以其「深入人心」的特色，提供了不少傳統儒學所欠缺的理論元素。

　　唐代以後，很多重要的詩論觀點都與佛門有或深或淺的淵源。即以迄今最有影響力的「境界」說而論，其直接的思想源頭無可置疑地在佛教中，與僧人皎然有著特別密切的關係。

　　皎然是古代名氣最大的詩僧之一，其詩歌創作在盛中唐之際卓然名家。而他在詩論方面的成就更為突出。從詩歌理論發展史的角度看，鍾嶸與司空圖之間，皎然允稱翹楚。他的理論著作有《詩式》五卷、《評論》三卷、《詩議》一卷等，其中《詩式》最有影響。這是一部正面論述五言詩創作問題的專著，既總結了盛唐詩的創作經驗，又為中唐險怪、苦吟詩派打下了理論基礎。《詩式》中佛理的折光斑斑可見，如詩歌創作「得空王之道助」、「明作用」等，而理論內涵最豐富的是「取境」之說。

　　《詩式》卷一有《取境》一節，論曰：

　　　夫不入虎穴，焉得虎子！取境之時，須至難至險，始見奇句。
　　　成篇之後，觀其氣貌。有似等閒不思而得，此高手也。[1]

---

1　〔唐〕皎然：《詩式》，30頁，山東，齊魯書社，1986。

在《辨體有一十九字》中曰：

> 夫詩人之思初發，取境偏高，則一首舉體更高；取境偏逸，則
> 一首舉體便逸。[2]

以「境」論詩，始於王昌齡。他在《詩格》中提出了「詩有三
境」的看法，甚至還出現了「意境」的字眼。但他主要著眼於表現對
象的類別，「境」的理論內涵並不多。皎然的「取境」說則借徑於佛
學，從新的視角來認識詩歌創作。其後，經過金聖歎、王國維等人的
發揮，形成了意蘊豐厚、影響廣泛的「意境」說。

要認識皎然「取境」說的真諦，須先進行兩個方面的考察：
「境」的語源，皎然的佛學造詣。

「境」在漢語中的本義是疆界，「邊境」、「環境」都是由此衍生
的用法。後來，在佛典翻譯中，「境」字被大量使用，意義也有所變
化。大致說來，有兩類用法。一類如淨土宗的代表著作《安樂集》所
云：「若論此處境界，唯有三塗，丘坑山澗。沙鹵棘刺……不可具
說。」又如唯識宗窺基的《成唯識論述記》所云「內識轉似外境」
等。這裏的「境」指虛妄不實的外部世界，是「心」、「識」的對待
物。此類用法接近於日常的「環境」用法。另一類如天台宗大師智顗
的《摩訶上觀》所云：「（止觀十境）通稱禪定者，禪自是其境」、「諸
方便道菩薩境界即起也。」「境」在這裏轉指心靈的某種狀態，是修
行者的精神「內境」。此類用法多用於坐禪修行，與漢語本義距離較
遠。在講究禪定修行的各派中，「內境」的用法相當普遍，如天台宗
與禪宗的著作。

---

2 〔唐〕皎然：《詩式》，53頁。

　　皎然恰與這兩個宗派淵源較深。皎然雖然糾纏於俗世中，但對佛學也頗有造詣，編有《內典類聚》等佛籍，自比於支道林，稱「善標宗要」，並具有「獨悟」的能力。福琳的《皎然傳》記他「謁諸禪祖，了心地法門，與武邱山元浩、會稽靈澈為道交。」福琳本人是禪門菏澤宗（神會一系）的大師，傳中的「了心地法門」云云，可證明皎然曾和禪宗有過密切關係，對「頓悟」、「一超直入佛地」等修持主張很瞭解。皎然本人也寫有《能秀二祖贊》，對禪宗祖師做了很高評價。另外，福琳在《傳》中提到的元浩則是天台宗的重要人物。天寶年之後，天台宗「渙然中興」（《續高僧傳·湛然傳》），大盛於江南，在士人中影響尤大。天台大師湛然與古文學家李華、梁肅等都有密切的師友交誼。元浩是他的入室弟子，亦與梁肅交好。而皎然既與梁、李為文字交，又與元浩為「道交」。天台門人宣兌等亦與皎然「結法門昆弟之交」。皎然寫有《天台和尚法門義贊》及《蘇州支硎山報恩寺法華院故大和尚碑》，碑文詳述天台宗源流與宗旨，足見對天台大師德望及學說的心儀。皎然對佛教各宗派的畛域不甚在意，但據以上材料，他在思想理論方面受禪宗與天台宗的影響是比較大的。

　　這兩個宗派都強調內心修持——「止觀」，學理有相通處。而天台宗對「止觀」時內心的狀態更有甚為精細的說明，如《摩訶止觀》中有兩段很典型的論述：

　　　問：五陰俱是境，色心外別有觀耶？答：不思議境智即陰是觀，亦可分別。不善無記陰是境，善五陰是觀。觀既純熟無惡無無記，唯有善陰，善陰轉成方便陰，方便陰轉成無漏陰，無漏陰轉成法性陰，謂無等等陰。豈非陰外別有觀耶？小乘尚爾。況不思議耶。問：若轉陰為觀，報陰亦應轉。答：《大品》云：『色淨故受想行識淨，般若亦淨。』法華云：『顏色鮮

白六根清淨。』即其義也。陰雖轉觀，境宛然云云。

觀心是不可思議境者，此境難說。先明思議境，令不思議境易顯。……此之十法遷迤淺深皆從心出，雖是大乘無量四諦所攝，猶是思議之境，非今止觀所觀也。不可思議境者，如《華嚴》云：『心如工畫師，造種種五陰，一切世間中，莫不從心造。』……心亦如是，具一切相……心亦如是，具一切五陰性。[3]

這裏所涉及「境」這個概念，至少有如下四層意思：1.「五陰——色受想行識」都是「境」。也就是說，現象界可以用「境」來概括、表達。2.「境」與「觀」是相對待的，前者既是後者的對象，又可向後者轉化。3.所謂「不可思議境」就是心靈內省時的狀態。因為心靈既可以生出現象界的一切「性」、「相」，又可以超脫出來觀照、透析之，故稱「不可思議」。4.「境」可以指心理活動的多種狀態，但即使由「陰」轉「觀」——即由反應現象界轉為自省心理狀態，它總是保持生動形象的特徵（「境宛然云云」）。

佛門類似的觀念對於中國古代詩歌思想有直接的啟迪，促使人們對於「情往似贈，興來如答」的過程進行更為深入的思考與探究。而皎然就是在這一過程中得風氣之先的人物。

皎然的詩中，「境」的字樣大量出現，是前代詩人所未有過的。其中很多取上述這種意義。如「永夜一禪子，泠然心境中」（《五言聞鐘》）、「夜閒禪用精，空界亦清迥。月彩散瑤碧，示君禪中境」（《五言答俞校書冬夜》）、「釋事情已高，依禪境無擾」（《奉酬顏使君真卿》）等。而其詩論中的「取境」也是如此。「取境」即「取執境界」

---

3 〔隋〕智者：《摩訶止觀》，第5卷，見電子佛典《大正藏・諸宗部》T46，No.1911。

之意，指對某種心理狀態的自我體認。他認為這種體認是詩歌創作的首要工作，是在構思物象、斟酌字句之前的事情。一首詩的創新與否、格調如何，都由此而決定，所以有「取境偏逸，則一首舉體便逸」的說法。這種創作思想在一些詩作中也有所表述，如《雜言宿山寺寄李中丞洪》：

> 偶來中峰宿，閒坐見真境。寂寂孤月心，亭亭月泉影。
> 滿山花落始知靜，從他半夜愁猿驚，不廢此心長杳冥。[4]

「真境」之「真」，不在於花、月、猿等外物，而在於杳冥之心。花之靜、月之孤，都是此心杳冥所致。而對「杳冥」的體認，便屬於取境了。又如《奉應顏尚書觀玄真子畫洞庭二山歌》：

> 道流跡異人共驚，寄向畫中觀道情。
> 如何萬象自心出，而心淡然無所營
> ……
> 盼睞方知造境難，象忘神遇非筆端。[5]

這裏提到了「造境」，有兩點值得注意：1.「造境」即「象忘神遇」之時，亦「心淡然」之時，指的是一種創作心態。2. 畫面的具體形象是在創作的第二步完成的，第一步是將「道情」寄於繪畫構思之中，這樣「造境」之時，心靈的創造力便自然而然地發揮出來。

總之，皎然的「造境」說借鑑了佛學，旨在強調對創作主體心態的把握與表現。由於他明確指出「境非心外」、「境象非一」，就揭示

---

4　〔唐〕皎然：《杼山集》，第2卷，《四庫全書》本。
5　〔唐〕皎然：《杼山集》，第7卷。

出優秀詩作在刻畫物象之外更隱微、更重要的內涵。這無疑深化了對詩歌本質的認識，對鑑賞、批評與創作有程度不同的啟示。這種觀點經後世的補充發展，到王國維總其大成，成為具有普遍意義的美學理論命題，至今還顯示出旺盛的活力。

與「境界」說相似，南宋嚴羽的「妙悟」說也是從佛學脫化出來的。

江湖詩派的領袖戴復古有《祝二嚴》詩，稱道嚴羽詩論：「羽也天姿高，不肯事科舉。風雅與騷些，歷歷在肺腑。持論傷太高，與世常齟齬。長歌激古風，自立一門戶。」[6]特別稱讚他的詩論有獨立見解。

嚴羽的詩歌理論主要見於《滄浪詩話》，特別是其中的《詩辨》部分。他以禪喻為方法，指出詩學與禪學在「妙悟」上的相似，提倡鑑賞與創作須靠「妙悟」，從而寫出「羚羊掛角，無跡可求」的超妙之詩來。他的詩論中隨處可見佛教（主要是禪宗）影響痕跡，比較重要的有：

> 禪家者流，乘有小大，宗有南北，道有邪正。學者須從最上乘，具正法眼，悟第一義。若小乘禪，聲聞、辟支果，皆非正也。論詩如論禪：漢、魏、晉與盛唐之詩，則第一義也。大曆以還之詩，則小乘禪也，已落第二義矣。晚唐之詩，則聲聞、辟支果也。學漢、魏、晉與盛唐詩者，臨濟下也。學大曆以還之詩者，曹洞下也。[7]
> 大抵禪道惟在妙悟，詩道亦在妙悟。且孟襄陽學力下韓退之遠甚。而其詩獨出退之之上者，一味妙悟故也。唯悟乃為當行，

---

6 〔宋〕戴復古：《石屏詩集》，第1卷，《四庫全書》本。
7 〔宋〕嚴羽：《滄浪詩話》，11-12頁，北京，人民文學出版社，1983。

乃為本色。然悟有淺深、有分限，有透徹之悟，有但得一知半解之悟。漢、魏尚矣，不假悟也。謝靈運至盛唐諸公，透徹之悟也。他雖有悟者，皆非第一義也。[8]

這種以禪喻詩的方法在宋代很流行。蘇東坡《夜值玉堂攜李之儀端叔詩百餘首讀至夜半書其後》云：「暫借好詩消永夜，每逢佳處輒參禪。」[9]吳可《學詩詩》云：「學詩渾似學參禪，竹榻蒲團不計年。直待自家都了得，等閒拈出便超然。」[10]韓駒的《贈趙伯魚》云：「學詩當如初學禪，未悟且遍參諸方。一朝悟罷正法眼，信手拈出皆成章。」[11]都是著眼於「悟」來對詩、禪進行類比的。

　　嚴羽的以禪喻詩則內容更廣些，主要有三個不同的角度。第一，禪門宗派繁多，先有頓漸之分，頓宗後又有五派七家之別。各家各派涇渭分流，無不自詡為正宗。南宋時，頓宗門下的臨濟宗大盛於天下，曹洞宗相比之下衰微，有「臨天下，曹一角」之說。而臨濟門下甚至貶稱曹洞為「默照邪禪」。這種分宗別派，劃清正邪界限的做法與嚴羽對詩歌流變的看法相似，所以借來比喻詩學中的正宗與旁門，以體現他的「學詩應該分辨體制、家數」的主張。第二，禪宗講「不立文字」、「以心印心」，即使為了印證禪理而搞一些「參話頭」、講語錄，其真意也不是詞句本身所能包容的。詞句只起一種曲折暗示的作用，而微妙之意則在語言之外。這與盛唐詩那種超以象外的悠遠韻味有相似之處，而且也與更廣泛意義上的詩理相通。嚴羽認識到詩歌「意在言外」的特質，而缺少直接論述的手段，就只好以禪為喻了。

---

8　〔宋〕嚴羽：《滄浪詩話》，12頁。

9　〔清〕王文誥輯注，《蘇軾詩集》，第30卷，1616頁，北京，中華書局，1982。

10　《全宋詩》，第19冊，13025頁，北京，北京大學，1995。

11　〔宋〕韓駒：《陵陽集》，第1卷，四庫全書本。

第三，就是「妙悟」之說。這是其「以禪喻詩」的核心內容。佛教的
一個重要觀念──「菩提」，就是「覺悟」之意。而禪宗提倡的悟，
在這種基本意義之上，還附有兩層含義。一層是剎那間對真如的體
認，即所謂「頓悟」。《壇經》有「一悟即至佛地」，便是此意。另一
層是強調體認時的非理性特徵，即只可意會不可言傳的獨特心理體
驗，故以「妙」來加以修飾。禪宗、天台宗的文獻中，「妙」字的使
用頻率非常之高；蘇東坡也很喜歡說「妙」──這都非偶然。嚴羽的
「妙悟」說便建立在這兩層含義上。「悟乃為當行，乃為本色」、「一
味妙悟」便是針對詩的非理性特點提出，也就是他所概括的「唯在興
趣」、「不涉理路，不落言筌」。而他在其他地方則側重於「悟」的瞬
時與透徹，即通過長時間的醞釀，而於剎那間把握到詩的本質特徵，
然後無理不通，終身受用。

　　嚴羽的以禪喻詩，特別是「妙悟」說，在明清兩代有很大影響。
明清之際的詩僧普荷詩云：「太白子美皆俗子，知有神仙佛不薝。千
古詩中若無禪，雅頌無顏國風死。惟我創知《風》即禪，今為絕代削
其傳。禪而無禪便是詩。詩而無詩禪儼然。從此作詩莫草草。老僧要
把詩魔掃……洪鐘扣罷獨泱泱，君不見，嚴滄浪。」[12]可能因為是佛
門弟子吧，他的「禪詩相通論」比嚴羽走得更遠。在清初產生過很大
影響的「神韻」說，據王士禛自己講，就是受嚴滄浪「妙悟說」啟發
而提出的：

　　　余於古人論詩，最喜鍾嶸《詩品》、嚴羽《詩話》、徐禎卿《談
　　藝錄》。[13]

---

12　〔明〕擔當著，余嘉華、楊開達點校：《擔當詩文全集》，175頁，雲南，雲南美術
　　出版社，2003。
13　〔清〕王士禛：《漁陽詩話》，見《清詩話》，170頁，上海古籍出版社，1963。

嚴滄浪以禪喻詩，余深契其說，而五言尤為近之。如王、裴
《輞川》絕句，字字入禪。如『雨中山果落，燈下草蟲鳴』，
『明月松間照，清泉石上流』，以及太白『卻下水晶簾，玲瓏
望秋月』，常建『松際看微月，清光猶為君』，浩然『樵子暗相
失，草蟲寒不鳴』，劉眘虛『時有落花至，遠隨流水香』，妙諦
微言，與世尊拈花，迦葉微笑，等無差別。通其解者，可語上
乘。[14]

漁陽自家論詩，禪喻處亦甚多，如「唐人五言絕句，往往入禪，得意
忘言之妙，與淨名默然、達摩得髓，同一關捩。觀王、裴《輞川集》
及祖詠《終南雪》，雖鈍根初機，亦能頓悟」[15]「舍筏登岸，禪家以為
悟境，詩家以為化境。詩禪一致，等無差別。」[16]「嚴儀卿所謂『如
鏡中花，如水中月，如水中鹽味，如羚羊掛角，無跡可求。』皆以禪
理喻詩。內典所云『不即不離，不黏不脫』、曹洞宗所云『參活句』
是也。熟看拙選《唐賢三昧集》，自知之矣。」[17]
　　當然，對於嚴羽的詩歌理論，特別是以禪喻詩的方法，明清兩代
也有一些尖銳的批評意見，如指責嚴羽對禪宗無知，立論不當，或
認為詩禪本不相干等等，但這些批評本身也從反面說明了嚴說的引人
注目。
　　王士禎長期執詩壇牛耳，康熙朝的前中期，他的詩歌思想產生了
廣泛的影響。而同時的另一位思想家、詩論家，卻因僻處一隅而被時
人忽視，直到二三百年後才進入了人們的視野。他就是被後人稱為

14 〔清〕王士禎：《帶經堂詩話》，第3卷，83頁，北京，人民文學出版社，1963。
15 〔清〕王士禎：《香祖筆記》卷2，24頁，上海，上海古籍出版社，1982。
16 同上，卷8，146頁。
17 〔清〕王士禎：《帶經堂詩話》，第29卷，836頁。

「清初三大家」的王夫之。王夫之，字而農，號薑齋，湖南衡陽人。明末舉人，曾任職於永曆朝廷。後僻居幽壤，潛心著述，寫了一百多種著作。其中詩論有《詩繹》、《夕堂永日緒論》內外編、《南窗漫記》等，後人合編為《薑齋詩話》。

　　就思想體系而言，王夫之是一個正統的道學家，他自稱「希張橫渠（北宋道學家張載）之正學，而力不能企」。他的詩論也是以儒家的「興觀群怨」說為指導思想的。在上述論詩著作中，對詩僧多有貶斥。但是，他又與佛門有聯繫，對佛學也有研究。與他同在永曆朝廷任職的學者方以智出家為僧，法號弘智，和他交誼甚篤，幾次勸他皈依佛門。王夫之雖未聽從，但「不忍忘其繾綣」，寄詩婉辭，並稱讚方的行為是「逃禪潔己」。所以，在《夕堂永日緒論》中，王夫之以佛理「現量」論詩，也是自然的。其論略云：

> 「僧敲月下門」，只是妄想揣摩，如說他人夢，縱令形容酷似，何嘗毫髮關心？知然者，以其沉吟「推」、「敲」二字，就他作想也。若即景會心，則或推或敲，必居其一，因景因情，自然靈妙，何勞擬議哉？「長河落日圓」，初無定景；「隔水問樵夫」，初非想得：則禪家所謂「現量」也。[18]
>
> 詠物詩齊、梁始多有之。其標格高下，猶畫之有匠作，有士氣。徵故實，寫色澤，廣比譬，雖極鏤繪之工，皆匠氣也。又其卑者，餖湊成篇，謎也，非詩也。李嶠稱大手筆，詠物尤其屬意之作，裁剪整齊，而生意索然，亦匠筆耳。至盛唐以後，始有即物達情之作。……高季迪《梅花》，非無雅韻，世所傳

---

18 〔清〕王夫之，戴鴻森箋注：《薑齋詩話箋注》，52頁，北京，人民文學出版社，1981。

誦者，偏在「雪滿山中」、「月明林下」之句。徐文長、袁中郎皆以此炫巧。要之，文心不屬，何巧之有哉？……禪家有三量，唯現量發光，為依佛性；比量稍有不審，便入非量。況直從非量中施朱而赤，施粉而白，勺水洗之，無鹽之色敗露無餘，明眼人豈為所欺邪？[19]

現量，比量是佛家講邏輯的因明學中的兩個理論範疇。現量主要指感性認識。玄奘所譯《因明入正理論》云：「此中現量謂無分別，若有正智於色等義離名種等所有分別，現現別轉，故名現量。」[20]這裏重要的是「無分別」三字。印度因明學古已有之，至佛教瑜伽派大師陳那加以改造，始成為佛學的重要理論組成。現量的無分別性，正是陳那的理論貢獻。所謂「分別」，就是使用概念對事物進行分類、判斷，接近於現代所謂的「理性認識階段」。現量既無分別，也就停留在感性認識階段，是對事物聲色形態直觀的瞭解。不過因明學並沒有階段前後高低的觀念，而是著眼於在此階段事物自相直接而真實的呈露。比量則指理性認識，在佛學中專指以「因」的三相為媒介，在對事物的共相比度中，經過推理獲得的認識。《因明入正理論》云：「比量者，謂藉眾相而觀於義。相有三種，如前已說，由彼為因，於所比義有正智生，了知有火，或無常等，是名比量。」所舉的例子為，已知著火時生煙，目前見到煙生，所以推知遠方起火。這就是比量。至於非量，不是通行講法。《相宗絡索》的《三量》條解釋道：「若即著文句，起顛倒想，建立非法之法，即屬非量。」這其實就是錯誤的比量，一般稱為「似比量」。

---

19 〔清〕王夫之，戴鴻森箋注：《薑齋詩話箋注》，152-153頁。
20 〔唐〕窺基：《因明入正理論疏》，見電子佛典《大正藏‧論集部》，T44，No.1840。

　　王夫之認為，好詩的創作接近於現量，次者近於比量，劣詩則為似比量。他稱合乎於「現量」觀的作品是「即物達情之作」，「因景因情，自然靈妙，何勞擬議。」舉出的例子為王維的「大漠孤煙直，長河落日圓」、「欲投人處宿，隔水問樵夫」等。他又講：「身之所歷，目之所見，是鐵門檻。」「心靈人所自有……總以曲寫心靈。動人興觀群怨，卻使陋人無從支借。」「凡言法者，皆非法也。釋氏有言：『法尚應舍，何況非法？』藝文家知此，思過半矣。」意思皆與「現量」之說相通。要而言之，王夫之的「現量」說主要包含三層意思：1.詩的創作要靠直覺，在與表現對象接觸的剎那間（《相宗絡索》解釋「現量」時，認為「現」有「一觸即覺，不假思量計較」的意思）捕捉到形象，捕捉到美。2.直覺是心靈與客體的契合，心物自然交融就產生了詩情，產生了佳句。3.靠詩法、想像，推理都不可能有佳作，而雕章琢句更等而下之。

　　從思想淵源看，王夫之的詩歌觀受到鍾嶸「自然英旨」、「皆由直尋」主張的影響，遠源亦可上溯至莊子哲學。他的特點在於援入了佛學的「現量」說。嚴格地說，他的觀點與因明學本義並不完全相合，如謂「唯現量發光」之說已打上了後世禪宗思想的印記。但這並無關緊要。重要的是，「現量」援入詩論，便開闢了從認識論、文藝心理等新角度認識詩歌特質的道路，把研究引向了深入。在強調詩歌創作的直覺性方面，「現量」說與近代影響甚大的克羅齊美學理論不謀而合，也可以證明這一命題的理論價值。當然，這一看法也有很明顯的片面性，如否定想像的作用，否定藝術加工等。我們自不必苛求於古人了。

　　佛教對中國古代散文理論也有相當程度的影響。

　　與詩論相比，散文理論中佛教的影響要小一些。對於多數詩人來說，詩言志緣情，主要是個人的事情，主觀性強，故而同佛徒禪悟的

心理體驗有可比性。而散文雖體有多種，但應用於社會活動者居多，客觀性相對強一些，與佛理的契合點較少。因此，以禪喻詩、以佛理說詩者大有人在，而且「檻外人」的數量、水準更高一些。而以佛理說文者甚為寥寥。偶而有之，也多屬佛門的「檻內人」。

我國古代散文理論著作首推《文心雕龍》[21]，體大思精，並世無兩。其作者劉勰則與佛門淵源甚深。

劉勰，字彥和，生活在齊梁時代，家貧早孤，二十歲後入定林寺寄居，依於僧祐。當時寺廟藏書豐富，為劉勰提供了學習、寫作的條件。他在定林寺一住十餘年，精研佛理，也大量閱讀其他書籍。他的佛理修為及文字功力被僧祐賞識，便時常囑他為佛門寫作。《梁書》記：

　　勰為文長於佛理，京師寺塔及名僧碑誌，必請勰制文。[22]

如他入定林寺數年後，和尚超辯「終於山寺，……沙門僧祐為造碑墓所，東莞劉勰制文。」又如僧柔的碑文，也出自劉勰的手筆，落款亦「東莞劉勰制文。」現存他的佛教方面著作還有《梁建安王造恢山石城石像碑》（《會稽掇英總集》卷十六）、《滅惑論》（《弘明集》卷八）。居定林寺期間，劉勰充分利用了寺中藏書，完成了《文心雕龍》的寫作。這部書引起了當時文壇領袖沈約的重視，劉勰也開始被世人所知。此時，他已年近不惑，方才開始踏上仕途。作了十幾年的低級官吏後，對塵世頗感厭倦。而適逢僧祐故去，他所搜集的佛經亟待整理。劉勰便奉梁武帝之命重回定林寺主持此事。峻工後，劉勰下

---

21　《文心雕龍》中包含散文理論的內容，但也有詩論，甚或是文章學方面的成份。
22　〔唐〕姚思廉：《梁書·劉勰傳》，第50卷，712頁，北京，中華書局，1973。

決心皈依佛門，便先在寺中燒去頭髮以示堅定，然後奏請棄官為僧。
獲准後改名慧地。次年圓寂，終年五十七歲。

劉勰與佛門有如此淵源，《文心雕龍》的「佛緣」如何？這在學
術界是頗有分歧的問題。有人認為這部書主導思想是佛理，或主要結
構仿佛典；有人認為與佛教關係不大，劉勰雖身在佛寺，而心繫儒
學，《文心雕龍》是正統儒家文學思想的總結、發揮。若平心而論，
這兩種觀點各得一理而又各趨一偏。《文心雕龍》確受佛教影響，但
主導方面應歸儒學。其受佛教影響之處主要有三點：

1. 在某些問題上運用佛教思想。最明顯的是《論說》篇中的一段：

> 夷甫、裴頠，交辨於有無之域，並獨步當時，流聲後代。然滯
> 有者，全繫於形用；貴無者，專守於寂寥。徒銳偏解，莫詣正
> 理；動極神源，其般若之絕境乎[23]！

這是對魏晉玄學中「崇有」、「貴無」之爭的評判。劉勰認為二說都屬
偏見，只有佛教的「般若之絕境」才是全面、正確的看法。這是劉勰
在《文心雕龍》中最為明顯地站在佛教立場，使用佛教概念的一段文
字，但其實與散文寫作理論並無關涉。

2. 全書的立意、結構受佛典啟發。六朝流行的佛典中，有《阿毗
曇心論》，慧遠有序云：「始自界品，訖於問論，凡二百五十偈，以為
要解，號之曰『心』。」這篇序收於《出三藏記集》。劉勰曾協助僧祐
整理《出三藏記集》，此文自然熟悉。《文心雕龍》之「心」亦有「要
解」之義，當受到《阿毗曇心論》的啟發。

此外，《阿毗曇心論》分為十品，前九品並列，為「界品」、「行

---

23 〔南朝梁〕劉勰：《文心雕龍》，第4卷，327頁，北京，人民文學出版社，1978。

品」、「業品」等，第十部分為「問論」，解決前九品中共有的某些疑問。《文心雕龍》主要由三部分組成，而第六篇至二十五篇為並列的文體分論，二十六篇至四十九篇講各體共同的創作、鑑賞等方面的問題。結構上似也受到《心論》的一定程度的啟發。

3. 理論觀點、思想方法上受佛典的影響。這方面雖隱而不彰，但意義卻更重大一些。如《文心雕龍》首篇為《原道》，而「文以道為本」的思想貫徹全書。劉勰對「道」的界定是「自然」。在早期譯出的佛經中，對佛性的解釋也常借用「自然」一語，諸如「道者，自然本來清淨」之類，所以黃侃在《〈文心雕龍〉札記》中指出，劉勰所謂「自然之道」與佛學有關，「此則道者，猶佛說之『如』。」[24]

又如劉勰對創作的很多理論問題都持折衷的觀點，如論及「情采」、「通變」、「隱秀」等問題時，基本思路就是「兼解俱通」、「唯務折衷」。同時，書中又處處以「正」自居，如「終之以居正」、「君子宜正其文」、「析理居正」、「正義以繩理」等。這與佛家提倡的修行「八正道」，即正思維、正語、正業等當有關聯。而佛家常用的「非有非非有」的雙遣論法，也帶有折衷的性質。作為思想方法，或與《文心雕龍》也有著某種關聯。當然，這些雖能說明佛教對《文心雕龍》具有多方面的影響，卻不足以證明其主導地位。若論主導，還是在儒家方面的。

另一個佛教人物論文的例子是智圓的《送庶幾序》。智圓為宋代天台宗的名僧，字無外，自號中庸子，錢塘人，自幼出家，受戒於龍興寺，二十一歲、又習儒學，與處士林和靖為友。他是天台宗山外派中著述最多的學者，著有《般若心經疏》、《瑞應經疏》、《四十二章經注》等。修道行禪之外，智圓好讀儒書，喜為詩文，除上述義學著

---

24 黃侃：《文心雕龍札記‧原道》，5頁，上海，上海古籍出版社，2000。

作，又有《閒居編》收雜著及詩文51卷。

《送庶幾序》是關於古文寫作的專論。庶幾也是一位僧人，登門向智圓求教儒學及古文方面的問題。智圓「甚壯其志」而作此文相贈。他首先強調「所謂古文者，宗古道而立言，言必明乎古道也」，主張文章的內容必合乎「仁義五常」。然後，論及古文的藝術形式：

> 古文之作，誠盡此矣，非止澀其文字，難其句讀，然後為古文也。果以澀其文字，難其句讀為古文者，則老、莊、楊、墨異端之書，亦何嘗聲律耦對邪？以楊、墨、老、莊之書為古文可乎？不可也。……以其古其辭而倍於儒，豈若今其辭而宗於儒也。今其辭而宗於儒，謂之古文可也；古其辭而倍於儒，謂之古文不可也。[25]

他完全否定了形式對於文體的意義。在他看來，只要用心體會古聖賢之道，落筆自然是合格的古文，即使語句都是當今之言也無妨。反之，如果「道」不純正，無論形式怎樣合乎古文規範也仍然算不上真正的古文。用這一標準衡量，不僅老、莊、楊、墨被劃到圈子外面，連司馬遷、班固都被打上了問號。在文學批評中，持這種極端之論者，只有程頤一類的道學迂夫子。以智圓的信仰及生活情趣觀之，殊難理解。不過，智圓在文章結尾處有一說明，曰「幾從吾學儒也，故吾以儒告之，不能雜以釋也。幾將從吾學釋也，吾則以釋告之，亦不能雜以儒也。」簡言也，文中的觀點只是嚴格復述儒家文學思想，並非是智圓自己的見解。不過，由於智圓及庶幾的特殊身份，這些

---

25 〔宋〕孤山智圓：《閒居編》，第29卷，見電子佛典《大藏經‧史傳部》T56，No. 949。

「純」儒家的觀點也多少與佛門結下了因緣，故略作介紹於此。

我國的小說理論，漢代始具雛形，其後千餘年間發展遲緩，直至明代後期，方進入了大步前進的黃金時代。造成這種新局面的原因很多，其中重要一條，是啟蒙思潮促成的小說觀念的根本轉變。啟蒙思潮中的健將李卓吾、袁宏道等人皆有崇揚小說的宏論，如李卓吾把《水滸傳》列為「宇宙五大部文章」之一，袁宏道則認為，與《水滸傳》相比，「六經非至文，馬遷失組練。」這在當時驚世駭俗，一反傳統蔑視小說的觀點，極大地提高了小說的地位。由於他們在思想界的影響，這種主張推動了小說創作與批評的熱潮，而小說理論也乘勢取得長足的進步。

李卓吾、袁宏道，以及後起的金聖歎等人，都懷疑儒教一尊的地位，有一定的思想解放的傾向，因而都對佛學深感興趣。對佛理的鑽研啟發了他們的思路，有助於他們在各領域提出一些有創見的主張。李卓吾之前，小說理論限於教化、實錄一類狹窄的範圍內，對藝術規律的探討幾乎是空白，更不要說對小說藝術特質的揭示了。李卓吾在大力提高小說地位的同時，對重要的小說藝術理論問題，也有具體深入的思考，提出很有價值的見解。其中有些觀點間接受佛理啟發，有些則直接移植而來。金聖歎繼承李卓吾而又發揚光大之，他的小說理論的基石即為佛學的命題，很多論述也明顯受到佛理的啟發。二人一為小說藝術論的奠基者，一為這個領域的泰斗，由他們身上已足可看到佛學與我國古代小說藝術論的「緣份」了。

李卓吾五十四歲辭官，到湖北黃安、麻城著述論道。他在麻城，先居於維摩庵，後住到芝佛院，可見皈依佛門的傾向。在他的重要著作《焚書》中，有不少篇幅是談佛理的，如《解經文》、《心經提綱》、《答周西岩》、《觀音問》十七篇等。他的佛學思想接近於禪宗，而又表現出濃厚的思辨色彩，如：

> 我所說色，即是說空，色之外無空矣；我所說空，即是說色，
> 空之外無色矣。非但無色，而亦無空，此真空也。[26]
>
> 若無山河大地，不成清淨本原矣，故謂山河大地即清淨本原可
> 也。若無山河大地，則清淨本原為頑空無用之物，為斷滅空不
> 能生化之物，非萬物之母矣，可值半文錢乎？[27]
>
> 即成人矣，又何佛不成，而更待他日乎？天下寧有人外之佛，
> 佛外之人乎？[28]

可以看出，他對佛理不是被動地接受，而是以「六經注我」的態度，
有取捨，有改造，有發揮。他大膽地提出：「我所說與佛不同」，「佛
無益於事，成佛何為乎？事有礙於佛，佛亦不中用矣」，表現出狂禪
「自作主張」、「呵佛罵祖」的精神。

李卓吾把佛學滲透到文學批評中，如論創作過程中主體的支配作
用：「今古豪傑，大抵皆然。小中見大，大中見小，舉一毛端建寶王
剎，坐微塵裏轉大法輪。此自至理，非干戲論。[29]」又如以「佛性完
全」來稱讚《水滸傳》對魯智深的描寫，據「人人是佛」的思想而提
出「童心者自文」的觀點等。在小說藝術論領域，他受佛學啟發，提
出了「同而不同」之說：

> 描畫魯智深，千古若活，真是傳神寫照妙手。且《水滸傳》文
> 字，妙絕千古，全在同而不同處有辨。如魯智深、李逵、武
> 松、阮小七、石秀、呼延灼、劉唐等眾人都是急性的，渠形容

---

26 〔明〕李贄：《心經提綱》，見《焚書》，100頁，北京，中華書局，1975。

27 〔明〕李贄：《觀音問》，見《焚書》，171頁。

28 〔明〕李贄：《答周西岩》，見《焚書》，2頁。

29 〔明〕李贄：《雜說》，見《焚書》，98頁。

刻畫來各有派頭，各有光景，各有家數，各有身份，一毫不差，半些不混，讀去自有分辨，不必見其姓名，一睹事實就知某人某人也。[30]

「同而不同」之語，出於佛教天台宗創始人智顗的《摩訶止觀》。《摩》號稱「天台三大部」之一，為天台宗基本經典。其中論及「漸次」、「不定」、「圓頓」三種修行方式時，有這方面的提法：

疑者云：教境名同，相頓爾異。然同而不同，不同而同……此章同大乘、同實相，同名止觀，何故名為辯差？然同而不同，不同而同……從多為言，故名不同耳。一切聖人皆以「無」為法而有差別，即其義也。[31]

這裏所謂「同」，指三種修行的本質；「不同」，則指具體修行過程。其主旨在強調「同」。「皆以『無』為法而有差別」，是對「同而不同」的說明：萬物本質同為虛無，但又須看到各有特性。天台宗在萬曆年間復興於江南。李卓吾有《法華方便品說》，看來對天台宗也有較大的興趣。

李卓吾由佛典取「同而不同」之語而入文論，是著眼於其中的哲理。「同而不同」，簡練、明確地概括了事物共性與個性的辯證關係，即本質相同而表現各異。移用到小說理論中，要旨在於強調人物的個性化。

---

30 〔明〕李贄評點：《忠義水滸傳》，見《明容與堂刻水滸傳》，第4卷，21頁，上海人民出版社，1973。

31 〔隋〕智顗：《摩訶止觀》，見《中國佛教思想資料選編》，第2卷，第1冊，4頁，北京，中華書局，1983。

「同而不同」，揭示出人物形象所具有的代表性與特殊性之間矛盾統一的關係。而在「同」與「不同」這矛盾的兩個方面中，李卓吾更重視「不同」的一面。《水滸傳》中，阮氏三雄氣質接近、本領彷彿，而作者在相似中寫出小二的深沉、小五的潑辣、小七的爽快。李卓吾便特地指出道：「刻畫三阮處各個不同，請自著眼。」而對於魯智深、李逵等莽漢形象，他所欣賞的也是所謂「各有派頭，各有光景，各有家數，各有身份」。

以《水滸傳》為代表的英雄傳奇小說，最突出的藝術成就便是人物的個性化描寫。李卓吾的「同而不同」說表明了他敏銳的文學鑑賞力與準確的理論概括力，在強調個性描寫方面，已接近於現代的小說人物典型理論。在他身後，三百年間的小說論壇上，「同而不同」說影響了一代又一代。金聖歎、毛倫父子、張竹坡、脂硯齋、哈斯寶等小說理論家，都不同程度地繼承了這一觀點，而形成了我國小說理論中重視人物個性的優良傳統，並對小說創作產生了積極的影響。

金聖歎生活於明末清初，蘇州府長洲縣人氏，原名采，後更名人瑞，字聖歎。他生逢亂世，又秉狂放之性，故終生不曾出仕。在讀書著述、詩酒傲世的一生中，唯一視為名山事業的便是文學批評。直到因反貪官而下獄臨刑時，尚作詩云：「鼠肝蟲臂久蕭疏，只惜胸前幾本書。且喜唐詩略分解，莊騷馬杜待何如？」可見對評點工作的執著。在他評點的諸書中，以《水滸傳》、《西廂記》影響最大。他的小說藝術論集中見於《水滸傳》的評點，其中頗有佛理的滲透。

金聖歎治學雜糅三教，一以貫之。在其主要理論性著述中，以《易》闡佛，又以釋、以《易》解《莊》，很難確指那一篇為佛學、哪一篇為儒學。但是，金聖歎在佛學上確曾下過不小的功夫。他自稱十一歲讀《法華經》愛不釋手。他著有專論經義的《法華百問》、《法華三昧》，還有發揮禪機的《西城風俗記》。他的文學思想中有很多佛

學影響的痕跡，如以「忍辱」論唐代詩人心態，乃由「六波羅蜜」之「忍辱波羅蜜」說受到啟發；以「極微」論《西廂》情節設置之妙，乃自稱借自曼殊室利菩薩的言論。這方面，最突出的是其小說理論中的「因緣生法」說。

金聖歎以「因緣生法」來概括小說創作的最基本的規律：

> 耐庵作《水滸》一傳，直以因緣生法為其文字總持。[32]
> 忠恕，量萬物之斗斛也；因緣生法，裁世界之刀尺也。施耐庵左手握如是斗斛，右手握如是刀尺，而僅乃敘一百八人之性情、氣質、形狀、聲口者，是猶小試其端也。[33]

這很能表現金氏雜糅三教的思想風格：「因緣生法」、「總持」是佛教的常用概念，「忠恕」則是孔門「一以貫之」的思想核心，

「因緣生法」是佛學的基本命題，是解釋大千世界、紛紜萬有之本質的學說，故有「佛教以因緣為宗」的說法。小乘講「業感緣起」，空宗講「一切法空，但以因緣有」，有宗講「種子相續，隨其所應，望所生法，是名因緣。」雖然角度不同，但基本含義相近。所謂「法」，指大千世界的現象，「因緣」則指產生這些現象的內外原因。

相對而言，「因緣生法」理論在大乘空宗的理論體系中顯得更為重要一些。其根本典籍——《般若》類經典中，以大量篇幅論述「緣起」。法華、三論二支派奉為圭臬的《中論》更是以「因緣生法」為中心論題。《中論》云：「因緣所生法，我說即是空。亦為是假名，亦

---

32 〔清〕金聖歎評點：《第五才子書施耐庵水滸傳》，898頁。
33 〔清〕金聖歎評點：《第五才子書施耐庵水滸傳》，10頁。

名中道義。[34]」按照這種觀點，萬事萬物皆屬「假有」，亦即「有不定有，無不定無」的現象、感覺，而其本質則為空無。前面說過，金聖歎對《法華經》用功最勤。在佛學各派中，他受大乘空宗影響更大一些。所以，他在小說理論中提出的「因緣生法」，大乘空宗的色彩要稍濃一些，尤其是「中道」、「假有」的觀念影響更著。

金聖歎的「因緣生法」理論涉及小說創作的多方面，主要可歸納為四點：

1. 借「法」的假有性揭示小說的虛構特徵。在《水滸傳》第五回，金聖歎有這樣一段批語：

> 耐庵說一座瓦官寺，讀者亦便是一座瓦官寺；耐庵說燒了瓦官寺，讀者亦便是無了瓦官寺。大雄先生之言曰：「心如工畫師，造種種五陰。一切世間中，無法而不造。」聖歎為之續曰：「心如大火聚，壞種種五陰。一切過去者，無法而不壞。」今耐庵此篇之意，則又雙用其意，若曰：「文如工畫師，亦如大火聚，隨手而成造，亦復隨手壞。如文心亦爾，觀文當觀心。見文不見心，莫讀我此傳。」[35]

由於強烈的人生無常意識，金聖歎以「心滅諸法」來為「心生諸法」的佛理命題作補充。然後他指出，如同現實生活中一切事物的生滅都是主觀精神活動一樣，小說中的情節、人物也都是幻相，而由作者之心主宰其變化，生滅。他提出「一部《水滸傳》悉依此批讀」，就是要強調對小說虛構性的把握，以之作為欣賞、閱讀的出發點。

---

34 〔印〕龍樹：《中論》，第4卷，見電子佛典《大正藏・中觀瑜伽部》T30，No. 1564。

35 〔清〕金聖歎評點：《第五才子書施耐庵水滸傳》，120頁。

　　在很長的時期內，人們受史學觀念及儒家文學思想的影響，總以「求實」的眼光來挑剔小說。到金聖歎之時，這種觀念雖有所轉變卻遠未絕跡。所以，金聖歎上述見解是有針對性的。儘管含有某些唯心的成份，卻畢竟表現出對小說藝術特質的認識。

　　2. 借助「因緣」說明小說情節的內在關聯。第二十回宋江殺惜一段，金聖歎批道：

> 宋江之殺，從婆惜叫中來；婆惜之叫，從鸞刀中來。作者真已深達十二因緣法也。[36]

所謂「十二因緣法」，是佛學常談，出自《法華經》等多種典籍，意在用因果關係說明人生。金聖歎引入小說批評，主要著眼於：每一事物都由相應的原因產生，同時又成為下一步發展變化的原因，於是就形成了具有內在邏輯性的因果之鏈。如上例，宋江之所以殺死閻婆惜，是因為她喊叫「黑三郎殺人也」，引起了殺心；閻婆惜之所以喊叫，是因為宋江無意中拽出了壓衣刀子。這樣，殺惜的情節便一環扣一環，在因果關係的發展中完成了。

　　金聖歎此說旨在強調情節發展的邏輯性，這對於加強作品的情理，無疑是有益的。

　　3. 為人物個性化尋求深層的依據。他在《水滸傳》的序言中，分析作者創作個性鮮明形象的原因，歸之於作者深通「因緣生法」之理。他講：

> 天下因緣生法，故忠不必學而至於忠，天下自然無法不忠。火

---

36 〔清〕金聖歎評點：《第五才子書施耐庵水滸傳》，346頁。

亦忠，眼亦忠，故吾之見忠；鐘忠，耳忠，故聞無不忠。……
（施耐庵）敘一百八人之性情、氣質、形狀、聲口者、是猶小
試其端也。[37]

這段文字比較費解。其緣故，一則所用「因緣」、「忠」等概念原本都
有特定含義，而金聖歎的使用，既有原義的因素，又有自己的發揮。
二則他是通過比喻來說理的，而凡比喻即為跛足。概括這段話的大意
為：世上每個事物都是獨特的個體存在，故決定它的因果關係中的
「因」、「緣」也是獨特的、個性化的；特定的「因」與特定的「緣」
的遇合，便產生獨一無二的相應的「法」。根據這個道理，作者塑造
人物形象時，只消在情節設計中體現出獨特性，並與性格的展現聯繫
起來，人物的形象便自然會富於個性了。

　　儘管金聖歎的表述晦澀，不無片面、誇大之弊，但這種看法在我
國古代小說藝術論領域中，已是前無古人、後乏來者的了。由於他把
性格問題同情節發展聯繫起來，便使其人物理論由一般性地宣導個性
化進而深入發展下去了。

　　4.以「隨因緣而起」來分析藝術想像的特徵。他針對當時人們在
這方面的某些困惑，如作者怎能瞭解各類人物的心理、行為，如何虛
構出性格相反的人物等，在第五十五回批道：

耐庵於三寸之筆，一幅之紙之間，實親動心而為淫婦，親動心
而為偷兒。既已動心則均矣。又安辨泚筆點墨之非入馬通姦，
泚筆點墨之非飛簷走壁耶？經曰：「因緣和合，無法不
有。」……而耐庵作《水滸》一傳，直以因緣生法為其文字總

37 〔清〕金聖歎評點：《第五才子書施耐庵水滸傳》，10頁。

持，是深達因緣也。深達因緣之人則豈惟非淫婦也，非偷兒
也，亦且非奸雄也，非豪傑也。何也？寫豪傑、奸雄之時，其
文亦隨因緣而起，則是耐庵固無與也。或問曰：「然則耐庵何
如人也？」曰：「才子也。」「何以謂之才子也？」曰：「彼固
宿講於龍樹之學者也。講於龍樹之學，則菩薩也。菩薩也者，
真能格物致知者也。」[38]

這番話更是直接把佛學修養作為小說創作的必要素養。金聖歎用「動
心」來說明作者在想像中與對象的認同。佛學中關於「動心」的論述
很多，有名的如六祖惠能在法性寺說風幡之義：「不是風動，不是幡
動，仁者心動。」金聖歎移用於小說藝術論中，大意是說，在創造人
物形象時，作者有一個忘我的幻化過程，如施耐庵寫潘金蓮、時遷
時，他須沉浸於想像之中，暫時使自己具有了潘、時的性格、品質。
他又用「因緣生法」來作補充，認為從整個創作過程看，「其文亦隨
因緣而起，則是耐庵固無與也。」也就是說，人物的言行是在因緣相
互作用下自然實現的，與施耐庵本人的性格、品質並無關係。從「動
心」的一面看，金聖歎強調創作時的迷幻、認同的特殊心理狀態；從
「因緣」一面看，他又指出了創作中理性的指導作用。這樣，金聖歎
就全面而辯證地完成了對小說創作中藝術想像特徵的描述。

　　總的來說，金聖歎援佛理入小說藝術論，深化了對問題的思考，
並加強了理論的系統性，成績是主要的。但也伴隨著一些缺欠，如主
觀唯心的色彩較強，概念內涵不明確等。這乃是「借瓶裝酒」所難以
避免的情況。

---

38 〔清〕金聖歎評點：《第五才子書施耐庵水滸傳》，898-899頁。

中華文化思想叢書 A0100045

# 結緣：文學與宗教——以中國古代文學為中心　上冊

| | | |
|---|---|---|
| 作　　者 | 陳　洪 | |
| 責任編輯 | 楊家瑜 | |
| 發 行 人 | 陳滿銘 | |
| 總 經 理 | 梁錦興 | |
| 總 編 輯 | 陳滿銘 | |
| 副總編輯 | 張晏瑞 | |
| 編 輯 所 | 萬卷樓圖書股份有限公司 | |
| 排　　版 | 林曉敏 | |
| 印　　刷 | 維中科技有限公司 | |
| 封面設計 | 菩薩蠻數位文化有限公司 | |

出　　版　昌明文化有限公司

桃園市龜山區中原街 32 號

電話 (02)23216565

發　　行　萬卷樓圖書股份有限公司

臺北市羅斯福路二段 41 號 6 樓之 3

電話 (02)23216565

傳真 (02)23218698

電郵 SERVICE@WANJUAN.COM.TW

大陸經銷

廈門外圖臺灣書店有限公司

　　電郵 JKB188@188.COM

ISBN 978-986-496-099-6

2019 年 1 月初版二刷

2018 年 1 月初版

定價：新臺幣 420 元

如何購買本書：

1. 劃撥購書，請透過以下郵政劃撥帳號：

　　帳號：15624015

　　戶名：萬卷樓圖書股份有限公司

2. 轉帳購書，請透過以下帳戶

　　合作金庫銀行 古亭分行

　　戶名：萬卷樓圖書股份有限公司

　　帳號：0877717092596

3. 網路購書，請透過萬卷樓網站

　　網址 WWW.WANJUAN.COM.TW

大量購書，請直接聯繫我們，將有專人為您

服務。客服：(02)23216565 分機 610

如有缺頁、破損或裝訂錯誤，請寄回更換

版權所有·翻印必究

Copyright©2016 by WanJuanLou Books CO.,

Ltd.All Right Reserved　**Printed in Taiwan**

國家圖書館出版品預行編目資料

結緣:文學與宗教：以中國古代文學為中心 /

陳洪著. -- 初版. -- 桃園市：昌明文化出版 ；

臺北市：萬卷樓發行, 2018.01

　　冊 ；　公分. -- (中華文化思想叢書)

ISBN 978-986-496-099-6(上冊 ：平裝). --

1.中國古典文學 2.宗教文學 3.文學評論

820.7　　　　　　　　　　107001269

本著作物經廈門墨客知識產權代理有限公司代理，由北京師範大學出版社（集團）有限公司授權萬卷樓圖書股份有限公司出版、發行中文繁體字版版權。